W0292291

BASTEI LÜBBE

Lisette Allen

Normannen Liebe

Erotischer Roman

Aus dem Englischen
von Sandra Green

BASTEI
LÜBBE

BASTEI LÜBBE TASCHENBUCH
Band 14 516

1. Auflage: April 2001

Vollständige Taschenbuchausgabe

Bastei Lübbe Taschenbücher
ist ein Imprint der
Verlagsgruppe Lübbe

Deutsche Erstveröffentlichung
Titel der englischen Originalausgabe: Elenas Conquest

Dieses Werk wurde vermittelt durch die
Literarische Agentur Thomas Schlück GmbH, 30827 Garbsen

Lektorat: Rolf Schmitz
Titelillustration und Umschlaggestaltung:
QuadroGrafik, Bensberg
Satz: QuadroPrintService, Bensberg
Druck und Verarbeitung:
Brodard & Taupin, La Flèche, Frankreich
Printed in France

ISBN 3-404-14516-X

Im Sommer des Jahres 1070

1. Kapitel

Mit einem trotzigen Seufzen stellte Elena ihren Korb auf die verstaubten Steinplatten. Er war gerade mal halb gefüllt. Aber es war ein heißer Tag, viel zu heiß, um Kräuter für Schwester Winifreds heilende Salben zu sammeln.

Die Sonne brannte von einem wolkenlos blauen Himmel, und die Hitze ballte sich innerhalb der engen Mauern des kleinen Kräutergartens. Elena hörte die Glocke zu Mittag schlagen. Im Gebälk des Kapellenturms murmelten schläfrig die weißen Tauben. Im dunklen, dichten Wald, der das Kloster umgab, blieb alles still, als wappnete er sich vor dem, was noch geschehen würde.

Aber wie immer geschah nichts in diesem abgelegenen Kloster von Linby, geborgen in der nördlichen Wildnis zwischen Hügeln und Meer. Elena hatte fast ihr ganzes Leben hier verbracht. Die Einsamkeit des Klosters, wurde Schwester Winifred nicht müde zu sagen, war die Garantie für seine Sicherheit, war der Grund, warum die arme, winzige Gemeinde bisher überlebt hatte, während überall um sie herum die Soldaten des Königs erbarmungslose Vergeltung wegen des Sachsenaufstands im vergangenen Winter übten.

Elena hatte von schrecklichen Geschehnissen gehört, von unvorstellbarem Blutvergießen. Aber diese Dinge raunte man sich nur hinter vorgehaltener Hand zu. Elena hatte auch gehört, dass der König in

Thoresfield, der normannischen Festung im Süden, den berüchtigten Aimery le Sabrenn als Kommandant der Garnison eingesetzt hatte. Wenn dieser Name auch nur erwähnt wurde, bekreuzigten sich die Nonnen, wie um das Böse abzuwehren.

In Linby hatte sich nichts verändert, abgesehen davon, dass die Versorgung noch schwieriger geworden war, dass die Menschen sich noch mehr fürchteten und die Angst vor Fremden wuchs.

Gelegentlich klopften Besucher an; Reisende, die ein oder zwei Nächte beim alten Priester, Pater Wulfstan, blieben. Es waren meist geheimnisvolle, hungrig aussehende Männer, die sich ausruhten und dann rasch weiterzogen. Aber sonst war das Nonnenkloster von der Außenwelt abgeschlossen. Und das, dachte Elena mit einem schweren Seufzer, würde ihr ganzes Leben so sein.

Auch jetzt hielten sich Reisende beim Priester auf. Elena wusste es, weil sie gestern den Auftrag erhalten hatte, einige der kargen Roggenbrotlaibe zur kleinen Hütte des Priesters zu bringen. Sie war nicht hineingegangen, die unfreundliche Haushälterin des Priesters hatte ihr die Brote an der Tür rasch abgenommen und ihr ein Bündel Kerzen mitgegeben, die sie in der Kapelle aufstellen sollte, und dann war Elena hastig zurückgeschickt worden.

Elena war den Pfad zurück zum Kloster ganz gemächlich gegangen, und dann hatte sie zwischen den Bäumen diesen Mann gesehen. Er kam ihr entgegen und schritt hoch aufgerichtet und stolz und auf die Hütte des Priesters zu. Er war ein stattlicher Mann mit einem Schwall dichter blonder Haare.

Elenas Herz hüpfte aufgeregt. Schwester Winifred hatte ihr streng befohlen, nie mit einem von Pater Wulfstans Besuchern auch nur ein Wort zu wechseln. Aber dieser Mann, der vielleicht kaum älter als sie selbst war, blockierte ihren Weg. Elena hielt den Atem an und wich umständlich zur Seite aus, um nicht mit dem Mann zu kollidieren und jede Berührung zu vermeiden, aber dabei glitten ihr die Kerzen aus dem Korb und purzelten über den Boden.

Der Mann bückte sich sofort, um sie wieder einzusammeln, während Elena hilflos und verschreckt daneben stand. Ihr Gesicht brannte vor Verlegenheit. Der Mann legte die Kerzen behutsam in ihren Korb zurück.

»Sie sind unversehrt«, sagte er freundlich. »Es tut mir leid, dass ich dich erschreckt habe. Gehörst du auch zum Kloster?«

»Ja, ich muss die Kerzen zur Kapelle bringen.«

Er versperrte ihr immer noch den Weg und betrachtete sie ausgiebig. Er sah, dass ihr weißer Schleier auf dem vollen blonden Haar verrutscht war, und er starrte auf die schäbige graue Kutte, die ihre zierliche Gestalt bedeckte.

»Man hat dich also hier oben versteckt?«, fragte der Mann. »Und deine einzige Gesellschaft sind die alten Nonnen? Was hast du getan, um eine solche Strafe zu verdienen?«

Elena, völlig verwirrt von seinen direkten Fragen, hätte es nicht ertragen können, etwas Schlechtes über die Nonnen zu sagen oder zuzulassen. »Die Schwestern sind gut zu mir gewesen. Meine Eltern sind am Fieber gestorben, als ich noch sehr klein war; ich war allein und mittellos, und sie haben mich aufgenommen und mir ein Zuhause gegeben.«

Sie spürte voller Unbehagen, dass seine Blicke sie die ganze Zeit durchbohrten. Er hatte lebhafte blaue Augen, die in seinem männlichen Gesicht wie Feuer brannten. Ihr Herz klopfte. Wie sehr er sich doch von den anderen Männern unterschied, denen sie bisher begegnet war: Der alte Pater und die abgezehrten

Bauern, die sich von dem, was der Wald hergab, mühsam über Wasser hielten.

Irgend etwas kribbelte in ihr, während sie den großen blonden Sachsen anstarrte. Sie sah ein Stück helle Haut unterhalb seines Halses, wo sein Gewand auseinander klaffte, und sie spürte ihren trockenen Mund.

»Du bist schön«, sagte er leise. »Zu schön, um hier eingesperrt zu sein. Weißt du das nicht? Hat dir das noch niemand gesagt?«

»Es … es ist eine Sünde, eitel zu sein«, stammelte Elena.

»Eitel?« Der Mann schüttelte den Kopf. »Es ist nicht eitel zu wissen, dass man schön ist; Schönheit ist ein Geschenk Gottes.« Mit einer Hand streichelte er über Elenas errötende Wange. »Du solltest nicht zulassen, dass sie dich einsperren.«

Zwischen den Bäumen sah Elena die Gestalt von Schwester Winifred, die schon eifrig Ausschau nach ihr hielt. »Ich muss gehen«, prustete sie heraus.

Der blonde Mann hob die Schultern und sah ihr mit zusammengekniffenen Augen nach, als Elena voller Verunsicherung zurück zum Kloster lief.

Die Begegnung mit dem Unbekannten löste eine tiefe Unruhe in Elena aus. Eingesperrt, hatte er gesagt. Ja, das stimmte! Und er hatte ihr gesagt, dass sie schön war. Dabei war er es doch, der mit seinem lebhaften Gesicht, den blauen Augen und dem muskulösen Körper unter dem verschlissenen Gewand die Schönheit gepachtet zu haben schien. Letzte Nacht war sie von seltsamen, dunklen Träumen geplagt worden. Sie träumte oft, aber die Nonnen sagten, Träume seien schlecht, sie sollte sie vergessen.

In der Nacht nach der Begegnung mit dem Fremden träumte sie, dass sie sich im Wald verirrt hatte. Ein Reiter näherte sich ihr langsam. Sie wusste, es war sündhaft von ihr, aber statt wegzulaufen ging sie auf ihn zu; es war, als stünde sie unter seinem Bann.

Er breitete die Arme aus, und Elena spürte, wie sich ihr Herz vor Freude öffnete. Sie warf sich in seine Arme und schaute in sein Gesicht. Sie erwartete das gebräunte Gesicht des blonden Sachsen zu sehen, aber dann spürte sie den kalten Hauch des Entsetzens – der Mann, der sie an sich drückte, war ein Soldat des Königs.

Selbst jetzt noch, in der vertrauten Sicherheit des kleinen Kräutergartens, von Mauern umgeben, spürte sie ein seltsames Ziehen im Bauch, als sie sich an den fremden Reiter aus ihrem Traum erinnerte.

Ihr grober Leinenkittel spannte sich über ihren Brüsten, und als sie ihn mit der Hand gerade ziehen wollte, bemerkte sie voller Entsetzen, dass ihre Warzen hart und geschwollen waren. Ihre Finger zuckten zurück, als hätten sie sich verbrannt, und sie spürte auch, dass sie keuchend atmete.

Die Nonnen hatten ihr beigebracht, dass es Teufelswerk war, wenn sie auch nur daran dachte, sich selbst zu berühren. Elena bemühte sich stets, den Gesetzen der Nonnen ohne Klagen und Fragen zu folgen. Aber ihr Traum hatte sie verunsichert, und sie wusste, er würde wiederkommen.

Ihre Lippen fühlten sich voll und geschwollen an, und sie fuhr mit der Zungenspitze darüber und versuchte, den seltsamen Trieb zu unterdrücken, der ihren Körper marterte.

Es war die Hitze, redete sie sich ein, die sie so rastlos sein ließ. Oh, aber was waren das für Gefühle! Viel zu verwegen, um eine Nonne zu werden. Sie musste Buße tun, denn es war Sünde, sich so unzufrieden zu fühlen, wenn die Menschen um sie herum unter den Rachegelüsten von König William litten.

Aber noch während sie entschied, Pater Wulfstan

ihre Sünden zu beichten, wusste sie voller Verzweiflung, dass sie den dunklen Fremden aus ihrem Traum nicht vergessen konnte.

Der Klang der Kapellenglocke drang in ihre schmerzlichen Gedanken. Elena sprang von der Steinbank auf und griff rasch zu ihrem geflochtenen Korb. Sie würde den Beginn des Gottesdienstes verpassen. Wie schnell doch die letzte Stunde vergangen war!

Dann begriff sie, dass etwas nicht in Ordnung war. Die Glocke schlug nicht so ruhig wie sonst, sie klang nach Panik und Furcht.

Elena verharrte mitten in der Bewegung. Trotz der brennenden Sonne war ihr plötzlich kalt geworden. Sie hörte die Pferdehufe, aber sie wollte die bedrohlichen Geräusche nicht wahrhaben. Dann hörte sie Leute rufen, schreien und weglaufen.

»Die Normannen! Gott hilf uns, die Normannen kommen über uns!»

Der Schrei brach ab und endete in einem Wehklagen. Flügelschlagend schwirrten die Tauben aus dem Kapellenturm ab. Die Pferdehufe kamen näher, sie klirrten auf dem Hof. Fremde Stimmen stießen Flüche aus. Elena roch den Gestank von verbrennendem Reet, dann sah sie Qualm aufsteigen. Aber was war das schon für ein Unterschied – verbrannt in der eigenen Hütte, oder niedergestreckt von normannischem Stahl?

Elenas Herz klopfte wie verrückt. Sie rannte aus dem kleinen Garten und blieb im Schutz der Mauer stehen. Auf dem Hof hatten sich Reiter postiert und im Halbrund aufgestellt; wilde Männer in verdreckter Lederkleidung.

Jetzt hatten die Männer von Aimery le Sabrenn sie doch noch in der Abgeschiedenheit des Klosters gefunden, ging es Elena durch den Kopf.

Einer der Männer hielt seine Schwertspitze gegen

den Hals des Priesters. Als Pater Wulfstan den ersten verräterischen Lärm gehört hatte, war er zur Kapelle gerannt, um vielleicht noch zu retten, was zu retten war, dann hatte er die verängstigten Nonnen in ihre Hütten geschickt.

Der Soldat drohte dem Priester mit schneidender, tiefer Stimme. »Die Rebellen, alter Mann. Wir wollen die sächsischen Rebellen. Wir wissen, dass du sie auf der Durchreise aufnimmst. Wo hast du sie versteckt? Sage uns Bescheid, sonst wird es nur noch schlimmer für euch alle, du Narr.«

Elena konnte jedes Wort verstehen. Die Rebellen. Pater Wulfstans mysteriöse Besucher, um die stets so eine Geheimniskrämerei gemacht wurde. Der blonde Sachse, den sie gestern im Wald getroffen hatte ...

Von einem Moment zum anderen begriff Elena. Die Soldaten aus der Festung Thoresfield waren gekommen, weil Pater Wulfstan sächsischen Rebellen Unterschlupf gewährte. Sie stieß einen ängstlichen Laut aus, den einer der Reiter hörte. Er riss sein Pferd herum, das zu scheuen begann und mit den Vorderbeinen dicht vor Elena hochging.

Ein plötzlicher Schmerz durchfuhr Elena, als sie am Kopf von einem Huf getroffen wurde. Sie schrie entsetzt auf, dann wurde sie von Dunkelheit umfangen.

An diesem Abend wurde es im Wald schnell dunkel. Es war immer noch heiß und schwül, und die Luft roch nach Gewitter. Das Licht der brennenden Fackeln, die die Männer auf ihren Pferden hoch hielten, warf bizarre Schatten auf die Gestalten, die auf dem schmalen Waldpfad südwärts trotteten.

Ab und an stolperte jemand oder rutschte aus, dann zerrte er unwillkürlich an den Stricken, die um die Handgelenke jedes Gefangenen gebunden waren und die auch alle Gefangenen miteinander verband. Wann immer das geschah, hörte man das Schnalzen einer Peitsche in der Luft, und alle zuckten und warteten auf den Schmerzensschrei. Danach wurde die Stille um so intensiver.

Am Ende des Stricks, der alle miteinander verband, rutschte jemand auf dem feuchten Boden aus. Ein Reiter fluchte, drehte sein Pferd und ritt auf den Unglücklichen zu.

»Verdammt, diese verdammten sächsischen Rebellen«, knurrte er. »Machen mehr Ärger, als sie wert sind ...« Dann sah er, wer gestürzt war, und grinste breit.

Der Gefangene, der verzweifelt versuchte, wieder auf die Beine zu kommen, war – ein Mädchen. Der flackernde Lichtschein der Fackel tanzte über die hellen Locken, die bis auf die Schultern fielen. Der schlichte graue Kittel, der die zierliche Gestalt verhüllte, war vom Sturz auf den feuchten Boden voller Dreck. Sie war eine der Gefangenen, die sie aus dem Kloster mitgenommen hatten.

Der Reiter schürzte die Lippen und lehnte sich über den hohen Sattelknauf. Sein scharf geschnittenes normannisches Gesicht verzog sich zu einem noch breiteren Grinsen.

»Pass auf deine Füße auf, du Klosterziege.« Er fuhr mit den Fingern über die Lederpeitsche unter seinem Gurt. »Sonst gebe ich dir noch einen Grund, schneller zu laufen.«

Die sächsische Gefangene schaute voller Angst auf, während sie von dem Strick mitgerissen wurde. Man konnte deutlich sehen, dass ihre Handgelenke schon wund gerieben waren.

Teufel, Teufel, dachte der Reiter. Was für eine Schönheit. Sie hatte sanfte Gesichtszüge, und ihre geweiteten Augen waren von einem Blau, wie er es noch nie gesehen hatte. Der kleine rosige Mund war voll und reif. Selbst das fade Grau ihres Klosterkittels konnte die hoch angesetzten Hügel ihrer runden kleinen Brüste nicht verheimlichen.

Sie und Nonne? Der Reiter leckte sich die Lippen. Wahrscheinlich war das eine Finte, ein weiterer Beweis für den Listenreichtum der verdammten Rebellen.

Sie sagte in gebrochenem Französisch: »Ich bitte um Vergebung, Sire. Da lag ein Ast im Weg.«

Der Normanne lachte barsch auf. Sie kannte also ihre Sprache. Eine gebildete Nonne, auch das noch. »Spar dir dein Bitten auf, kleine Schwester«, höhnte er und ließ seine weißen, ebenmäßigen Zähne sehen. »Du wirst Bitten und Beten nötig haben, wenn wir erst da sind, wo wir dich hinbringen – zur Festung von Aimery le Sabrenn, dem Lord von Thoresfield.«

Er sah, wie das Mädchen schauderte, und für einen kurzen Moment berührte sie das krude Holzkreuz, das an einem Lederband um ihren Hals hing. Sie hatte also den Namen des bretonischen Lords schon gehört. Sie wusste, was sie bei ihm erwartete.

Er verspürte einen plötzlichen Trieb, dieses blonde sächsische Mädchen zu besitzen. Seine Augen verzogen sich zu Schlitzen, als er neben ihr ritt, und der Drang in seinen Lenden wurde immer stärker. Was geht mich le Sabrenn an, dachte er. Hatte ihr feiner Herr nicht auch als Söldner begonnen? Er war nichts Besseres als sie alle. Würde ihm etwas entgehen, wenn er eine der sächsischen Schlampen, die sie unterwegs mit den Rebellen aufgelesen hatten, nicht bekam?

Verdammt, mit ein bisschen Glück würde er es gar nicht bemerken, dass eine fehlte. Er ruckte an seiner gespannten Hose und strich über die wachsende Beule. Bei erstbester Gelegenheit würde er diesem gebildeten Klosterflittchen zeigen, wie ein richtiger Mann gebaut war.

Er ritt nach vorn zu seiner Position, die rauchende

Fackel hoch in einer Hand. Das Bild der blonden Maid wallte sein Blut auf.

Elena sah ihn davonreiten. Ein flaues Gefühl breitete sich in ihrem Bauch aus. Sie konnte nicht vergessen, wie er sie angestarrt hatte. Dieser hungrige Blick in seinen dunklen Augen.

Sie bezwang ihre Übelkeit und bemühte sich, mit den anderen Schritt zu halten. Aber lange würde sie nicht mehr durchhalten. Der Strick hatte die Haut von ihren Handgelenken geschürft. Ihre dünnen Lederschuhe waren zerfleddert, und ihre Füße bluteten.

Warum sollte sie überhaupt durchhalten? Sollte sie sich nicht weigern und liegen bleiben? Wenn sie das tat, würde man ihr die Stricke abnehmen und sie auspeitschen.

Sie hatte auf diesem Alptraummarsch schon einige Auspeitschungen mit ansehen müssen, und auch starke Männer waren zu einem heulenden Bündel des Jammers geworden.

Trotzdem, war das, was sie am Ziel ihres demütigenden Marsches erwartete, nicht schlimmer? Aimery le Sabrenn, der Kommandant des Königs William, galt als Teufel in Menschengestalt.

Selbst in ihrem abgelegenen Kloster hatte sie von ihm gehört. Die Nonnen flüsterten von unaussprechlichen Geschehnissen in seiner Festung, von dunklen, bösen Machenschaften, und Elena konnte nur raten, welchen Ursprungs sie waren. Es hieß, dass er einen persönlichen Grund hatte, alle Sachsen bis aufs Blut zu hassen.

In ihrem Kopf hämmerte es immer noch von der Wucht des Pferdehufs. Als sie endlich das Bewusstsein wiedererlangt hatte, hatte sie mit anderen Gefangenen, die nicht gehen konnten, auf einem Karren gelegen. Das Schwanken und Kippen des Karrens auf dem unebenen Waldpfad und der Gestank der kranken oder verletzten anderen Gefangenen hatten dazu geführt, dass sie sich übergeben musste.

Als der Wächter sich in die Büsche geschlagen hatte, um sich zu erleichtern, war Elena vom Karren gerutscht und hatte einen Fluchtversuch unternommen.

Sie war nicht weit gekommen. Voller Häme hatte man ihr gesagt, wenn sie wegrennen könnte, wäre sie auch in der Lage, den Marsch durchzuhalten, und so war sie an den Schluss des Stricks gebunden worden. Man hatte ihr gesagt, dass sie nun eine Leibeigene war, das Eigentum von Aimery le Sabrenn, dem hohen Herrn und Freund des Königs.

Dies, dachte Elena, ist die Strafe für meine rebellischen, ruhelosen Gedanken. Oh, Mutter Gottes, betete sie stumm, hilf mir aus dieser Not. Ein Schluchzen brach sich in ihrer Kehle. Hilf mir, bitte …

Es war fast Mitternacht, als der Anführer entschied, ein Lager aufzuschlagen. Sie befanden sich auf einer kleinen, grasbewachsenen Lichtung in der Nähe einer verfallenen Hütte. Sobald die Stricke gelöst waren, versuchte ein Mann, zwischen den dicht stehenden Bäumen, zu fliehen. Die anderen Gefangenen verfolgten in verzweifelter Teilnahmslosigkeit, wie ein Reiter den Flüchtenden einholte und mit dem Peitschenknauf so heftig schlug, dass der Mann ohnmächtig zu Boden stürzte.

Der bedauernswerte Mann blieb liegen, und niemand wagte es, zu ihm zu gehen und sich um ihn zu kümmern. Elena hatte voller Entsetzen zugesehen, und es zerriss ihr Herz, dem Bedürftigen nicht helfen zu können.

Danach gingen die Männer zu Fuß durch das Lager und verteilten Stücke trockenen Brotes und Lederbeutel mit ungenießbarem Wasser.

Trotzdem war bald kein Wasser mehr da, denn es herrschte immer noch eine erdrückende Schwüle. Elena nahm einen kleinen Schluck aus dem Lederbeutel, um sich den Staub aus der Kehle zu spülen. Sie schaute sich unauffällig um, und als sie sah, dass niemand sie beobachtete, versteckte sie den Lederbeutel rasch in den Falten ihres grauen Kittels. Dann schob sie sich langsam an den Rand der Lichtung und suchte in der Dunkelheit nach dem niedergestreckten Mann.

Sie fand ihn. Er war wieder bei Bewusstsein, aber sein Gesicht war fast grau, und aus einer Wunde rann Blut, das sein langes helles Haar dunkel färbte. Elena stieß einen leisen Schrei aus, als sie in ihm den Mann erkannte, mit dem sie gestern gesprochen hatte, als sie von der Hütte des Priesters zurück zum Kloster gegangen war. Einer von Pater Wulfstans Gästen. Einer der Rebellen.

Ihr Herz verkrampfte, als sie ihn so hilflos und verletzt auf dem Boden liegen sah.

Der Mann schaute zu ihr hoch. Ein zierliches, schönes Mädchen im grauen Kittel, das neben ihm kniete. »Ah, du bist es ... das Mädchen aus dem Kloster ...«

»Hier ist ein wenig Wasser«, flüsterte Elena. »Du musst davon trinken.«

Der Sachse schaffte es, sich auf einen Ellenbogen aufzurichten, verzog aber vor Schmerzen das Gesicht. Elena hielt den Lederbeutel an seine Lippen, und er schluckte schwach. Dann sackte er wieder zu Boden.

»Ich habe dir das angetan«, murmelte er. »Und jetzt bist du auf dem Weg in die Höhle des Teufels. Gott helfe dir, liebes Mädchen.«

Wieder spürte Elena, wie sich in ihr alles drehte, als von diesem Aimery le Sabrenn die Rede war. »Die Höhle des Teufels? Was meinst du damit?«

Der Verletzte wandte den Kopf. »Pst! Sei ruhig!»

Es war zu spät. Elena hörte es knacken unter den

schweren Stiefeln, und als sie sich umdrehen wollte, wurde sie auch schon rau an der Schulter gepackt.

Der Gefangene wollte sich vom Boden aufraffen. »Lass sie los, du mieses Normannenschwein …«

Der Wächter brachte ihn mit einem harten Schlag in den Magen zum Schweigen, der den Sachsen zusammenklappen ließ. Dann wandte sich der Normanne an Elena, die erst jetzt schaudernd erkannte, dass es sich bei dem Mann um jenen Reiter handelte, der sie so gierig angestarrt hatte.

»Nun sieh mal an«, sagte er leise. »Das kleine Klosterflittchen. Willst du mir vielleicht erklären, was du hier getan hast? Mit ihm zusammen?«

Elena versuchte, sich aus seinem Griff zu befreien, aber seine kräftigen Hände packten sie wie Schraubstöcke an den Schultern. Er war groß und muskulös, und sie konnte in seinem Atem den Wein riechen, den er getrunken hatte.

»Ich habe ihm Wasser gebracht«, gab sie trotzig zurück und hoffte, dass er ihre Angst nicht wahrnahm. »Der arme Mann ist verletzt, ich kann ihn doch nicht einfach seinem Schicksal überlassen.«

Seine schwieligen Daumen rieben Elenas Schultern durch den dünnen Kittelstoff. Er atmete heftig, und der Ausdruck in seinen heißen dunklen Augen jagte ihr noch größere Angst ein. »Ach, hast wohl ein gutes Herz, was?« Er grinste breit. »Ha, ich wette, die ganzen Geschichten, die man sich über euch Klosterflittchen erzählt, sind alle wahr. Du bist heiß drauf, was? Nun, dann bist du beim Richtigen. Du hast es nicht nötig, es mit dem dreckigen Rebellen zu treiben.«

»Ich weiß nicht, wovon Ihr redet. Lasst mich los, Ihr tut mir weh …«

Aber noch bevor sie schreien konnte, hatte sich der Mund des Soldaten schon auf ihren gepresst, und seine heiße, raue Zunge wühlte gierig in ihrem Mund. Verzweifelt bemühte sich Elena, ihn von sich zu drücken, aber ihre wütenden Versuche schienen ihn nur noch mehr anzustacheln. Er presste ihren schlanken Körper hart gegen seinen, und sie wimmerte unter seinem feurigen Kuss.

»Du bist ein saftiger Preis, den unser feiner Herr Aimery nicht erhält, jedenfalls nicht als Erster«, keuchte der Mann. Dann packte er den Kittel an Elenas Hals und riss daran. Der Stoff gab sofort nach, auch das weiße Leinenhemd darunter.

Im nächsten Augenblick wurde der Mann ganz still, und seine Griffe lockerten sich ein wenig. Wie gebannt starrte er mit hungrigen Blicken auf Elenas kleine weiße Brüste.

Mit einem angsterfüllten Aufschrei wollte sich Elena aus seinem Griff wenden und davonrennen, aber er hatte sie sofort wieder gepackt und schleuderte sie zu Boden. Er warf sich über sie und hielt sie mit dem Gewicht seines muskulösen Körpers unten, und ihr Treten und Schluchzen war vergebens.

»Meine kleine wilde Schönheit«, murmelte er und starrte auf ihre Nacktheit. »Meine kleine Taube …« Er richtete sich auf die Knie auf und starrte wieder bewundernd auf ihre zierliche Gestalt.

Er beugte sich über sie und küsste sie wieder. Elena ruckte den Kopf zur Seite, um dem Kuss zu entkommen, aber er packte ihre geschundenen Handgelenke und presste sie fest gegen ihren Kopf, während er über ihre Beine grätschte. Mit lüsternen Blicken sah er auf ihre weißen Brüste, ehe er den Kopf senkte und begann, ihre zarten Brustwarzen in seinen heißen, nassen Mund zu nehmen.

Elena spürte die Zuckungen, die durch ihren Körper schossen. Sie wehrte sich verzweifelt gegen ihn und versuchte, sich unter ihm freizuschlängeln.

»Weg von mir, Ihr seid ein brutaler ...«

»Du kannst aufhören, dich zum Schein so heftig zu wehren, meine Schöne«, sagte der Soldat glucksend. »Die Frauen im Lager betteln mich an, es ihnen zu besorgen. Und du würdest auch winseln, wenn ich jetzt aufhörte. Was hast du nur für schöne Brüste. Sie sind vollkommen.«

Elena kämpfte weiter, obwohl sie wusste, dass sie gegen seine Kraft wehrlos war. Sie spürte das Spiel seiner Muskeln und seinen fordernden Mund.

Sie trat nach ihm. Fluchend packte der Mann ihre beiden Handgelenke, hielt sie mit einer schweren Hand zusammen und drückte sie hoch über ihren Kopf. Jetzt hatte er eine Hand frei. Als Elena ihre Kraft schwinden spürte, sah sie mit vor Entsetzen aufgerissenen Augen, wie der Soldat an seiner Hose fummelte und etwas herauszog. Er schien etwas zu reiben, jedenfalls bewegte sich die Hand fiebrig auf und ab.

»Ah, meine kleine Sächsin«, murmelte er seufzend, »ich habe auf diesen Moment gewartet, seit mein erster Blick auf dich gefallen ist.«

Elena drückte die Augen fest zu und betete, dass dieser Alptraum vorüberging. Es musste doch ein Alptraum sein, nicht wahr? Dieser widerliche Mensch, der sie mit seinen lüsternen Blicken quälte, war nicht wirklich da.

Sie öffnete die Augen und überzeugte sich von der brutalen Wirklichkeit. »Ihr müsst mich gehen lassen. Sofort. Sonst ...«

Die Worte starben auf ihren Lippen. Denn ihr Blick fiel auf einen starren, geschwollenen Schaft. Der Soldat hatte seine Hand um den Schaft gelegt und rieb versonnen auf und ab, während er Elenas nackten Leib betrachtete.

Er sah, wie sich ihre Augen weiteten und nahm die Hand vom Schaft, um ihr die ganze Länge zu zeigen.

»So ein prächtiges Exemplar hast du wohl noch nicht gesehen, was, meine kleine Nonne?«, flüsterte er neckend. »Viele feine Damen haben ihn schon sehen wollen, also schau ihn dir ruhig an ...« Er nahm ihn wieder in die Hand und setzte das Auf und Ab der Hand fort. Dann beugte er sich über sie und nahm eine ihrer Brustwarzen in den Mund.

Elena schrie, aber der Laut wurde in ihrem trockenen Hals abgewürgt, als sich der Mann auf sie warf und ihren Mund mit einem heißen, verschlingenden Kuss bedeckte. Dunkelheit umhüllte sie.

Im nächsten Augenblick hörte sie in der erdrückenden Schwüle des Waldes ein neues Geräusch, ein harsches, pfeifendes Krachen, und der Mann über ihr stieß einen lauten Schmerzensschrei aus.

Für die Länge eines Wimpernschlags behielt der Mann die starre Position auf Elena bei, dann sackte er stöhnend zur Seite und fiel auf den Waldboden.

Wimmernd schlang Elena die Arme um ihren geschundenen Körper. Scham und Verzweiflung machten sie benommen. Lieber Gott, was war denn jetzt schon wieder geschehen? Und wie würde es mit ihr weitergehen?

Dann begriff sie allmählich. Im Schatten der Bäume sah sie eine Gruppe von Männern stehen, und der erste von ihnen hatte eine Peitsche in der Hand. Elena sah, wie sich die Hand mit der Peitsche hob, und mit einer kalten, gezielten Bewegung zischte das Leder wieder durch die Luft und krachte mit tödlicher Genauigkeit auf den niedergestreckten Körper des Mannes neben ihr. Der Soldat stieß einen dünnen Seufzer aus und krümmte sich zusammen.

Der Mann mit der Peitsche strich leicht über das Leder, als sei es ein Freund. Elena raffte sich hoch und starrte ihren Retter in hilfloser Faszination an.

Er war groß und hatte breite Schultern. Er trug

einen ledernen Wams, und weiche Hirschlederstiefel fassten seine kräftigen Beine ein. Einen grauen Wollumhang hatte er lässig über eine Schulter geworfen. Während Elena zusah, wandte sich der Mann seinen Begleitern im Schatten zu.

»Bringt ihn ins Lager. Fesselt ihn und wartet dort auf mich.«

Die Männer gehorchten und zogen den wimmernden Wächter zu den Feuern des Soldatenlagers. Elena war allein mit dem Mann, der seine Peitsche streichelte.

2. Kapitel

Ihr Herz klopfte, als wollte es aus dem Körper springen. Der Blick ihrer dunkelblauen Augen hob sich langsam zu dieser neuen Bedrohung. Dann glaubte sie, plötzlich nicht mehr atmen zu können.

Etwas geschah mit ihr, während sie sich der abschätzenden Prüfung dieses Mannes ausgesetzt sah – sie spürte einen Schock des Erkennens, als ob der Mann ihr bekannt wäre. Aber wie konnte das sein? Ganz gewiss hätte sie ihn nie vergessen – niemand würde sich nicht mehr an diesen Anblick erinnern können.

Seine Augen waren von einem blassen Silbergrau, wie Eis. Kalt, und doch brannten die Blicke auf ihrer Haut. Elena schüttelte sich, als sie merkte, wie sich sein Gesicht für immer in ihr Gedächtnis brannte. Sein dichtes, dunkles Haar war so ganz anders als die kurz geschorenen Frisuren der Soldaten. Er hatte eine scharf geschnittene Nase, die etwas höher ansetzte, was ihm einen arroganten Blick verschaffte. Ausgeprägt waren auch die Wangenknochen.

Auf einer Gesichtshälfte verlief eine schreckliche Narbe. Weiß und etwas erhöht zog sie sich vom Mundwinkel bis zum Ansatz seiner Haare, wodurch es so aussah, als lächelte er böse.

Es war ein Lächeln, das kalte Schauer über Elenas Rücken laufen ließ. Sie schüttelte sich und biss sich auf die Unterlippe, um nicht aufschreien zu müssen.

Er betrachtete sie mit kühlem Zorn. »Ich dachte«, sagte er mit seiner tiefen, gelassenen Stimme, die ein Vibrieren durch ihren erschöpften Körper schickte, »dass ihr Sachsenungeziefer zu ängstlich seid, um ausgerechnet an einem solchen Abend eure Wollust auszutoben. Du musst verdammt verzweifelt sein, wenn du dich erniedrigst, es mit einem gewöhnlichen Soldaten wie Mauger zu treiben.«

Elena zog ihren Kittel zwischen ihren Brüsten zusammen und hob stolz ihren kleinen Kopf.

»Ihr glaubt«, stieß sie voller Trotz hervor, »dass ich mir gewünscht habe, was er mit mir gemacht hat? Mylord, es wäre mir lieber gewesen, er hätte mich getötet!»

Die Augen des Mannes vor ihr verengten sich. Warum, dachte Elena verwirrt, hatte sie ihn ‚Mylord' genannt? Dieses Wort war irrtümlich ihrem Mund entschlüpft, und doch hatte dieser Mann etwas an sich, was Gehorsam und Respekt erzwang, selbst von ihr. Sie bemerkte plötzlich, dass er auf das kleine hölzerne Kruzifix starrte, das sie an ihr Leben bis vor wenigen Stunden erinnerte.

Er hob die Hand mit der Peitsche und berührte mit dem Knauf das kleine Kreuz. »Ein süßer Stolz, den ich da höre«, sagte er hämisch, »und das von einer sächsischen Rebellin. Kein Wunder, dass du Maugers Lust entfacht hast. Hast du ihm erzählt, dass du Nonne bist? War er deshalb so leichtsinnig, gegen meine Befehle zu verstoßen?«

Elena rief wütend: »Er muss doch selbst wissen, wo ihr mich überfallen habt.«

»Im Kloster, das ein Rebellennest war?«

»Ich bin keine Rebellin!» Elenas Stimme brach ab, sie atmete tief durch und fügte leiser hinzu: »Aber wenn dies die Behandlung ist, die ich von Euch zu erwarten habe, dann wünschte ich mir, ich hätte an der Seite der Rebellen gekämpft! Lieber sterben, als so erniedrigt zu werden.«

Sie blickte zu ihm hoch. Seine Augen waren so kalt wie der Stahl des Schwertes, das er trug. Sein Gesicht wirkte hart und blieb ohne Regung. Er ließ mit dem Peitschenknauf ab vom Kruzifix und schob ihn unter den zerrissenen Kittel. Er fiel auseinander und entblößte ihre Brüste. Der Lederknauf berührte einen Nippel, der sich sofort versteifte. Elena hielt bei dieser erneuten Demütigung den Atem an und hielt die Arme hilflos an den Seiten.

»Du behauptest immer noch, eine Nonne zu sein?« Er hörte sich fast gelangweilt an. Elena spürte, wie das Blut in ihre Wangen stieg, während er auf ihren Brüsten kleine Kreise mit dem Peitschenknauf beschrieb. »Eine Novizin, Sire«, brachte sie heraus. »Ich sollte nächsten Monat mein Gelübde ablegen.«

»Und wie alt bist du, kleine Novizin?«

»Man hat mir gesagt, dass ich im sechsten Jahr der Herrschaft König Edwards geboren bin ... oh!»

Er drückte jetzt ihre Nippel abwechselnd. Elena keuchte und spürte ein heißes Begehren. Die rosigen Brustwarzen waren groß und steif geworden, und sie empfand ein seltsames Sehnen, während sie sich gleichzeitig schwach und benommen fühlte.

Was für ein Spiel war das? Was ging in ihr vor? Ihre Brüste schwollen an. Sie wollte seine Hände auf ihnen spüren. Sie wollte, dass er sie in die Arme nahm.

Sie erschauerte, und er ließ die Hand mit der Peitsche fallen. Elena fasste den Kittel hoch am Hals zusammen und hielt ihn fest. Verzweifelt versuchte sie, wieder Gewalt über ihren Körper zu gewinnen.

Der Mann sagte: »Dann bist du zweiundzwanzig, und nach deinen Einlassungen bist du völlig unberührt. Dieser Mauger – hat er dir Gewalt angetan?«

Elenas Zorn kehrte zurück. »Seine bloße Berührung war Gewalt, Sire!«

Sein Gesicht verzog sich zu einem Grinsen. »Ich sehe, dass ich präziser sein muss. Bist du noch die Jungfrau, die zu sein du vorgibst?«

»Aber ja! Wie könnt Ihr es wagen, daran zu zweifeln?«

Sein Mund zeigte einen zynischen Zug. »Nun, wir werden sehen. Vorher aber wird Mauger Bekanntschaft mit der Peitsche machen, und das wird er bis an sein Ende nicht vergessen.«

Elenas Kopf ruckte hoch. Ein Mann – ein Normanne – wurde bestraft, weil er sie, eine sächsische Gefangene, angefallen hatte?

Der Mann sah ihre Überraschung. »Du verstehst das falsch, kleine Sächsin. Er wird nicht bestraft, weil er dir zu nahe getreten ist, sondern weil er es gewagt hat, mein persönliches Eigentum zu besudeln.«

Plötzlich fiel ein Streifen des Mondlichts durch die Bäume und riss sein hartes Profil aus den Schatten. »Ich bin Aimery le Sabrenn, Lord von Thoresfield. Der Mann, dem du gehörst. Ah, ich sehe an deinem Gesicht, dass dir mein Name etwas sagt. Lerne deine Lektionen gut, kleine Nonne, denn viele erhalten keine zweite Chance. Niemand vergreift sich an meinem persönlichen Eigentum. Niemand.«

Elena starrte ihn an, verzweifelt, hoffnungslos. Sie hatte es gewusst. Irgendwie hatte sie es gewusst, als sie ihn das erste Mal gesehen hatte. Es war, als würde der letzte Atem aus ihrem Körper gepresst, so schlapp fühlte sie sich.

Die hypnotischen silbergrauen Augen des Bretonen nahmen eine fast schwarze Farbe an, während er das Gesicht seiner jungen Gefangenen betrachtete. Es war ein feines Gesicht, dessen Zerbrechlichkeit ihm fast den Atem raubte. Ihre Haut war so rein und blass, dass sie bei der leichtesten Berührung schon abschürfen musste. Ihre tiefen blauen Augen mit den dichten, sanften Wimpern, starrten ihn hilflos an, aber er sah auch noch immer das Aufbegehren in ihnen.

Ihre langen blonden Locken waren zerzaust von

ihrem Kampf mit dem arroganten Narren Mauger, aber im Mondlicht sah es so aus, als bildete ihr Haar einen Heiligenschein um ihren Kopf. Er sah die kleinen vollkommenen Brüste noch vor sich, und auch ihr leichtes Zittern, als er mit dem Knauf die rosigen Spitzen berührt hatte.

Dieses sächsische Mädchen war eine Schönheit, und sie hatte Charakter. Sie würde Isobel gefallen.

Beim Gedanken, eine neue Gespielin für Isobel aufgetan zu haben, regte sich bei ihm eine schwache, halb vergessene Emotion. Isobel würde diese Leibeigene leiden lassen. Sein Gesicht verhärtete sich, und im nächsten Moment hatte er die Emotion wieder verdrängt. Sie war eine Sächsin. Eine Rebellin, ganz gleich, was sie behauptete. Sie hatte verdient, was sie bekommen würde. Und wenn diese Maid weiter vorgab, unschuldig zu sein, würde das Isobel nur noch mehr reizen.

Er lächelte.

Elena, die dieses frostige Lächeln sah, fürchtete sich nur noch mehr.

Aimery le Sabrenn nahm die Sächsin an die Hand. Das Mädchen fühlte sich leicht und zerbrechlich an wie ein hilfloses Vögelchen. Sie wehrte sich nicht. Es war, als hätte sie sich ergeben, als sie ihm in die Schatten folgte und zurück in den Kreis der Lagerfeuer, wo sich seine Männer versammelt hatten. Er hatte ihr seinen grauen Umhang um die Schultern gelegt, damit sie ihre Blöße bedecken konnte; er wollte seine Männer nicht noch mehr in Versuchung führen.

Sie sah völlig erschöpft aus, fast benommen vor Müdigkeit und Verzweiflung, und doch sah er noch immer den Trotz in ihrem Blick. Selbst in ihrem Schweigen.

Aimery fragte sich, was wohl geschehen wäre, wenn er an diesem Abend nicht bei seinen Männern gewesen wäre. Zweifellos würde das Mädchen unter Mauger und seinen Kumpanen schwer gelitten haben. Er wusste es, denn er hatte es oft genug gesehen. Sie war Sächsin, also hatte sie ihr Schicksal verdient.

Trotzdem war er wütend auf seine Männer, dass sie das Kloster überfallen hatten, selbst wenn es Rebellen unterstützte. Und seltsamerweise empfand er Genugtuung darüber, dass er rechtzeitig eingetroffen war, um das Mädchen vor Maugers Attacken zu beschützen.

Er schaute in das blasse Gesicht des Mädchens. Ihre Vortäuschung, eine Nonne zu sein, war ziemlich entwaffnend. Aber welche Geschichte sie auch immer erzählte, aus Erfahrung wusste er, dass auch sie vor Hingabe schmelzen würde, wenn er sie schließlich nahm. Er würde noch viel Freude an ihren Reaktionen haben, dachte er. Ihre blauen Augen hatte sie weit aufgerissen, als er ihre Nippel berührt hatte, die weichen Lippen hatten sich in einem schwachen Keuchen geteilt. Sie musste noch viel lernen, und er würde es ihr behutsam beibringen. Er würde geduldig warten, bis sie bereit war.

Seine Soldaten, die es sich mit ihren Weinschläuchen um die Feuer gemütlich gemacht hatten, sprangen auf die Füße, als er plötzlich am Rand der Lichtung erschien, das sächsische Mädchen ihm dicht auf den Fersen.

Aimery lächelte zufrieden. Er spürte, wie die Narbe spannte und an der gesunden Wangenhaut zog. Sie hatten Angst vor ihm. Gut so.

Eine einzige Gestalt bewegte sich langsam aus den Schatten auf ihn zu. Ein Mann, nicht ganz so groß wie Aimery, dafür bulliger und grobknochiger, mit einem Gesicht so dunkel wie die Nacht und einem glitzernden Krummschwert am Gürtel.

Elena stieß ein überraschtes Schluchzen aus, als

Aimery sie diesem Mann entgegenschleuderte. Der Lord sah, wie sie zitterte, aber sie hielt sich stolz und aufrecht. Er freute sich über diesen erneuten Beweis ihrer Courage. Sie würde sie noch brauchen.

»Ich will, dass dieses Mädchen in Ketten gelegt wird, abseits der anderen Sklaven, Hamet«, sagte Aimery zu dem Sarazenen, der sein Diener war. »Zu ihrer eigenen Sicherheit. Ich selbst kümmere mich um Maugers Bestrafung. Sieh zu, dass die Männer ihr vom Leib bleiben.«

Der schwergewichtige Sarazene betrachtete Elena mit Wohlgefallen. »Sie ist eine Schönheit, Lord«, sagte er in seinem typischen Singsang. »Ist sie für Euch?«

»Für Isobel«, antwortete Aimery. Ein kaltes Lächeln ließ seine Lippen zucken. »Glaubst du, sie wird ihr gefallen?«

Hamets schwarze Augen leuchteten auf. »Oh, ja, Lord. Das Mädchen ist eine Sächsin – und unberührt?«

»Das behauptet sie jedenfalls. Aber wie auch immer – wir werden ihr noch viel beibringen müssen, und dafür wird in erster Linie Isobel zuständig sein.«

Der schwarze Diener nickte und warf einen begehrlichen Blick auf Aimerys Gefangene. Er schluckte schwer. Aimery sah das und lachte. »Du wirst auch an die Reihe kommen, Hamet. Aber vergiss nicht, Isobel ist die Lehrmeisterin.«

Hamet nickte wieder und ging, die Ketten zu holen. Als er mit ihnen zurückkam, schrie das Mädchen auf, aber Aimery nickte seinem Diener kurz zu, der daraufhin begann, die kalten Schellen am Ende der Ketten um Elenas Hand- und Fußgelenke zu legen. Als er ihre Arme zusammenband, rutschte der graue Umhang von ihren Schultern und gab einen kurzen Blick auf die kleinen Brüste frei.

Der Sarazene hielt in seiner Arbeit inne, und Elena

stöhnte protestierend auf, als sich der Blick seiner hungrigen schwarzen Augen auf ihre Brüste richtete. Seine großen Hände schienen von der zitternden Haut magisch angezogen, aber die Stimme seines Herrn stoppten ihn so wirkungsvoll wie ein Schwert im Rücken.

»Wenn du sie auch nur mit einem Finger anfasst, ehe ich es erlaube«, sagte Aimery, der mit verschränkten Armen zugeschaut hatte, »wirst du sterben, auch wenn du mein Freund bist. Eines langsamen Todes, versichere ich dir. Nun lege ihr den Umhang wieder um und beende deine Arbeit.«

Während Hamet die Ketten anlegte, brach das Gewitter herein, das sich über den Hügeln schon so lange angekündigt hatte. Blitze erhellten den Horizont, und ferner grollender Donner lud die stillstehende Luft auf. Dicke Tropfen klatschten auf das dichte Laub über ihren Köpfen, als Hamet die letzte Schelle befestigt hatte. Dann hob er Elena auf, schwang sie mühelos über eine Schulter und trug sie auf den lauten Befehl des Lords zu der halb verfallenen Holzfällerkate am Rand der Lichtung, wohin er vorher schon die Dinge seines Herrn gebracht hatte.

Aimery folgte ihnen und wies Hamet an, das Mädchen in die kleine strohbedeckte Hütte zu bringen, die an die Kate angebaut worden war. Als Hamet das Mädchen auf die Füße stellte, konnte sie sich kaum aufrecht halten, aber trotzdem unternahm sie einen letzten verzweifelten Versuch.

»Ich bitte Euch, Sire, wenn Ihr überhaupt einen Sinn für Gerechtigkeit habt, dann lasst mich gehen. Ich gehöre nicht zu den Rebellen, das schwöre ich Euch. Wie könnte ich Euch schon nützlich sein? Lasst mich zurück ins Kloster gehen, wohin ich gehöre.«

Der Bretone sah sie eigenartig an, die Hände in die Hüften gestemmt. Sein harsches Gesicht wurde durch einen Blitzstrahl erhellt, und dabei leuchtete die Narbe wie ein Fanal. Elena zitterte vor dem Blick seiner kalten Augen.

»Das Kloster gibt es nicht mehr«, sagte er leise. Elena schrie gepeinigt auf, und Aimery fuhr rasch fort: »Die Nonnen werden irgendwo anders aufgenommen. Aber du bist keine Nonne, Elena, und im Gegensatz zu deiner Ansicht wirst du mir sehr wohl nützlich sein. Weißt du, in meiner Festung Thoresfield wirst du deine neue Herrin kennen lernen – Lady Isobel. Sie wird dich in deine neuen Aufgaben einführen, und Hamet, mein treuer Diener, wird dir helfen, dich zurechtzufinden. Du musst noch eine Menge lernen.«

Elena starrte wild von einem Mann zum anderen. Die Männer lächelten sich an, als teilten sie ein dunkles Geheimnis. Elena zerrte an ihren Ketten, aber damit erreichte sie nur, dass die Schellen in ihre sanfte Haut einschnitten. Sie stolperte und fiel zu Boden, wobei der Umhang des Bretonen an ihrem Körper abrutschte.

Aimery kniete sich und legte eine Hand auf ihre Schulter. Elena zitterte unter seiner Berührung und spürte eine plötzliche Hitzewelle, die durch ihren Körper raste.

»Bleibe still liegen«, sagte er mit seiner tiefen, zwingenden Stimme, »und lerne anzunehmen, was du nicht ändern kannst. Das ist deine erste Lektion des heutigen Abends.«

Er erhob sich und sagte abrupt zu seinem Diener: »Bewache sie gut, Hamet. Ich werde bald zurück sein, wenn ich Maugers Bestrafung hinter mir habe.«

Dann war er weg. Klopfenden Herzens blieb Elena liegen. Einen verrückten Augenblick lang hatte sie sich gewünscht, der Bretone würde sie in die Arme nehmen.

Hamet saß mit überkreuzten Beinen da, den breiten

Rücken gegen die Holzwand gelehnt, und beobachtete das hilflose Mädchen. Eine Träne glitzerte auf ihrer blassen Wange, aber der Blick, mit dem sie ihn bedachte, war voller Widerspenstigkeit. Hamet empfand Mitleid mit ihr. Sie musste sehr verängstigt sein, und doch war sie tapfer. Es gab nicht viele Menschen, die es wagten, den Lord herauszufordern.

Er hätte ihr gern geholfen und ihr Los erleichtert, aber Aimery hatte befohlen, sie nicht anzurühren. Aimery war sein Herr, der Mann, der ihn vor sechs Jahren aus den stinkenden Verliesen in Messina gerettet hatte, wo die Normannen gegen die Mauren gekämpft hatten. Hamet hatte dem Bretonen geschworen, ihm sein Leben lang ergeben zu sein. Damals war Aimery ein Söldner gewesen, einer, der von seinem Schwert gelebt hatte.

»Rühre sie nicht an«, hatte Aimery gesagt, und Hamet hielt sich daran. Aber die Schmerzen in seinen Lenden wurden stärker, als er die sanften Kurven sah, eingehüllt in den Umhang seines Herrn. Hamet erinnerte sich an den kurzen Anblick ihrer blassen Brüste und streichelte seine Lenden. »Beruhige dich, Sachsenmädchen«, murmelte er in seiner Muttersprache. »Ich werde dich nicht berühren.«

Der Regen prasselte durch das Strohdach, und der Donner grollte über den Wald. Hamet betrachtete Elena, bis sie eingeschlafen war und ihr Körper endlich entspannen konnte. Das Gewitter zog weiter. Hamet erhob sich langsam und ging hinüber, wo Elena schlief. Er schob den Umhang mit behutsamen Fingern ein wenig zur Seite, dann auch den Kittel, bis ihre kleinen Brüste entblößt waren.

Er setzte sich neben sie und griff sich an den Penis. Während er sich rieb, flüsterte er ihr süße Verlockungen zu. Sie war so schön. Einmal hielt er inne und berührte ihren zarten Nippel. Sie erschauerte im

Schlaf, und er zog sofort seine Hand zurück, denn sie sollte nicht gestört werden.

Seufzend überlegte er, was Lady Isobel mit einem solchen Mädchen anstellen würde – und was sie ihm mit ihr gestatten würde. Sein Schaft zuckte. Hamet schloss die Augen und wiegte sich hin und her, während seine fiebrige Hand den Penis zu einem heftigen Orgasmus führte.

Als die Wellen der Ejakulation abgeklungen waren, streichelte er sich langsam weiter, den Blick auf Elena gerichtet. Er war glücklich, und er würde dafür sorgen, dass auch das Mädchen glücklich sein würde.

Er richtete ihre Kleidung wieder her, setzte sich zurück an die Tür und wartete auf seinen Herrn.

In einem der mit Kerzenlicht beleuchteten Zimmer der Festung Thoresfield wartete auch jemand auf Aimery le Sabrenn: Isobel de Morency, wenn auch mit erheblich weniger Geduld als der Sarazene. Sie war es überdrüssig geworden, im Zimmer auf und ab zu gehen und trat wieder ans Fenster. Sie schob die ölige Tierhaut beiseite, die als Vorhang der schmalen Schießscharte diente, und schaute hinunter auf den Hof. Tief sog sie die kühle Abendluft ein, als könnte sie das ruhelose Verlangen in ihrem Blut stillen.

Es gab die für den Abend üblichen Aktivitäten. Wächter standen in dieser schwülen Luft lustlos auf ihren Posten an den Palisaden, die Festung und Nebengebäude umgaben. Rauchende Fackeln in eisernen Haltern warfen ein schemenhaftes Licht auf einige späte Reisende, die aus dem Süden eintrafen. Stallknechte hasteten heran und nahmen die verschwitzten und verstaubten Pferde in Obhut.

Zwei junge Soldaten, die wohl dienstfrei hatten, schauten gelangweilt von ihrem Würfelspiel hoch.

Einer blickte hinauf und entdeckte Isobel. Sein bewundernder Blick wärmte Isobels Herz. Sie beobachtete ihn einige Momente, dann wandte sie sich gereizt ab. Nein. Zu gewöhnlich, zu ungehobelt. Wann würde Aimery endlich zurück sein?

Isobel wurde von einem plötzlichen sexuellen Hunger gepackt. Aimery war erst seit gestern weg, er hatte in den Norden reiten wollen, denn es hatte Berichte über Rebellen gegeben. Erst gestern, aber ihr kam es schon wie eine Ewigkeit vor. Was unternahmen andere Frauen in diesen langen, schwülen Sommernächten, wenn ihre Männer nicht da waren?

Wahrscheinlich stickten sie, dachte sie verächtlich, oder sie beschäftigten sich mit irgendwelcher Musik auf ihren schrillen Lauten. Isobels volle reife Lippen verzogen sich. Sie glättete ihr wunderschönes Seidenkleid um die Hüften und tastete über die Perlen ihrer Halskette. Aimery hatte sie in Frankreich von einem Händler gekauft, der regelmäßig nach Konstantinopel reiste und dort Seide, Gewürze und kostbare Juwelen erwarb.

Selbst zu dieser späten Stunde war es noch so heiß. Vielleicht würde es bald ein Gewitter geben, das Abkühlung bringen würde. Und sie könnte das Zucken der Blitze über den Baumwipfeln verfolgen – wenigstens eine Unterbrechung der Monotonie, die in der Festung herrschte, wenn Aimery nicht da war.

Isobel seufzte verdrießlich und warf sich auf das weiße Linnen des breiten Betts. Sie langte nach dem Krug Wein, den ihre Magd für sie bereitgestellt hatte. Sie schenkte sich einen silbernen Becher ein und rief sich ihre erste Begegnung mit Aimery in Erinnerung.

Es war fast fünf Jahre her. Ihr alter, fast impotenter Ehemann, der Baron de Morency, hatte bretonische Söldner angeheuert, um die Aufstände an den Grenzen seines Landes niederzuschlagen. Aimery le

Sabrenn, illegitimer Sohn eines verarmten bretonischen Ritters und einer französischen Dienstmagd, war der Anführer der Söldner. Als sie ihn das erste Mal sah, wusste sie, dass sie ihn haben musste.

Sie genoss den Wein, der durch das lange Lagern im Keller die richtige Temperatur hatte. Aimery hatte ihn eigens für Isobel aus Frankreich kommen lassen, denn er wusste, dass ihr das saure englische Ale nicht munden würde. Isobel ließ einen Schluck Wein auf der Zunge zergehen, streckte sich lüstern und lehnte sich zurück in die mit weichen Daunen gefüllten Kissen.

Aimery le Sabrenn. Der Schwertmann wurde er bewundernd von seinen eigenen Leuten genannt. Sie erinnerte sich, wie der Bretone sie zuerst kühl und herausfordernd angestarrt hatte, während sie am Abendtisch neben ihrem Gatten saß. Die reifen Brüste prickelten unter der Seide des grünen Kleids, als sie sich an ihre erste Begegnung erinnerte.

In Gedanken versunken öffnete sie ihr Mieder und schlüpfte eine Hand unter das weiße Hemd. Mit den Fingerspitzen reizte sie die dunklen Nippel zu einer angenehmen Steife. Der süße Wein verfehlte seine Wirkung nicht; ihr Blut rann warm durch ihre Adern.

Es klopfte an ihre Tür. Ihre Magd trat ein. »Möchte Mylady noch etwas?«

Isobels schräg stehende grüne Augen versprühten Gift ob der Störung. »Nichts. Geh jetzt, Alys, und wenn du mich noch einmal störst, dann …« Alys zog sich rasch zurück, und Isobel ließ sich wieder aufs Bett sinken. Die Kerzenflamme, aufgeschreckt durch den momentanen Durchzug, als die Zimmertür offen gestanden hatte, flackerte gegen die Wandteppiche auf den nackten Mauern. Isobel schloss wieder die Augen.

Wenn sie in dieser heißen Nacht schon nicht bei Aimery sein konnte, sagte sie sich, dann würde sie lieber allein bleiben. Ihre mit Ringen verzierten Finger strichen leicht über die Schwellung ihrer Brüste. Oh, Aimery. Sie erinnerte sich an die erste Nacht mit ihm, und wie von selbst öffneten sich ihre Schenkel unter den raschelnden Falten des Sommerkleids.

Damals war es auch heiß gewesen, eine samtene Nacht im späten Sommer. Isobel hatte von ihrer Magd erfahren, dass Aimery allein in seinem Zimmer war und die Rüstung polierte. Isobel hatte einen Mantel mit Kapuze über ihr dünnes Hemd geworfen und war im Schutz der Dunkelheit zu ihm gelaufen.

Der Bretone war da, wie es ihre Magd gesagt hatte. Als Isobel das kleine Gemach betrat, hatte er ihr den Rücken zugewandt, aber sie konnte sehen, dass er im Schein einer Wachskerze sein langes Schwert reinigte. Er hatte seinen Lederwams abgelegt, weil es wirklich ein schwüler Abend war, und stand nur in seinem Beinkleid da. Isobel spürte ihr Herz klopfen und sog den Anblick seines breitschultrigen Körpers im Kerzenschein auf. Der muskulöse gebräunte Körper wies mehrere Narben auf, die von Schwerthieben stammen mochten. Sie lechzte danach, ihre Fingerspitzen über jeden Zentimeter seiner warmen, erregenden Haut zu streicheln.

Selbst heute noch, in Erinnerung an die erste gemeinsame Nacht, stieß sie ein leichtes Seufzen aus. Ihre Finger glitten sanft über die offenen Schenkel und streichelten über den gespannten Stoff der seidenen Strumpfhose. Sie berührte die zarten Labien und wusste, dass sie bald geschwollen sein würden. Erregt fuhr sie sich mit der Zunge über die Lippen.

Als Aimery sich umgedreht hatte, weil er sehen wollte, wer sein Besucher war, hatte Isobel die Kapuze vom Kopf gestreift. Die Fülle ihrer glänzenden schwarzen Haare fiel über ihre Schultern. Der Bretone hatte gelächelt, in seinen seltsamen grauen Augen hatte es geglitzert, und Isobel hatte fast aufgehört zu atmen – so schön war er. Er hatte nichts gesagt – dieses Lächeln war genug gewesen.

Er war langsam auf sie zugegangen und hatte ihr den Mantel von den Schultern genommen, und gleichzeitig hatte er auch das dünne Hemd abgestreift und zu Boden fallen lassen. Er hatte den Kopf gebeugt und ihre Brüste abwechselnd in den Mund gesogen. Er hatte sich an ihrer Sanftheit erfreut und nicht genug von ihren Brüsten bekommen können. Isobel hatte ihre Hände unter die weichen Hügel gelegt und seinen Mund mit ihnen gefüttert.

Ihre Brüste prickelten wieder in der Erinnerung. Sie öffnete ihre Schenkel noch weiter und rieb hitzig ihre Klitoris mit zunehmender Dringlichkeit. Sie stieß ihre Hand hinein, aber auch das war nicht genug. Sie brauchte etwas Dickes, Festes …

Die Augen schwer vor Sehnsucht, schwang sich Isobel aus dem Bett und ging zu der großen Truhe, in der sie ihre Kleider aufbewahrte. Sie grub tief hinein und fand schließlich einen Gegenstand in sanft glänzendem Leder. Langsam wickelte sie den Gegenstand aus – eine lange, zusammengerollte Peitsche.

Lächelnd ließ Isobel ein bestimmtes Öl auf ihre Handfläche träufeln, verrieb es und ließ die Hände über den Peitschenknauf gleiten.

Sie warf sich wieder aufs Bett und hielt sich in einer gespannten Lage, sie stützte sich auf Schultern und Fersen ab, so dass ihr Körper eine Brücke bildete. Die Zunge glitt über die weißen Zähne, und keuchend begann sie ihre Labien mit dem festen, eingeölten Lederschaft zu reiben. Er glitt zwischen das bereits feuchte Fleisch. Ihre Wangen erröteten, ihr Keuchen wurde lauter.

Sie erinnerte sich, wie Aimery die Holztür seines Zimmers verbarrikadiert hatte. Wie er ihren Mantel auf dem strohbedeckten Boden ausgebreitet hatte.

Isobel, zitternd vor unkontrollierbarem Verlangen, hatte die Arme um ihn geschlungen, seine Brustwarzen geküsst und seinen Leib gestreichelt. Er hatte sie sanft in die Arme genommen und auf den Mantel gelegt, dann hatte er seine Männlichkeit aus der Enge seiner Hose befreit.

Oh, ja, sie hatte die Luft angehalten. Das Blut war ihr in die Wangen geschossen, und sie hatte sogar einen leisen Schrei des Entzückens ausgestoßen. Sie hatte ihre Schenkel gegen seine gerieben, ein stummes Betteln um seine Umarmung.

Zuerst hatte er sie geneckt, hatte seinen pochenden Schaft quälend langsam gegen ihre lechzende Pforte gerieben, bis sie ihn um Erbarmen angefleht hatte. Ihr Flehen waren kleine gutturale Schreie geworden, als er sie aufgespießt und behutsam die wunderbare Länge in ihre saftige, bebende Vagina versenkt hatte. Noch nie war sie derart gefüllt worden. Als er bis zum Anschlag in ihr gewesen war, hatte er einen Moment verharrt, damit sie Länge und Umfang seines gewaltigen Schafts richtig auskosten konnte.

Er hatte mit ihr gespielt und den pulsierenden Schaft fast ganz herausgezogen, und sie hatte ob der Angst vor dem schrecklichen Verlust aufgeschrien, aber im nächsten Moment hatte er ihn wieder ganz hineingestoßen, oh, so tief, und sie hatte seine Schultern gepackt und ihre Ekstase hinausgeschrien, die sie mit einer wahren Welle überflutet hatte.

Ja, sie hatte ihren Höhepunkt rasch erlebt, viel zu rasch das erste Mal, denn sie hatte die geringste Berührung schon so erregend gefunden. Das erging ihr auch heute noch so.

Jetzt, allein in ihrem Bett, kam ihr Atem in kurzen, gepeinigten Zügen, während sie den dicken Lederschaft der Peitsche sehnsüchtig in ihre Vulva führte. Ihre inneren Muskeln klammerten sich erleichtert um den feuchten, glitschigen Stab, und die Peitschenriemen strichen unwiderstehlich über die sanfte Haut ihrer Schenkel. Ihre Finger lockten die erblühte Klitoris, und Isobel stellte sich vor, dass Aimery tief in ihr war, sie ausfüllte und befriedigte.

Isobel rollte sich zuckend auf eine Seite. Ihre Hüften stießen vor und zurück, ruckten gegen den langen, festen Schaft, und ihr ganzer Körper wurde von wilden Vibrationen geschüttelt. Immer wieder trieb sie das Leder in sich hinein, bis die Zuckungen stärker wurden. Aimery, oh, Aimery.

Sie lag erschöpft auf dem klamm gewordenen Linnen, die Beine gespreizt, das weiche Leder enttäuschend kalt in ihrer immer noch pulsierenden Vagina. Mit beiden Händen tröstete sie ihre schmerzenden Brüste.

Es war nicht genug. Ohne ihn war ihr nichts genug.

Als Aimery Frankreich verlassen hatte, um mit Williams bunt zusammengewürfelter und eroberungshungriger Armee nach England zu ziehen, hatte Isobel beschlossen, ihm zu folgen. Ihr Gatte und die Gesellschaft hatten sie verachtet, aber ihr war es nur darum gegangen, bei ihrem Aimery zu sein.

Bei der Schlacht von Hastings war es Aimery, der mit seinen Männern den Kampf entschieden hatte. Als Herzog William durch einen Schwerthieb aus dem Sattel gerissen worden war, hatten Aimery und seine Krieger sich wie einen Schutzschild um den am Boden liegenden Herzog gestellt, und sie hatten sich heroisch gegen die anstürmenden Sachsen gewehrt und sie zurückgeschlagen. Das Schlachtgeschehen hatte sich gewendet, der Ausgang ist Geschichte.

Herzog William, jetzt König von England, hatte Aimerys Tat nicht vergessen.

War es wirklich erst gestern gewesen, dass Aimery die Festung verlassen hatte? Er hatte seinen Soldatentrupp nach Norden geführt, den sächsischen Rebellen auf der Fährte. Es hieß, sie wären immer noch mit den Dänen verbündet, deren Flotte vor der englischen Küste kreuzte.

Natürlich hatte Isobel nicht geklagt, dass Aimery schon wieder ins Feld zog. Schließlich war ihr Geliebter mit dem Land rund um Thoresfield reichlich entlohnt worden, und im Gegenzug hatte er dafür zu sorgen, dass dem König und seinem Land von Norden her kein Ungemach drohte. Isobel begriff, dass Aimery an erster Stelle Soldat war, der König William von England die Treue geschworen hatte. Aber wie sollte sie ohne ihn überleben? Niemand konnte es mit Aimery le Sabrenn aufnehmen, weder als Liebhaber noch als Mann.

Wenigstens konnte sie sich auf die Rückkehr freuen. Isobel versuchte, ihr zerknautschtes Kleid zu glätten, streckte sich trunken auf dem Bett aus und griff nach dem Wein. Vielleicht würde ihr Lord einige Gefangene mitbringen, einige sächsische Frauen zu seinem eigenen Vergnügen. Und zu seiner ganz persönlichen, bitteren Vergeltung, von der nur Isobel etwas wusste.

Sie fuhr mit der Zunge über ihre Lippen. Ihre Gedanken erinnerten sie an ihre nur halbherzige Befriedigung. Der kalte Schaft steckte noch in ihr, aber er bewirkte nichts mehr. Was sie brauchte, war ein warmer, harter, lebendiger Schaft aus Fleisch und Blut.

Es hatte keinen Sinn. Sie musste jemanden finden, der ihr das Vergnügen bescherte, auf das sie aus war. Mit halb geschlossenen Augen ging sie ihren Plan durch.

3. Kapitel

In der Anbauhütte des Holzfällers schlief die völlig erschöpfte Elena. In ihrem Schlaf erlebte sie wieder ihren Traum, aber diesmal war er viel lebhafter, fast wirklich. Der große Mann stieg aus dem Sattel und trat entschlossen auf sie zu, und sie rannte ihm entgegen und sehnte sich nach seiner Umarmung. Aber sie konnte sein im Schatten liegendes Gesicht nicht sehen …

Als sie aufwachte, stieß sie unwillkürlich einen Schrei aus, denn ihr Blick fiel als erstes auf den Sarazenen, der immer noch auf seinem Platz an der Tür saß und Elena betrachtete. Er hatte eine Fackel in den harten Boden getrieben, die groteske Schatten in den kleinen Raum warf. Mit seiner dunklen Haut und den fremden Gesichtszügen war Elenas Furcht vor dem Sarazenen so groß wie vor seinem kalten Herrn.

Sie versuchte, ihre Gliedmaßen zu bewegen und biss sich auf die Lippen, als die metallenen Klammern sie an ihre Gefangenschaft erinnerten.

Der Sarazene sah, dass Elena wach geworden war. Er erhob sich und ging über den feuchten Boden auf sie zu.

Sie wich instinktiv vor ihm zurück, aber er streckte nur einen Arm aus. »Lord Aimery sagt, dass die Ketten jetzt entfernt werden können. Aber nur, wenn du versprichst, nicht davonzulaufen.« Seine Stimme klang weich und eigenartig rhythmisch, beinahe freundlich.

Freundlich? Sie war dabei, ihren Verstand zu verlieren. Wie konnten diese Männer, ihre Feinde, freundlich sein?

Sie sagte mit einer Stimme, die bar jeder Emotion war: »Ich verspreche, nicht davonzulaufen.«

Wohin hätte sie auch laufen sollen? Selbst wenn sie es geschafft hätte, das Lager hinter sich zu lassen – der Wald war nicht ihr Freund. In diesem wilden Landstrich im Norden Englands wimmelte es von hungernden Geächteten, auf der Flucht vor König William und seinen Häschern. Nein, wenn sie floh, würde sie verhungern oder verzweifelten sächsischen Rebellen in die Hände fallen.

Außerdem hatte Aimery ihr versprochen, dass ihr kein Harm zustoßen würde. Elena wusste, dass es verrückt war, aber sie glaubte ihm.

Der bullige Sarazene war überraschend behutsam, als er sie von den Ketten erlöste. Die sehnigen Muskeln seiner Arme glänzten, und tiefe Furchen gruben sich in seine Stirn, als er sich darauf konzentrierte, die Schlösser zu öffnen. Er roch nach Moschus und Mann. Elena hatte noch nie jemanden mit so dunkler Haut gesehen, obwohl sie gehört hatte, dass es solche Menschen gab. Sie errötete, als sie daran denken musste, dass er am ganzen Körper diese Hautfarbe hatte.

»Du darfst keine Angst haben, Sachsenmädchen«, sagte er plötzlich. »Aber du musst tun, was dein Herr dir sagt. Folge ihm aufs Wort und ...«

Er brach ab, denn ein großer Schatten füllte die Tür. Aimery le Sabrenn betrat die winzige Hütte.

Elena schaute zu dem Mann hoch, der sie gefangen hielt, und kam sich elend schwach vor. Er war groß und mächtig. Er trug einen knielangen Ledermantel, der seine wuchtigen Schultern betonte und in der schmalen Taille von einem breiten Gürtel zusammengeschnürt wurde. In den Schatten des Fackelscheins sah sein Gesicht noch unwirscher und kälter aus denn je. In seinem eisigen Blick lag eine Angriffsbereitschaft, die Elena ungewollt zittern ließ.

Er war nicht viel älter als sie, er mochte gerade mal über dreißig sein, und doch wirkte er so viel erfahrener als sie. Das Leben schien diesen mächtigen Mann verbittert zu haben. Elena spürte, wie sich ihre Bauchmuskeln zusammenzogen, als sie seine Blicke auf sich spürte.

»Nun, meine kleine Sächsin«, sagte er, »es wird dich freuen zu hören, dass der Wächter, der gestern Abend über dich hergefallen ist, kurz vor seiner Bestrafung steht. Natürlich musst du bei der Bestrafung dabei sein.«

»Nein!«, stöhnte Elena. »Nein … das … ich kann das nicht …«

In dem Gesicht des Mannes zuckte es, und die blasse Narbe hob die Mundwinkel zu einem höhnischen Grinsen. »Das war keine Frage«, sagte er leise. »Hamet, bringe sie zur Lichtung.«

Der Regen hatte aufgehört, aber es tropfte noch von den Bäumen. Der Mann, Mauger, war schon mit Stricken an einen Baum gebunden, der Rücken entblößt für die Peitsche. Die Männer des Bretonen hatten sich zu einem stummen Kreis zusammengefunden und warteten.

Aimery nahm seine Position ein und nickte seinem Sergeant zu, der daraufhin vortrat. In seiner Hand hielt er eine dicke geflochtene Reitpeitsche. Aimery streckte den Arm nach Elena aus. Er hielt sie am Handgelenk fest, so dass sie gezwungen war zuzuschauen.

Zuerst blieb Mauger stumm, obwohl sein stämmiger, muskulöser Körper bei jedem Schlag auf seine gespannte Haut geschüttelt wurde. Elena wandte angewidert das Gesicht ab, als die Peitsche rote Schwielen auf den breiten Soldatenrücken brannte. Aimery bemerkte ihre leichte Drehung und packte ihr schmales Kinn zwischen Daumen und Zeigefinger.

»Du wirst hinschauen«, befahl er. »Der Mann wird deinetwegen bestraft.«

»Nein! Ihr könnt mich nicht zwingen! Ich ... ich werde meine Augen schließen.«

»Jedes Mal, wenn du die Augen schließt«, sagte der Bretone in aller Ruhe, »werde ich die Strafe des Mannes um zehn Schläge erhöhen. Und jetzt schau hin.«

Elena glaubte sich einer Ohnmacht nahe. Aimery hielt sie jetzt an den Schultern fest und zwang sie, die Bestrafung zu verfolgen. Als er schließlich rief: »Halt! Das reicht«, war Elena wie gelähmt. Sie wollte schlucken, aber ihre Kehle war wie ausgedörrt.

Aimery wartete einen Moment, dann zog er sie an einer Schulter, bis sie ihm das tränenüberströmte Gesicht zuwandte.

»Das hat dir nicht gefallen, nicht wahr, kleine Sächsin?«

»Nein«, krächzte sie. »Es war ... widerlich.«

Er fuhr mit einem Finger über ihre bleiche Wange. »Dann wirst du in Zukunft mit deinen Anschuldigungen vorsichtiger sein müssen, nicht wahr? Du wirst erwachsen werden müssen, kleine Elena. Wir sind Soldaten und befinden uns auf feindlichem Territorium. Deshalb muss zu jeder Zeit Disziplin herrschen. Die Strafe des Mannes war nicht zu hart. Er ist ein guter Soldat. Wir brauchen ihn. Aber er hat seine Lektion gelernt. Und du – nun, du musst lernen, diese kleinen Spiele zu genießen.«

Spiele? Elena war wie vor den Kopf gestoßen. Inzwischen war Hamet herangekommen. »Sollen wir nun mit ihrem Training beginnen, Lord? Ich habe Eure Sachen in die Hütte des Holzfällers gebracht. Es ist ziemlich abgeschieden dort ...«

Der Bretone hielt Elena immer noch an den Schultern fest und sah sie lange an. Seine grauen Augen verengten sich. »Nein, Hamet«, sagte Aimery schließlich. »Wir werden uns ihre Erziehung aufsparen, bis sie richtig vorgenommen werden kann. Wenn wir erst in der Festung sind, wird Lady Isobel sie gründlich vorbereiten. Ich bin sicher, dass sich die Wartezeit lohnt.«

Hamets Schultern senkten sich vor Enttäuschung, und Aimery sagte trocken: »Ich sehe, du hast heute Abend wenig Geduld, mein Freund. Warum suchst du dir nicht eine bereitwillige Frau unter den Gefangenen?«

Hamet nickte eifrig. »Ja, Lord. Und kann das sächsische Mädchen zuschauen?«

Aimery runzelte die Stirn. »Nein, ich habe dir doch gesagt, dass ihre Erziehung in der Festung beginnen wird. Lege sie wieder in Ketten und nimm dir irgendein Mädchen.«

Elena verstand kaum den Sinn dieses Wortwechsels, aber sie spürte die Bedrohung und sträubte sich, als sie wieder gefesselt wurde. Aimery le Sabrenn sagte: »Du bist töricht, kleine Sächsin. Wenn du dich meinen Anordnungen widersetzt, kann ich für deine Sicherheit nicht garantieren. Willst du lieber da draußen bei den anderen Leibeigenen sein, der Barmherzigkeit eines Mannes wie Mauger ausgesetzt?«

Elena ließ sich in Hamets Arme sinken, denn sie erkannte die Richtigkeit von Aimerys kalten Worten.

Aimery sah ihnen nach, als Hamet das Mädchen schulterte und zurück in die Hütte brachte. Bitterkeit gegen die Sachsen stieg erneut in ihm hoch. Elena beunruhigte ihn, ihr Anschein der Zerbrechlichkeit und Unschuld verwirrte ihn. Er sagte sich, dass ihre Fassade nur eine listige Maske war. Wahrscheinlich hatte sie den armen Narren Mauger bis aufs Blut gereizt, und zweifellos würde sie weitere Männer in Schwierigkeiten bringen.

Hamet kam prompt zurück. Seine Zähne leuchteten in der Dunkelheit. Er zog eine rothaarige Sächsin hinter sich her, eine der Rebellen, die sie in den Wäldern aufgetrieben hatten. Irgendwie gelang es der Frau, trotz ihrer zerrissenen Lumpen sinnlich auszuschauen. Ihre Augen weiteten sich, als sie sah, zu wem sie gebracht wurde. Sie befeuchtete ihre vollen Lippen und musterte Aimerys kräftige Gestalt.

»Ihr wollt mich, Mylord?«, flüsterte sie.

Aimerys Züge verzogen sich zu einem kalten Lächeln. »Das weiß ich noch nicht«, sagte er. »Aber vielleicht kannst du mich überzeugen.« Er ging den Weg voran zur Hütte des Holzfällers. Eine trübe Laterne flackerte in einer Ecke und warf zitternde Schatten gegen das windschiefe Dach.

Aimery lehnte sich gegen eine Holzwand und verschränkte die Arme vor der Brust. Auf der anderen Seite der Wand lag das angekettete sächsische Mädchen im kleinen Anbau. Aimery schob den Anblick des verängstigten und zugleich trotzigen Mädchens aus seinen Gedanken und wandte sich mit kühlem Blick an die üppige Rothaarige.

»Amüsiere mich«, sagte er.

Die junge Frau, die ihn hungrig anstarrte, nickte eifrig und wandte sich an Hamet.

Sie ging mit hüftschwenkenden Schritten auf den Sarazenen zu und schürzte die Lippen, als sie das offene Entzücken auf seinem Gesicht bemerkte. Mit einer flüssigen Bewegung zog sie das löchrige Kleid von den Schultern und enthüllte ihre vollen Brüste. Lauter kleine Sommersprossen bedeckten die glatte weiße Haut.

»Oh, ja, ja«, stieß Hamet keuchend aus.

Er sprang auf sie zu, aber mit einem Finger, den sie

quer über die Lippen legte, hielt sie ihn auf und bedeutete ihm, sich auf den Boden zu legen. Hamet gehorchte und legte sich hin, die Hände unter dem Kopf verschränkt. Seine Augen leuchteten voller Erwartung.

Die junge Frau atmete schwer, sie ließ sich auf ihre Knie nieder und beugte sich über Hamets Hüften. Mit geschickten Fingern schob sie das Wams hoch und tastete nach den Schnüren seiner Hose. Als der voll erigierte Penis des Sarazenen entblößt war, sprang er ihr hitzig entgegen, und die junge Frau ließ bei dem Anblick ein leises Stöhnen hören und streichelte ihn mit flinken, kundigen Fingern.

Sie beugte sich vor und nahm ihn zwischen die vollen Brüste. Hamet seufzte laut, und die Rothaarige blickte hoch und sah den Bretonen herausfordernd an. Aimery, der immer noch an der Wand lehnte, beobachtete das Spiel der beiden Körper, der eine weiß, der andere dunkel. Der Kontrast hatte seine Reize im flackernden Schein der Laterne, aber er traf keine Anstalten, bei dem Spiel mitzumachen.

Der rote Schopf senkte sich über Hamets Körpermitte, und wie bei einer Schlange zuckte die flinke Zunge hervor zur dunklen, geschwollenen Eichel. Hamets ganzer Körper vibrierte. Er hob die Arme und griff an ihre Brüste, und seine Hüften ruckten hoch. Der gespannte Schaft verschwand in ihrem Mund.

Zuerst zuckte sie und nahm den Kopf auch ein wenig zurück, aber dann nahm sie so viel von ihm auf, wie sie unterbringen konnte. Die ganze Zeit war ihr bewusst, dass der bretonische Lord sie beobachtete. Er war es, den sie in Wirklichkeit haben wollte. Sie spürte, wie ihre Säfte flossen, wie sich die Spannung in ihren Brüsten und in ihrem Bauch aufbaute – genährt von der Hoffnung, dass der Lord sich nicht mehr lange würde zurückhalten können.

Sie setzte bei dem Sarazenen ihr ganzes Geschick ein, legte eine Hand um seine Hoden und drückte leicht. Sie spürte, wie sich die behaarte Haut spannte, und bewegte den Kopf schneller. Es dauerte nicht lange, bis Hamets ruckende Bewegungen des Beckens immer ungezügelter wurden. Er schrie seine Lust heraus und pumpte sie in ihren weichen, feuchten Mund.

Die Rothaarige richtete sich auf, atmete kräftig durch und wandte sich mit einem koketten Lächeln an Aimery le Sabrenn. »Jetzt Ihr, Mylord?«

Er war schon dabei, seinen Gürtel zu öffnen. Sie sah ihm dabei aufgeregt zu, und ihre Zunge fuhr verspielt und erwartungsvoll über die vollen Lippen, während sie seinen geschmeidigen, breitschultrigen Körper bewunderte.

Irgendwie wusste sie, dass dieser Mann sie befriedigen würde.

»Dreh dich um«, wies er sie knapp an.

Enttäuscht musste sie den Blick von seinem überzeugend maskulinen Körper wenden. Sie spürte seine Hände auf ihrem Po. Sie bedauerte diese Stellung, denn sie hätte gern dieses gefasste, kühle Gesicht mit der Narbe im sexuellen Rausch gesehen. Aber wenn es ihr gelang, dem Bretonen zu gefallen, würde er sie vielleicht wieder anfordern. Das wäre ein besseres Leben, als hungernd durch die Wälder zu rennen.

Sie spürte seine kühlen Hände auf ihren Flanken, und dann suchten seine Finger ihre Spalte. Sie stöhnte lustvoll auf, als der Bretone die feuchten Lippen der geschwollenen Vulva mit geschickten Fingern spreizte und seine berstende Männlichkeit bis zum Anschlag in ihr versenkte. Er verharrte tief in ihr und hielt still.

»Ah!» Die Rothaarige konnte den Aufschrei nicht zurückhalten. Sein Penis füllte sie aus, voll und ganz bis zum Delirium. Dass er sich in ihr nicht bewegte, machte sie wahnsinnig. Sie wartete so lange sie konnte, dann ließ sie aufstöhnend ihr Becken rotieren, um ihn zu rhythmischen Stößen zu verführen.

»Hör auf«, flüsterte Aimerys tiefe Stimme in ihr Ohr. Aber sie konnte nicht aufhören und fuhr fort, sich mit seinem Schaft zu massieren.

Aimerys Finger packten fest ihre Backen, um sie ruhig zu halten. »Du sollst damit aufhören«, sagte er mit ruhiger Stimme, die ihr heißes Blut abkühlte. »Du bewegst dich erst wieder, wenn ich es dir erlaube, ist das klar?«

Sie schluckte schwer und nickte.

Jetzt zog Aimery den Schaft quälend langsam heraus. Die Frau wollte aufschreien, er sollte wieder in sie eindringen, hart und tief. Ihre Hüften wackelten voller Ungeduld und Not.

»Ich sagte, du sollst dich nicht bewegen!»

Sie nickte und biss sich hart auf die Lippen, als er langsam wieder in sie hineinglitt. Ihre Vagina klammerte sich um den harten Schaft und erhöhte die Lust. Was für eine Kraft von ihm ausging.

Sie konnte sich nicht länger zurückhalten. Sie stieß einen harschen Schrei aus und stieß fiebernd gegen ihn, sie ruckte die Hüften vor und zurück, ließ das Becken kreisen und rieb ihre geschwollenen Brüste.

Der Bretone zog sich abrupt aus ihr zurück und ließ sie kalt und leer auf ihren Knien liegen. Wieder schrie die Rothaarige auf, aber diesmal war es ein Jammern über den Verlust. Sie hielt sich still.

Aimery beobachtete sie kalt und stieß wieder in sie hinein.

Jetzt holte er zu gleichmäßigen Stößen aus, die nach einer Weile härter und fordernder wurden. Der Bretone sagte nichts, die Frau konnte nur seinen gepressten Atem hören. Er hielt sie an den Hüften gepackt und trieb seinen geschwollenen Schaft kraftvoll in sie hinein, und sie begleitete jeden Stoß mit einem lauter werdenden Stöhnen. Ihr Zittern wurde so stark, dass der ganze Körper geschüttelt wurde.

Aimery war am Ziel. Er hielt die Backen der Frau fest und bewegte sie vor und zurück, während er zum finalen Stoß ansetzte. Die Rothaarige verfiel in heftige Zuckungen und stieß einen schrillen Schrei aus. Sie ruckte gegen ihn, rieb sich an ihm und konnte sich nicht mehr auf den Händen halten, als sie vom Höhepunkt mitgerissen wurde. Kraftlos stützte sie sich mit Kopf und Schultern auf dem Boden ab, während ihr Körper immer noch von fiebrigen Zuckungen geschüttelt wurde.

Er zog sich aus ihr zurück und begann, seine Kleidung wieder zu richten. Die Frau hatte sich zuletzt auch nicht mehr auf den Knien halten können und lag erschöpft auf dem Boden, dicht vor Hamet, der die Szene mit feurigen Augen verfolgt hatte.

Aimery stieß sie mit dem Fuß an. »Du kannst jetzt gehen«, sagte er.

Sie richtete sich auf und fasste die zerrissene Kleidung über den Brüsten zusammen. Er ist ein verdammt kalter Hund, dachte sie, aber trotz seiner Kälte fühlte sie sich zu ihm hingezogen.

»Mylord«, sagte sie, »wenn Ihr es wünscht, wärme ich Euch die ganze Nacht das Bett.«

Er wandte sich von ihr ab. Der Hunger in ihrem Gesicht enttäuschte ihn. Es bereitete keine Lust, wenn sie so gierig waren. »Sie kann jetzt gehen, Hamet«, sagte er nur.

Als der Sarazene sie aus der Hütte führte, rief die Rothaarige über die Schulter: »Ruft mich wieder, Mylord. Mein Name ist Morwith.«

Der Sarazene begleitete sie zum Lager der anderen Sklaven, und als sich Morwith zum Schlafen niedergelegt hatte, ging sie in Gedanken noch einmal das Geschehen der letzten Stunde durch. Neu erwachte

Begierde stachelte ihren Körper an, als sie sich an die kraftvolle Männlichkeit des Bretonen erinnerte, die in sie eingedrungen war.

Sie hatte schon früher gehört, dass es keinen Mann gab, der Aimery le Sabrenn das Wasser reichen konnte, und jetzt wusste sie, dass das stimmte. Sie griff zwischen ihre Schenkel und stöhnte leise seinen Namen in die Nacht.

Vielleicht, dachte Morwith sehnsüchtig, würde sie noch einmal eine Gelegenheit erhalten – in der Festung.

Im windschiefen Anbau lag Elena wach, ruhelos und verstört. Die Ketten waren weniger störend als ihre Gedanken. In der Ferne hörte sie den schwach grollenden Donner. Es war eine heiße, schwüle Nacht.

Deutlicher hörte sie die Geräusche von nebenan. Zuerst war es nur eine Frauenstimme, dann erkannte sie das tiefe Organ des Sarazenen, sein dunkles Lachen. Und dann kam auch noch die harsche Stimme ihres Herrn hinzu, der knappe Befehle erteilte. Aber nach ein paar Minuten wurde es still, und Elena glaubte schon, dass sie wieder gegangen waren oder schliefen.

Aber als die Frau zu stöhnen begann, hielt Elena den Atem an. Es waren kleine animalische Laute, die durch die Holzwand zu ihr drangen, gefolgt vom harschen Grunzen eines Mannes. Dann wieder eine Frauenstimme, sie schrie auf, immer und immer wieder, schrill, dünn und viel zu hoch, als befände sie sich in einem Zustand jenseits des Schmerzes.

Oh, was geschah da nur? Hatte Mylord wieder eine Bestrafung angesetzt? Oder waren es jene Dinge, die er als ›Spiele‹ bezeichnete?

Die nur wenig gedämpften Geräusche schienen die

halbe Nacht anzudauern. Elena lauschte angestrengt, und gegen ihren Willen war sie fasziniert. Ihr schoss die Röte in die Wangen, bis die letzten Laute verstummten.

Ihr Puls raste immer noch, als sie sich in eine Ecke kauerte und um Schlaf flehte.

Im nächsten Moment hörte sie, wie die schiefe Holztür zu ihrer kleinen Hütte aufgezogen wurde, und für einige Momente hielt sie die Luft an. Gebannt starrte sie zur Tür. Ein riesiger Schatten füllte den Eingang.

Aimery le Sabrenn. Elena starrte ihn stumm an, aber ihr Herz klopfte wie wild, während er auf ihre zusammengesunkene Gestalt blickte. Sie spürte, wie ihre Kehle trocken wurde, aber nicht vor Angst, da war irgendeine andere Emotion, die sie nicht kannte.

Er beobachtete sie eine Weile und sagte dann: »Ich habe dir Brot und Wein mitgebracht. Du musst hungrig sein. Und wenn du dich gestärkt hast, musst du schlafen. Morgen haben wir eine lange Reise vor uns.«

Während Elena jede seiner Bewegungen mit wachen Augen verfolgte, legte er den Weinschlauch und einen halben Brotlaib neben sie, eingepackt in ein weißes Leintuch. Ihre blauen Augen schauten ihn an, aber ihre tausend Fragen blieben ungestellt und unbeantwortet.

Im nächsten Moment war Mylord verschwunden, und Elena lag zitternd in den Schatten, sein hageres, vernarbtes Gesicht eingebrannt in ihr Gedächtnis.

Sie wusste nun, warum sie gleich zu Beginn geglaubt hatte, diesen Mann zu kennen, warum er ihr so vertraut vorgekommen war. Alles an ihm war ihr bekannt, seine Art zu gehen, seine Art, sich zu bewegen, seine Sprache. Aimery le Sabrenn, der Bretone, Lord von Thoresfield, war der Mann, den sie aus ihren Träumen kannte.

Elena schloss die Augen, als wollte sie die verrückten Gefühle, die ihren Körper erfassten, aus ihrer Welt zwingen.

Glücklich wäre sie erst, wenn er die Nacht bei ihr geblieben wäre …

4. Kapitel

Isobel sagte zornig: »Ich habe sie vom Fenster aus gesehen, als ihr in den Hof geritten seid. Sie sieht so jung aus. Und, mein Lieber, so unschuldig!«

Aimery, der schon seit einiger Zeit in dem Zimmer, das Isobel als ihre Kemenate eingerichtet hatte, auf und ab gegangen war, wandte sich seiner Gefährtin zu. »Sie ist zweiundzwanzig. Und was ihre Unschuld angeht – ich dachte, dass dir das nur Recht wäre.«

Isobel schritt weich über die Binsenmatten, blieb dicht vor ihm stehen und streichelte ihm über die vernarbte Wange. »Ich dachte, dass du es bist, der sie ausgesucht hat, Aimery, meine Liebe. Für deine Vergeltung.«

Sie presste ihren geschmeidigen Körper gegen ihn und strich mit den Händen über seine muskulösen Arme. Sie pflanzte kleine nagende Küsse auf seinen mächtigen Brustkorb. Sein Wams hatte sie geöffnet und zu den Seiten geschoben. Diese verdammte Sachsenklinge hatte sein schönes Gesicht beträchtlich entstellt, aber er war immer noch so erregend und gefährlich wie immer, besonders jetzt, da er reich und mächtig war und in der Gunst des Königs stand.

Isobel koste ihn, was sie wie keine Zweite verstand. Ihre Zunge war heiß und verlockend, aber Aimery schob sie von sich, bevor sein eigenes Verlangen ausbrach.

Isobel war besorgt und beunruhigt über die Zurückweisung, aber sie war zu klug, um sich das anmerken zu lassen. Sie fragte sich, ob er irgendwie von ihrem Besucher in der vergangenen Nacht erfahren hatte.

»Sie ist ideal für unsere Zwecke«, sagte er. »Sie behauptet, Novizin in einem Kloster gewesen zu sein – in einem Kloster, das Rebellen Unterschlupf gewährte. Sie ist völlig unverdorben, glaube ich, und du kannst ihr alles beibringen, Isobel.«

»Was dir zur Belohnung gereichen wird, Mylord«, murmelte Isobel de Morency. Ein gieriges Leuchten trat in ihre Augen. »Soll ich jetzt zu ihr gehen?«

Aimery nickte kurz. »Ja. Und schick Hamet zu mir.«

Er brauchte Isobel nicht, um ihn an die Vergeltung zu erinnern. Der blanke Hass stieg in ihm hoch, wenn er daran dachte.

Während ihres Aufenthalts in der Garnison York hatte Aimerys jüngerer Bruder Hugh eine wunderschöne Sächsin zur Geliebten genommen. Eine bezaubernde Hexe. Sie hatte auch Aimery verzaubert und ihm eingeredet, sie könnten ihre Verstrickung vor dem ahnungslosen Bruder geheim halten. Aimery hatte sich für seinen Verrat gehasst, aber er betete sie an und vergaß Isobel sogar für eine gewisse Zeit.

Die Frau hatte ihn in eine Falle gelockt – nein, sie hatte sie beide in eine Falle gelockt. Die ganze Zeit hatte sie für die sächsischen Rebellen gearbeitet. Als York vom sächsischen Heer eingenommen wurde, war Hugh gefangen genommen worden, während Aimery hatte fliehen können, nachdem das feindliche Schwert seine Wange in zwei Hälften geschlagen hatte.

Seitdem hatte Aimery sich geschworen, dass die Sachsen für den Tod seines Bruders bezahlen würden. Es war sein eigener, persönlicher Rachefeldzug, von dem König William, der ihm den nördlichen Außenposten anvertraut hatte, nichts wusste.

Elena lag im warmen duftenden Wasser der Badewanne, die man für sie hereingebracht hatte. Ihre frisch gewaschenen Haare lagen wie feuchte Seide auf ihren Schultern und glänzten im Schein der Kerzen. Sie wusste nicht, was mit ihr geschah und warum.

Den Rest der Reise zur Festung hatte sie auf dem Rücken eines Pferdes verbracht, wenn auch mit einem Strick mit einem der Soldaten verbunden, der ihr aber so respektvoll begegnete, dass er sie kaum anzusehen wagte.

Die Dämmerung war angebrochen, als sie Aimerys Festung in Thoresfield erreicht hatten. Ursprünglich das imposante Gutshaus eines Lehnsherrn, war es im vergangenen Jahr von den Normannen wehrhaft gemacht worden, um die gefährliche Nordroute des Königreichs zu sichern. Gefährlich war der Norden wegen der Rebellen und wegen der Vogelfreien, die sich in den riesigen Wäldern herumtrieben.

Als die Gefangenen durch die breiten Öffnungen der Palisaden geführt worden waren, hatte Elena die Sklaven ängstlich flüstern hören. Sie wurden auf den offenen Hof getrieben, der von Fackeln beleuchtet wurde, und von dort zu den einzelnen strohbedeckten Hütten, die den Hof umgaben.

Einmal hatte Elena einen kurzen Blick auf den Sachsen werfen können, dem sie versucht hatte, im Wald zu helfen – der Mann, der bei Pater Wulfstan Unterschlupf gesucht hatte. Sie hatte einen Stich in ihrem Herz gefühlt, als der blonde Sachse ihr zugelächelt hatte. Sie war froh, dass er überlebt hatte.

Elena hatte voller Aufregung im Hof auf das gewartet, was da auf sie zukommen würde. Die Schreie der Soldaten und das Klappern des Pferdegeschirrs hatten alle anderen Geräusche übertönt. Sie hatte sich umgeschaut und gedacht, dass dies nun für unabsehbare Zeit ihr Zuhause sein würde.

Sie hatte erwartet, mit den anderen Sklaven in eine Reihe gestellt zu werden, aber stattdessen hatte man sie ins Herz der Festung gebracht. Sie war durch eine große, mit Sparren versehene Halle geführt worden, in der ein helles Feuer brannte, dann eine Treppe hoch und vorbei an den Privatgemächern des Bretonen, und ganz in der Nähe, hatte man ihr gesagt, würde sie ihr Zimmer haben.

Nach der kargen Einrichtung des kleinen Klosters kam ihr selbst das winzige Zimmer wie der absolute Luxus vor. Das Dienstmädchen, das auf sie gewartet hatte, half ihr aus den zerlumpten Kleidern und stieß einen Schrei des Entsetzens aus, als sie die zerschundenen Füße und die Hautabschürfungen an den Gelenken sah. Und dann hatte das Mädchen ihr geholfen, in den Holzbottich zu steigen.

Elena, immer noch benommen von den Geschehnissen, legte sich zurück, als das Dienstmädchen gegangen war, genoss das süß duftende Bad und das köstliche Gefühl des warmen Wassers, das an ihrer Haut leckte. Noch nie hatte sie ein heißes Bad genommen. Im Kloster hatten sie sich natürlich jeden Morgen gewaschen, aber mit dem kalten Wasser, das sie in Eimern aus dem Brunnen geschöpft hatten. Die Seife, die sie benutzt hatten, war aus Holzkohle und Lauge hergestellt gewesen. Dies hier war absolute Glückseligkeit.

Das kleine Zimmer, das man ihr zugewiesen hatte, wurde durch ein offenes Feuer geheizt; Teppiche hingen an den Wänden, und eine Tierhaut sollte die Kälte aufhalten, die durch das Fenster drang. Elena sah auf ein schmales Bett mit einer Decke aus Wolfshaut, und in die Wände waren Halter mit echten Wachskerzen eingelassen. Im Kloster hatten sie nur die stinkenden Talgkerzen verwendet.

Sie runzelte die Stirn und biss sich auf die Lippe.

Vielleicht war alles falsch, was sie bisher geglaubt hatte. Vielleicht war Aimery le Sabrenn ein freundlicher Mensch, der ihr helfen wollte. Hatte er nicht diesen bösen Mann Mauger bestraft, weil der sie attackiert hatte?

Sie schüttelte sich plötzlich und erinnerte sich, wie sie ihn geschunden und ausgepeitscht und am Baum gefesselt zurückgelassen hatten. Aimery le Sabrenn ein freundlicher Mann? Sie musste drauf und dran sein, ihren Verstand zu verlieren, wenn sie so etwas auch nur in Erwägung zog.

Sie schluckte hart und stieß das beunruhigende Bild des Bretonen aus ihren Gedanken. Sie rieb sich mit der Seife ein und genoss das warme Wasser. Der lange Marsch hatte sie gerädert. Sie fuhr mit den Fingern über ihre schlanken Schenkel. Die kleinen Brüste lagen schwebend auf dem Wasser, Elena seifte sie sorgsam ein und schöpfte mit den Händen Wasser über die zarten Nippel.

Plötzlich erinnerte sie sich an die verwirrenden Geräusche, die sie von der unbekannten Frau in der vergangenen Nacht gehört hatte. Fast gleichzeitig begannen ihre Brustwarzen zu kribbeln, und als sie mit einem Finger über einen Nippel strich, schoss ein angenehmer kleiner Schock von dort in ihren Unterleib. Elena hielt den Atem an und tat es noch einmal. Ein unbestimmter sehnsüchtiger Schmerz durchfuhr ihre entspannten Gliedmaßen, und heißes Blut stieg in ihre Wangen.

Sie biss sich auf die Unterlippe und streichelte über die geschwollene Brust. Die tiefe, zwingende Stimme des Bretonen echote in ihrem Kopf. ›Du hast noch viel zu lernen, Sachsenmädchen …‹ Beschämt zog sie ihre Hand zurück.

Im Kloster hatte man ihr gesagt, dass es Sünde war, den eigenen Körper zu berühren. Die jüngeren

Insassen schliefen in einem Zimmer mit den älteren, damit sie ein Auge auf sie werfen konnten. Sie mussten ihre Hände stets über den groben Decken halten, sonst gab es Schläge.

Elena seufzte, schloss die Augen und ließ die Hände über die Innenseiten ihrer Schenkel wandern. Sie schmerzten vom langen Ritt. Wenn sie die Schenkel streichelte, konnte sie vielleicht die Schmerzen lindern. Aus Versehen berührte sie den Spalt, und irritiert zuckte sie zusammen. Sie wiederholte die Berührung – diesmal absichtlich, und ihre Augen weiteten sich vor Überraschung.

Das kleine Dreieck ihrer Scham glänzte golden wie weiche Daunen. Sie strich mit den Fingern darüber, und dann glitt ihre Hand tiefer und erforschte die feuchten Falten ihrer geheimen Stelle. Einer der Finger berührte eine winzige, empfindliche Knospe, und ein wunderbares Gefühl durchflutete sie und verbreitete sich wie schmelzende Hitze in ihrem Bauch. Ihre Hand zuckte zurück, aber die heißen Wangen blieben, und ihr Herz schlug vor Aufregung in der Kehle.

Sie zuckte so heftig zusammen, dass Wasser über den Bottichrand schwappte, als sich eine Tür öffnete, die ihren Raum mit der Veranda verband. Eine Frau schlüpfte ins Zimmer.

Elena hielt sie für die schönste Frau, die sie in ihrem Leben gesehen hatte. Sie war klein und schlank, hatte glänzende Haare, eine wunderbare Haut und ein freundliches Lächeln. Sie trug einen grünen Seidenumhang, der farblich auf ihre ausdrucksstarken Augen abgestimmt war. Der Gürtel betonte ihre schlanke Figur und hob die kleinen runden Brüste an, während der Rock in üppigen Falten ihre Hüften unterstrich und bis auf den Boden reichte.

Sie hielt einen silbernen Becher in den Händen. Sie bemerkte Elenas errötendes Staunen und kniete neben dem Bottich nieder, wobei die Falten ihrer Röcke samten rauschten.

»Meine Liebe«, begann sie mit weicher Stimme, »habe keine Angst vor mir. Ich bin Isobel, und ich werde mich deiner annehmen. Du armes Ding, was für ein schreckliches Schicksal dich ereilt hat. Ich fühle mit dir.«

Elena wollte sich im Bottich aufrichten, aber die Frau streckte eine mit Ringen besetzte Hand aus, die Elena zurückhielt. »Kein Grund, verschreckt zu sein. Lege dich wieder hin und entspanne dich.« Aus Versehen, so schien es, berührte sie Elenas entblößte Brüste. Elena hielt geräuschvoll die Luft an; die Frau bemerkte es und lächelte versonnen.

»Hier«, sagte sie und hielt den Becher hoch. »Trink das, es ist pure Medizin. Du wirst bald spüren, wie der Trunk dich völlig entspannt.«

Elena, die bei den freundlichen Worten und Gesten der Frau die Scham über ihre Nacktheit vergaß, starrte wie hypnotisiert in die grünen Augen Isobels, während sie den Becher ergriff und einen kräftigen Schluck nahm. Er war köstlich und schmeckte nach Honig, Sonnenschein und exotischen Früchten. Fast sofort wurde ihr Körper von einer süßen Mattigkeit erfasst. Elena seufzte glücklich, lehnte sich gegen den Bottichrand und schloss die Augen.

Ein Lächeln umspielte Isobels Mund, als sie Elena im Schein der Kerzen betrachtete. Aimery hatte Recht. Für eine sächsische Bäuerin sah das Mädchen erstaunlich gut aus. Ein süßes, herzförmiges Gesicht mit vollen roten Lippen und glänzend goldenen Haaren, die bis auf die Schultern fielen.

Und ihre Brüste erst! Hoch angesetzt und fest und mit kleinen Rosenknospen als Spitzen. Sie war jung und wahrscheinlich unberührt. Isobel fuhr sich unbewusst mit der Zungenspitze über die Lippen.

»Ich nehme dir den Becher wieder ab«, sagte Isobel. »Dann möchte ich dir bei deinem Bad helfen. Du musst müde sein ...«

Bevor das Mädchen protestieren konnte, nahm Isobel die duftende Seife und den Waschlappen und strich mit kreisenden Bewegungen über Elenas Schultern.

Es war Elena, als würde sie schweben. Sie war extrem ruhig nach dem Trunk. Diese Frau, schön und freundlich, war wirklich wie eine gute Freundin, die sie nie gehabt hatte.

Isobels Hände streichelten behutsam, als wollte sie Elena nicht erschrecken. Aber lange mochte sie sich nicht zurückhalten. Die weißen Hände voller Seife, glitten die Finger über Elenas Rippen und dann hoch zu den kleinen festen Brüsten.

Elena stöhnte. Ihr Körper versteifte sich. Entsetzt riss sie die Augen auf, die sich vorher unter der Wirkung des Weins langsam geschlossen hatten.

Isobel sagte: »Entspanne dich, meine Liebe. Ich möchte dich baden. Du brauchst dich deines Körpers nicht zu schämen. Schließlich bist du jetzt auch eine Dame dieser Festung. Und wir Damen müssen uns gegenseitig helfen.«

Elena nickte dumpf. Sie brachte keinen Ton heraus.

Isobel knetete Elenas Nippel so quälend langsam und geschickt, dass wilde, unbekannte Gefühle wie Glut durch ihre Adern schossen. Sie spürte, wie ihre Brüste anschwollen. Was geschah mit ihr? Ihr Atem stieß hechelnd aus ihrer Kehle, und sie spürte ihre Wangen vor Scham brennen. Sie sollte fliehen, aber gleichzeitig wollte sie nicht, dass diese wunderschöne Lady aufhörte.

Ihre aufgerichteten Brustwarzen tanzten unter Isobels schaumigem Streicheln, und Elena empfand einen süßen, betörenden Schmerz im weichen Fleisch ihrer geheimen Stelle zwischen den Schenkeln. Plötzlich musste sie an Aimery le Sabrenn denken, und sie bebte am ganzen Körper, als ob seine dunklen Augen sie kühl betrachteten. Elenas Mund wurde trocken, und sie hoffte inständig, dass Isobels kundige Hände sie weiter berührten, die pochenden Brüste streichelte und auch tiefer glitten …

Isobel hörte auf. Sie hatte das süße, gepeinigte Gesicht der jungen sächsischen Sklavin beobachtet, hatte gesehen, wie sich die Lippen zitternd teilten und ihre Schenkel gegeneinander rieben, um die exquisite Not zu lindern.

Elena reckte ihre Brüste unbewusst Isobel entgegen, als wollte sie die streichelnden Hände wieder finden.

Das ist die Zeit aufzuhören, entschied Isobel, sonst würde Elena ihren Höhepunkt erleben, und dann wäre Aimery böse.

Isobel seufzte. Es war offensichtlich, dass dieses dumme, naive Mädchen absolut nichts von ihrem Körper wusste, sie hatte sich nie selbst Spaß bereitet. Aimery würde wütend sein, wenn er ihren ersten Orgasmus nicht miterleben würde.

Ihr fiel ein, dass sie den Wein besser nicht gereicht hätte. Was, wenn das Mädchen nicht lange genug wach blieb?

Zögernd richtete sich Isobel de Morency auf. Elena schaute sie an, offenbar benommen und ratlos. Die blauen Augen blickten verschwommen vor sexuellem Verlangen.

»Komm, meine Liebe«, sagte Isobel. »Es ist Zeit, zu Lord Aimery zu gehen.« Isobel war selbst erregt bei dem Gedanken, dass Aimery auf sie beide wartete.

Sie rief das Dienstmädchen und schaute zu, wie Alys das süß duftende Sachsenmädchen abtrocknete und ihr ein seidenes Hemd anzog, dünne Strümpfe, die bis über die Knie reichten, und ein hübsches dunkelblaues Kleid aus feinster Wolle. Die Farbe passte zu Elenas Augen. Schließlich legte Alys ihr einen breiten silbernen Gürtel um und half Elena in zierliche Schuhe aus dunkelrotem Leder. Das Mädchen bürstete Elenas lange blonde Haare und ließ sie locker über die Schultern fallen.

Isobel, die eine verwirrte Elena in den neuen Gewändern sah, empfand mit einem Mal nicht mehr so viel Zuversicht über Aimerys jüngste Errungenschaft. Das Mädchen war eine beeindruckende Schönheit, sie war viel schöner, als Isobel zuerst wahrgenommen hatte. Ihre Haut war blass und glatt wie Elfenbein – und Elena war jung, ein paar Jahre jünger als sie selbst.

Isobels Stirn legte sich in Falten. Aber sie würde mit dieser Bedrohung schon fertig, oder? Aimery brauchte sie doch, sie entzündete sein Verlangen. Keine andere Frau konnte ihn befriedigen, denn deren schale Bewunderung und verzweifeltes Klammern langweilten ihn bald.

Sie dagegen war nützlich für ihn. Sie verstand seinen Rachefeldzug gegen die dummen Sachsen. Sie half ihm, die einfältigen sächsischen Frauen zu erniedrigen, die zu seinen Leibeigenen geworden waren.

Das war es, was dieses Mädchen war – nichts als eine Leibeigene, eine Sklavin. Isobel nahm sich vor, dafür zu sorgen, dass Elena diese Tatsache nicht vergaß.

Nur einmal hatte Isobel ihren Aimery für eine kurze Zeit verloren, und zwar an diese sächsische Hexe Madelin, die ihn beinahe vernichtet hätte.

»Du siehst lieblich aus, meine Elena«, sagte Isobel freundlich. Elena, überwältigt von ihrem Putz, lächelte sie scheu an. Isobel nahm sie an die Hand.

Aimery wartete in seinem Privatgemach auf sie. Gewöhnlich speiste er unten im großen Saal mit seinen Soldaten und Gefolgsleuten, aber heute hatte er sich das Mahl bringen lassen, damit er allein speisen konnte. Er war fast fertig, und die Reste des Schmauses standen noch auf dem Tisch – gebratene Hühnchen, saftiges Wild und Schweinefleisch mit Honigäpfeln.

Als Isobel mit Elena hereinkam, schickte er seinen Diener weg, der im Hintergrund gewartet hatte, um eventuelle Wünsche des Herrn zu erfüllen.

»Setz dich an den Tisch«, sagte Aimery freundlich zu Elena und streckte seine kräftige Hand aus. »Und nimm dir zu essen, was immer du magst.«

Elena blickte ihn sprachlos an. Aimery le Sabrenn, der Schrecken aus vielen Berichten, bei dessen Namen die Nonnen sich stets bekreuzigt hatten, lächelte sie tatsächlich an. Und als er lächelte, erkannte Elena mit pochendem Herzen, dass er der attraktivste Mann war, den sie je in ihrem Leben gesehen hatte. Ihr wurde ganz schwach.

Sie setzte sich auf den Stuhl, den er ihr zuwies und starrte mit schwindenden Sinnen auf den Tisch. Isobel setzte sich ihr gegenüber.

»Da steht scharf gewürztes Wildbret, oder möchtest du lieber Geflügel?« fragte der Bretone und schob ihr die Schüsseln zu.

»Danke, Mylord«, murmelte Elena. Sie traute sich nicht, ihn anzusehen. »Aber ich habe keinen Hunger.«

»Aber etwas Wein, ja?« Er stellte einen Becher vor sie. Elena nahm ihn in die Hände und trank durstig, denn ihr Mund brannte vor Trockenheit. Sie stellte den schweren Becher erst ab, als er leer war, und sie schloss die Augen, als die süße Flüssigkeit durch ihre Kehle rann.

Als sie die Augen wieder aufschlug, hatte sich etwas verändert. Aimery hatte sich zu Isobel gesetzt.

Die meisten Kerzen waren gelöscht worden, es brannten nur noch zwei in ihren eisernen Wandhaltern. Schatten sprangen vom niedrigen Holzfeuer hoch und schufen verschwommene, geheimnisvolle Gestalten auf den Wandteppichen.

In Elenas Kopf schwirrte es. Aimery und Isobel berührten sich nicht einmal, aber in der Art, wie sie sich anschauten, lag eine intensive Sinnlichkeit.

Elena spürte ihren Puls rasen. Ihr Blut war schwer geworden vom Wein, den sie getrunken hatte. Sie schaute fasziniert zu, wie der Bretone eine Traube in seinen Wein tunkte und dann langsam zwischen Isobels rote Lippen fallen ließ. Die Lady nahm sie freudig lächelnd entgegen und blickte in seine seltsam silbrigen Augen.

Als er die nächste Traube langsam einschob, nagte sie mit ihren vollkommenen weißen Zähnen an seiner Hand, drückte die Lippen auf seinen Finger und saugte daran. Aimery lächelte versonnen, und Elena schaute ungläubig zu, wie Isobels Zungenspitze über den schlanken Finger des Lords leckte.

Elena hielt den Atem an und beugte sich im Stuhl weiter vor. Ihr war, als säße sie auf glühenden Holzscheiten. Die weiche Seide ihres Hemds strich über ihre heiße Haut. Ihre Finger verkrampften sich ineinander.

Isobel schaute sie an und lächelte, dann sah sie wieder schmachtend in Aimerys Augen, während sie langsam das Mieder des wunderschönen grünen Kleids aufschnürte und nach unten schob, bis ihre herrlichen weißen Brüste entblößt waren. Sie leuchteten im flackernden Kerzenschein mit dem milchigen Weiß von Perlen.

Aimery tunkte seinen Finger in den Wein. Er übersah das zitternde Sachsenmädchen völlig und beschrieb mit dem nassen Finger kleine Kreise um

Isobels Nippel, völlig versunken in sein Tun. Die delikaten Knospen waren dunkler und größer als Elenas, die mit weit geöffneten Augen zuschaute. Die Nippel reckten sich und standen stolz hervor. Aimery umfasste die Brüste mit beiden Händen und drückte sie.

Wohlige Schauer durchliefen Isobel. Dann beugte der Bretone den Kopf und – während Elena wie hypnotisiert starrte – nahm die Brüste abwechselnd in den Mund. Elena konnte erkennen, wie die sinnliche Zunge über die erregte Haut leckte. Sie sah, wie Isobel den Kopf in den Nacken warf, die Augen geschlossen hatte und mit immer kürzeren Atemstößen auskommen musste. Mit wildem Hunger packte sie Aimerys Schultern.

Elena fühlte Welle auf Welle heißer, schamloser Emotionen, die über ihren hilflosen Körper wuschen. Sie wusste, dass sie sich abwenden und weglaufen sollte. Aber sie konnte sich nicht bewegen. Sie spürte ihr eigenes erhitztes Blut durch die Adern rasen, als Aimerys Mund die zarten Brüste Isobels verschlang. Ein fast unerträgliches Verlangen stieg aus ihrem gespannten Bauch hoch, und ihre geschwollenen Brüste schienen sich gegen das enge Mieder ihres Kleids zu pressen. Die steifen Nippel waren heiß und schmerzten.

Oh, dachte sie und empfand gleich eine Flut von Scham, wie kühl doch die Lippen des Bretonen auf ihrer eigenen glühenden Haut zu spüren sein müssten! Er neckte Isobel jetzt, seine Zunge schoss immer wieder hervor und attackierte die zuckenden Nippel. Isobel wand sich in seiner Umarmung. Elena hielt sich mit beiden Händen am Tischrand fest, und ein leises sehnsuchtsvolles Stöhnen kam über ihre geteilten Lippen.

Sie hörten es beide. Aimery unterbrach das lustvolle Quälen seiner Lady, hob den Kopf und sah hinüber zu

Elena. Er zeigte sein bedächtiges, schiefes Lächeln. Isobel lag keuchend auf dem Stuhl, ihr liebliches Gesicht gerötet und verspannt. Ihr Körper bebte noch. Als ob ... als ob er ihr weh getan hätte. Aber das hatte er bestimmt nicht, oder? Elenas Gesichtszüge verkrampften sich vor lauter Verwirrung.

Aimery stand auf. Er hob Lady Isobel mühelos in seine kräftigen Arme und trug sie zu einem mit Fellen bedeckten Bett in der hinteren Ecke seines Gemachs. Dann kam er zu Elena zurück. Sie wich auf ihrem Stuhl nach hinten, entsetzt, aber doch unfähig, den Blick von diesem Mann zu wenden.

Aimery kniete sich vor sie auf eine Binsenmatte, so dass sein Gesicht auf gleicher Höhe mit ihrem war, und legte eine Hand auf ihren Schenkel. Er war so männlich, so wunderschön in seiner geschmeidigen Kraft.

»Nun, meine kleine sächsische Rebellin«, sagte er mit der tiefen, kühlen Stimme, die ihr Zittern noch verstärkte, »hat dir das gefallen?«

Elena wrang verwirrt die Hände. »Nein. Wie hätte es mir gefallen können?«

»Und warum«, sagte er und beugte sich dicht zu ihr, »hast du dann so eifrig zugeschaut?«

Sie schüttelte den Kopf vor Verzweiflung, ihre Augen fest auf sein hartes Gesicht gerichtet. Oh, wenn sie doch nur diesen Wein nicht getrunken hätte! Ihr Gehirn und ihre Beine waren träge geworden. »Ich hatte keine andere Wahl«, flüsterte sie.

Seine Hände berührten ihr Mieder. Sie hielt vor entsetzter Erregung die Luft an. »Aber es hat dir gefallen«, fuhr er erbarmungslos fort. »Hast du dir gewünscht, ich würde dasselbe mit dir tun, kleines Klostermädchen? Hast du dich auf diese Art auch mit deinen süßen Freundinnen amüsiert? Mitten im Nest der Rebellen?«

»Nein! Ich ... oh, bitte ...« Ihre Stimme brach ab und wurde zu einem langgezogenen Stöhnen, denn seine Hände hatten ihr Hemd hinuntergezogen, so dass ihre schmerzenden Brüste gegen den festen Kleiderstoff rieben. Er begann die Brüste zu streicheln. Kleine spitze Pfeile unbeschreiblicher Lust brachten Elenas bebenden Körper zum Glühen. Sie keuchte und rieb sich gegen seine großen, kühlen Handflächen.

Seine silbrigen Augen verengten sich, während er sie beobachtete. Seine Daumen rieben über ihre steifen, schmerzenden Nippel. Elena schloss die Augen, und Aimerys Hände glitten zu ihrem Rücken.

Dann wurde sie von einem neuen, nie geahnten und ungeheuer köstlichem Gefühl übermannt, und wenn er sie nicht festgehalten hätte, wäre sie vom Stuhl gerutscht. Plötzlich waren ihre Brüste nackt – und nass, denn er presste seinen heißen, feuchten Mund darauf. Sie hörte sich laut stöhnen. Er ging so quälend langsam vor wie eben bei Lady Isobel.

Seine lange, spitze Zunge rieb rau und feucht über ihre gespannten Nippel, stieß dagegen und saugte sie schmatzend in den heißen Mund. Wellen der Erregung spülten über sie hinweg, sie presste ihre Schenkel fest zusammen und spürte plötzlich eine schamvolle Nässe, die aus ihrer geheimsten Stelle sickerte.

Oh, konnten solche schrecklichen Dinge wirklich sein? Dies musste das Werk des Teufels sein, und sie würde für immer verdammt sein, weil sie es genoss ...

Sie warf sich zurück und ruckte den Oberkörper vor, seiner Zunge entgegen, denn sie wollte mehr von seinem sinnlichen Mund spüren. Sie stöhnte laut auf, als er mit den Zähnen über ihre empfindlichen Nippel schliff, dann badete er sie in seinem Speichel und labte sie mit der Zunge.

Eine Flut der Ekstase deckte sie zu, ihr Körper wand sich hin und her und zuckte unbeherrscht. Sie streckte beide Arme aus und hielt sich an seinen breiten Schultern fest, zog ihn gleichzeitig näher zu sich.

Mit einer berechnenden Bewegung stand er auf, und sie sackte hilflos im Stuhl zurück und schaute ihn mit weiten, flehenden Augen an.

»Bitte«, flüsterte sie und drückte beide Hände auf ihre bebende Nacktheit. »Oh, bitte, Mylord ...«

Er stand hoch über ihr, die Hände in die Hüften gestemmt. Sie konnte seinen dunklen Gesichtsausdruck nicht deuten. Die weiße Narbe leuchtete stärker denn je.

»Was willst du, dass ich als nächstes tue, Elena?«, fragte er mit weicher Stimme, die sie zittern ließ. »Was soll ich mit deinem hübschen zierlichen Körper anstellen?«

Elena schüttelte hilflos den Kopf. »Ich weiß es nicht, Mylord«, hauchte sie. »Ich weiß nur ... ich wollte nicht, dass Ihr damit aufhört ...«

Er lächelte. »Du weißt nichts, nicht wahr?«, sagte er leise und berührte sie an der Schulter. »Du hast wirklich keine Ahnung ...« Er drehte sich zu Isobel um, die vom Bett aus mit fiebrigen Augen zusah. »Wir müssen ihr eine Menge beibringen, Isobel. Lass uns hoffen, dass sie schnell und gut lernt.«

Er ließ sie los, und Elena fiel vom Stuhl und landete unsanft auf dem Boden. Sie barg den Kopf in ihren Armen. Aimery ging zur Tür und öffnete sie, dahinter stand Hamet.

»Kette sie an«, sagte Aimery dem Sarazenen. »Sie will an unseren Spielen teilnehmen.« Dann ging er zurück zum Tisch und schenkte sich Wein ein. Er sah leidenschaftslos zu, als Hamet die benommene Elena durchs Zimmer und zu einem dunklen Alkoven führte. Er hob ihre schlanken Arme, legte ihr Handschellen an, die an Ketten in der Wand befestigt waren.

Elena war entsetzt über die neue Demütigung. Ihr Mieder stand noch offen, und sie bemerkte die hungrigen schwarzen Augen des Sarazenen, der ihre Nacktheit verschlang. Die Arme wurden über ihren Kopf gehoben, und ihre Brüste drückten sich hoch. Sie fühlte eine fast krankhafte Erregung, als die Brüste zu prickeln begannen – nur weil sich Aimery le Sabrenn gemächlich näherte, einen vollen Becher Wein in der Hand.

Sein Mund verzog sich zu einem wissenden Lächeln, als er ihre steifen Nippel sah. Elena beugte den Kopf. Aimery hob ihr Kinn an und drückte den Becher an ihre Lippen.

»Trink«, sagte er, und in ihren Ohren klang es ein wenig unfreundlich. »Trink ihn leer, kleines Sachsenmädchen.«

Er ließ den Wein in ihren Mund rinnen, und sie schluckte begierig. Viel von dem Rebensaft lief daneben, sie spürte ihn am Kinn entlangrinnen, den Hals hinunter und über ihre brennenden Brüste. Der bretonische Lord lächelte und fing mit einem Finger die Tropfen auf ihren Brüsten auf. Unbewusst ruckte ihr Körper sich seiner Hand entgegen.

»Später«, sagte er leise. »Zuerst müssen wir unsere Ausbildung fortsetzen.«

Er wies zum Bett. Elenas Augen weiteten sich.

Auf dem großen, fellbedeckten Bett lag Lady Isobel und stöhnte unter dem schweren Sarazenen. Zuerst glaubte Elena, dass er sie angriff, aber dann hörte sie Isobels gurgelndes Entzücken. Hamet saugte an Isobels entblößten Brüsten, während er an seinen Kleidern zerrte.

Elena schloss ungläubig die Augen. Der Wein schwamm schwankend in ihrem Blut. Aimery hob ihren Kopf an. »Schau hin«, befahl er. »Du willst doch lernen.«

Elena gehorchte. Das gewaltige Glied des Sarazenen war jetzt entblößt und zuckte zwischen den muskulösen schwarzen Schenkeln. Es war so groß und geschwollen, dass Elena unwillkürlich die Luft anhielt, als er nun in Isobels geheime Stelle eindrang. Er zog dann zurück, und Elena konnte sehen, dass der wuchtige Penis nass glänzte.

Warum wehrte sich Isobel nicht gegen diesen Angriff? Aber nein, sie gurrte freudig erregt und zog den Mann an den Schultern näher an sich heran. Sie schob ihre Brüste seinem gierigen Mund entgegen, und während Hamet an ihnen lutschte, stieß er den Schaft wieder in sie hinein.

Elena ruckte den Kopf zur Seite.

Nein, sie konnte es nicht länger mit ansehen. Aber Aimery ließ es nicht zu. Er machte sich an ihren Ketten zu schaffen, und irgendwie verkürzte er sie, so dass ihre Arme sich noch höher recken mussten. Es war zwar noch erträglich, aber es zeigte ihr, welche Macht er über sie hatte.

»Eine Warnung«, sagte der Bretone leise. »Sie können noch viel kürzer werden. Und jetzt schau hin.«

Elena nickte dumpf und schaute wieder zum Bett. Der Sarazene kniete nun, saß mit dem Hintern auf den Fersen und hatte den Oberkörper weit zurückgelehnt. Isobel, die schlanken Beine weit gespreizt und ein Ausdruck gieriger Lust auf dem Gesicht, ließ sich langsam auf dem zuckenden Schaft nieder und stieß leise quiekende Laute aus.

Isobel hob und senkte sich auf dem glitschigen Glied, langsam zuerst, aber als Hamet mit steifer Zunge über ihre spitzen Brüste strich, begann sie sich immer schneller zu bewegen, sie wand sich hin und her, und ihre Schreie wurden lauter und eindringlicher, als der Sarazene sie mit beiden Armen an sich zog und mit kräftigen Stößen nachhalf.

»Oh, ja«, stöhnte Isobel, »oh, bitte …«

Elenas Lippen öffneten sich, als hätte sie diese Worte hinausgeschrien. Aimery hatte damit begonnen, ihre Brüste zu streicheln, und seine Finger weckten die Erregung wieder neu in ihr. Lächelnd beobachtete er das Paar auf dem Bett.

»Gefällt es dir?«, flüsterte er in ihr Ohr. »Ich frage mich, was du als nächstes möchtest, kleines Klostermädchen.«

Elena keuchte und spürte, wie heißer Saft zwischen ihre Schenkel sickerte. Ihr ganzer Körper stand in Flammen. Sie begriff, dass dieser mächtige Mann neben ihr ein dunkles Feuer in ihrer Seele entzündet hatte, von dessen Existenz sie bisher nichts gewusst hatte. Ihr Schoß zuckte und kniff, während sie zusah, wie Isobel sich zur höchsten Lust brachte.

Elena befeuchtete ihre brennenden Lippen. »Ich … ich möchte … oh, ja …«

Aimery zog mit Daumen und Zeigefinger an einem ihrer Nippel, und Elena brachte keinen Laut mehr über die Lippen. Ihre dunklen blauen Augen waren verhangen mit einem Schimmer des Verlangens.

»Was willst du, Elena? Sage es mir«, raunte Aimery ihr zu.

Isobel hatte den Kopf in den Nacken geworfen und ihre Brüste herausgestreckt, damit Hamet so viel wie möglich in den Mund nehmen konnte. Man hörte ihn leidenschaftlich lecken und schmatzen. Isobel ritt immer wilder auf dem pochenden Schaft, dann verharrte sie plötzlich mitten in der Bewegung.

Elena sah, wie Isobels Körper geschüttelt wurde, es war, als würde sie von einer Riesenfaust gepackt und hin und her gezerrt. Sie stieß ein hohes, schrilles Stöhnen aus. Hamet pumpte tief in sie hinein. Elena konnte den Blick nicht von der sich windenden Frau wenden.

»Was willst du?«, fragte Aimery wieder.

Elena befeuchtete ihre trockenen Lippen. »Ich will ... einen Mann ... auch in mir spüren ...« Sie brach mit einem Aufstöhnen ab, als sie sah, wie Isobel auf dem Körper des Mannes zusammensackte. »Oh«, stöhnte Elena, »es muss Sünde sein, sich so etwas zu wünschen.«

Aimery bemerkte, dass das Mädchen den Blick nicht von dem Geschehen auf dem Bett wenden konnte. Hamet fuhr fort, seinen Penis in Isobels immer noch zuckenden Körper zu treiben. »Es ist keine Sünde«, sagte er, »sondern körperliche Liebe zwischen Mann und Frau. Du wirst lernen, sie auch zu genießen. Und du wirst lernen, mich zu befriedigen.«

Elena erschauerte und blickte in sein hartes Gesicht. Der Gedanke, so etwas mit ihm zu tun ... Ihr schoss das Blut ins Gesicht, und sie fühlte sich schwach vor Verlangen. Himmel, ja, sie wollte Aimery le Sabrenn haben ...

»Aber zuerst«, fuhr er fort, »musst du dich selbst kennen lernen, deine eigenen heimlichen Wünsche und Begierden.«

Ihr Körper bebte, als er wieder über ihre empfindlichen Brüste strich. »Du lernst schnell, kleine Sächsin«, sagte er leise. »Aber du bist noch nicht bereit für mich. Noch nicht.«

Er schaute zum Bett. Isobel lag auf den Fellen, die Augen geschlossen. Hamet kauerte über ihr und schaute zum Alkoven, als erwartete er neue Anweisungen seines Herrn. Sein Blick huschte rasch zur hilflosen Gestalt Elenas. Sie senkte scheu den Kopf.

Aimery hatte den Blick bemerkt und lachte. »Sie ist nicht für dich, Hamet«, sagte er. »Noch nicht. Isobel wird sich jetzt um dich kümmern.«

Hamet nickte gehorsam, warf aber noch einen letzten Blick auf das angekettete Mädchen, ehe er sich wieder an Isobel wandte und über ihren Körper grätschte. Er rieb sein immer noch geschwollenes Glied über ihre Brüste. Mit geschickter Hand brachte er sich jenseits seiner Selbstbeherrschung. Er warf den Kopf in den Nacken und stieß ein tiefes Knurren aus, als er sich über ihr entleerte, wobei er tiefe gutturale Laute von sich gab, die offenbar nur für ihn bestimmt waren.

Elena hatte noch nie einen Mann beim Höhepunkt gesehen. Mit weit geöffnetem Mund verfolgte sie die Szene, beherrscht von Schock und Verblüffung, als die weiße sahnige Flüssigkeit aus dem Schaft herausschoss.

Das fremdartige Spektakel versetzte Elena in höchste Verwirrung, aber sie schloss nicht die Augen, sondern beobachtete jedes Detail, als müsste sich ihr das Geheimnis erschließen. Gleichzeitig wusste sie irgendwie, dass dies ein Akt war, der im Geheimen und nicht vor Zuschauern stattfinden sollte, und plötzlich überfiel sie eine tiefe Scham. Sie, ein unschuldiges Klostermädchen, war zur Zuschauerin intimer Handlungen geworden. Sie senkte den roten Kopf.

Als Hamets Erektion endlich abgeschwollen war, sagte Aimery: »Isobel, komm her.«

Träge wie eine Katze erhob sich Isobel vom Bett, zog ihr Kleid glatt und ging langsam durchs Zimmer auf den Alkoven zu. »Was ist Euer Befehl, Mylord?«

»Du kümmerst dich um das Mädchen«, sagte er. »Es ist tatsächlich so, dass sie völlig unwissend ist. Du sollst ihr sanft Lust verschaffen, so sanft, wie es nur eine Frau kann. Hamet, komm, hilf mal.«

Dann zog er Elena mit einem Griff das Kleid vom Leib. Das Mädchen stieß einen leisen Schrei aus, aber ihr Protest erstarb im nächsten Moment auf ihren

Lippen, denn Hamet war zu seinem Herrn gekommen, und jetzt beugten sich die Männer und liebkosten Elenas Brüste mit ihren seidigen Zungen. Elena erschauerte unter den wilden, heißen Gefühlen, die ihren angeketteten Körper durchliefen.

Aimery und Hamet nahmen sich je eine Brust vor, streichelten und kneteten sie, zwickten die Nippel, leckten mit der Zunge darüber und nahmen sie so lange in den Mund, bis Elena glaubte, ihr Körper müsste explodieren.

Dann erstarrte sie, und auch die Männer hörten auf, sie zu verwöhnen. Etwas ganz anderes geschah mit ihr, an ihr. Isobel kniete zwischen Elenas Schenkeln und streichelte über die Innenseiten, wobei die Fingerspitzen immer höher glitten, bis sie an die geheime Stelle stießen, an der Elena schon zu schmelzen schien.

»Nein … bitte, nein …«, flehte Elena.

Isobel lächelte und streichelte über die heiße Haut der jungen Sklavin. Bevor Elena wieder aufschreien konnte, hatte Isobel den Kopf vorgeschoben und begann, über die geheime Stelle zu lecken.

Das süße, schabende Gefühl von Isobels schnellender Zunge, kombiniert mit dem mächtigen Saugen von Aimery und Hamet an ihren empfindsamen Brüsten, war zu viel für Elena. Welle auf Welle dieses wunderbaren Empfindens überflutete ihren Körper, und noch während sie voller Leidenschaft diese Gefühle genoss, wusste sie, dass es bisher nichts in ihrem Leben gegeben hatte, was schöner gewesen war.

Plötzlich hörte Isobels kundige Zunge auf zu lecken und stieß pfeilschnell und hart in ihre heiße, nasse Öffnung hinein. Elena schrie auf und wurde wild geschüttelt, denn die Empfindungen von drei Zungen, die leckten, zupften und stießen, erfüllte sie mit einem so intensiven Verlangen, dass sie keinen klaren Gedanken mehr fassen konnte.

Ihr Gehirn wurde mit einer dunklen Röte überflutet, sie konnte sich nicht mehr auf den Beinen halten und sackte tiefer, Isobels Zunge entgegen, die in der pulsierenden Vagina kleine feuchte Kreise beschrieb.

Elenas Zuckungen gingen von einem Höhepunkt zum anderen über. Sie kam nicht zur Ruhe, denn die Männer hörten nicht auf, ihre Brüste zu kosen, und Isobel verstärkte noch den Einsatz ihrer Zunge. Elena keuchte und wimmerte und wand sich wie bei einem Tanz. Schließlich ließ sie sich in die starken Arme des Bretonen fallen.

Aimery wies Hamet an, Elenas Ketten abzunehmen, dann sollte er sie in das kleine Zimmer bringen, in dem sie ihr Bad genommen hatte. Hamet legte sie aufs Bett und zog ihr die Seidenstrümpfe aus, wobei er Elena voller Leidenschaft anstarrte. Er legte eine Wolldecke über sie und strich ihr liebevoll eine blonde Strähne aus dem Gesicht.

Die kleine Sächsin öffnete die Augen nicht. Hamet nutzte ausgiebig die Gelegenheit, in das schöne Gesicht zu schauen und erinnerte sich an den köstlichen Geschmack ihrer süßen kleinen Brüste.

Der schwergewichtige Sarazene richtete sich schließlich auf und freute sich schon auf die nächste Lektion von Elenas Erziehung.

5. Kapitel

Aimerys Verlangen, das er so lange zurückgedrängt hatte, brannte heiß und hart in seinen Lenden. Isobel, die ihn beobachtete, fuhr sich mit der Zungenspitze über die roten Lippen und winkte ihn zu sich aufs Bett. Aber Aimery zögerte, denn Isobel war zu berechenbar für ihn. Als er sie kennen gelernt hatte, war sie unwiderstehlich gewesen, aber jetzt … Er sah ihr schamloses Verhalten vor sich, als sie sich mit Hamet vergnügt hatte, und runzelte die Stirn.

Sie ahnte den Grund für sein Zögern, weil sie ihren Aimery so gut kannte. Sie überlegte einen Moment lang, dann sagte sie mit gepresster Stimme: »Aimery, Mylord, bindet mich fest.«

Er hob eine Augenbraue und sah sie forschend an. »Wie das Mädchen?«, fragte er.

Wieder fuhr sie sich mit der Zunge über die Lippen. »Oh, ja, wie das Mädchen …«

Sie stöhnte bereits voller Gier, als er ihre Arme an die Wand kettete.

Aimery spürte die Erregung, die ihn erfasste. Er langte unter ihr Kleid und rieb über die weiche Stelle ihrer Weiblichkeit. Sie fühlte sich heiß und feucht an.

Er erinnerte sich daran, dass er bei dem kleinen Klostermädchen da unten weiche krause Haare ertastet hatte, die ihre Spalte kaum bedeckt hatten.

Aimery schob Isobels Kleid bis zu den Hüften hoch und betrachtete ihre weiße Haut oberhalb der Strümpfe. Sie spreizte bereitwillig die Schenkel für ihn und stöhnte laut, als seine Hand über ihre Vulva strich.

Er öffnete sein Beinkleid, um die pochende Erektion

in Freiheit zu lassen, und stieß ohne jede weitere Vorbereitung in Isobel hinein. Als er seinen Penis in ihre samtene Höhle versenkt hatte, strich er mit dem Daumen über ihre hervorlugende Klitoris, und Isobel schloss die Augen und stieß kleine lustvolle Geräusche aus. Aimery erkannte mit leichter Irritation, dass sie versuchte, die unschuldigen, erstaunten Laute des sächsischen Mädchens zu imitieren.

Der Bretone musste sich eingestehen, dass er sich in dem Mädchen geirrt hatte. Sie schien tatsächlich so unschuldig zu sein, wie sie gesagt hatte – entweder das, oder sie war außergewöhnlich gerissen. Wie Madelin.

Aimery überlegte, wie es wohl wäre, wenn Elena das erste Mal einen Mann tief in sich spürte, wie sie darauf reagierte und wie sie sich anstellte. Er versuchte sich vorzustellen, wie sich die Verblüffung auf ihrem Gesicht widerspiegelte, bevor die Lust sie übermannte und alle anderen Empfindungen zurückdrängte.

War Isobel jemals so unschuldig gewesen? Wahrscheinlich konnte sie sich an ihren ersten Mann gar nicht erinnern, dachte er grimmig.

Isobel, die von seinen Gedanken nichts ahnte, erschauerte vor Lust, als sie Aimerys langen Stab fühlte, mit dem er sie pfählte. Sie wollte bei jedem Zurückziehen des bebenden Schafts gequält aufschreien, denn sie spürte die Leere in ihrem Körper. Aber dann fühlte sie wieder die durchrüttelnde Erregung, und ihre vaginalen Wände klammerten sich fieberhaft an ihn, wenn er sich langsam wieder in sie hineinbohrte.

Es war immer schön mit ihm, einfach wunderbar. Sie würde seiner nie überdrüssig sein. Er konnte seine Erektion stundenlang halten, so schien es ihr; er besaß eine eiserne Selbstbeherrschung, die sie noch bei keinem Mann zuvor angetroffen hatte.

Nach dem, was an diesem Abend geschehen war,

hätte jeder andere Mann sein Pulver schon nach wenigen Minuten verschossen, hechelnd vor Geilheit und total außer Kontrolle. Selbst Hamet, so gut er auch war, hatte den Nachteil, dass er sich zu rasch erregen ließ.

Aber Aimery ... oh, ja, Aimery war ein richtiger Mann.

Seine Hände kneteten ihrer Brüste, während sein Penis langsam seine zauberische Arbeit verrichtete. Sie krümmte sich gegen ihn, damit ihre Klitoris gereizt wurde, und sie spürte, wie ihre Lust anschwoll. Sie wollte ihren Geliebten an sich ziehen, wollte seinen geschmeidigen Körper nackt sehen und spüren und streicheln, aber das war unmöglich, weil ihre Arme angekettet waren.

Sie wand sich, ihre Hüften kreisten und stießen ihm entgegen. Sein Daumenballen rieb immer noch über die Klitoris, und mit kräftigen Bewegungen stieß er in sie hinein. Isobel stöhnte lauter, versessen auf die Erlösung ihrer angestauten Erregung. Das war pure Glückseligkeit, dachte sie, wenn es Aimery gelang, sie für eine kleine Ewigkeit an jener Schwelle der Lust zu halten, von der es keine Wiederkehr gab. Er schaffte das mit einer Finesse, die kein anderer Mann besaß.

»Bitte«, flehte sie krächzend. »Oh, ich bitte dich ...«

Langsam zog er sich aus ihr zurück und ließ sie stehen, unausgefüllt. Sie stieß stöhnend seinen Namen aus, aber er trat einen Schritt zurück und lächelte nur.

»Soll ich dich so hängen lassen, Isobel?« Er schien sich gar nicht seines harten Schafts bewusst zu sein, der hungrig zwischen seinen Schenkeln pochte. »Mir ist plötzlich nach einem Schluck Wein zumute ...« Er wandte ihr den Rücken zu und ging zum Tisch.

Isobel spuckte seiner imposanten Gestalt hinterher. »Verdammt, Aimery! Elender Bastard! Ihr könnt mich doch nicht so hängen lassen!» Sie zerrte an ihren

Ketten und wand sich hin und her. »Bastard«, murmelte sie, und leiser fügte sie hinzu: »Ich hasse Euch.«

Aimery hatte einen Schluck Wein getrunken und schlenderte gemächlich zu ihr zurück. »Ich dachte, es gefällt dir, wenn man dich quält, Isobel«, sagte er gelassen. »Mir schien es ein delikates Spiel zu sein, dich so zu erregen und dich dann hilflos dir selbst zu überlassen – aber selbst das würde nicht gehen, weil deine fleißigen Finger zur Untätigkeit verurteilt sind und den Schmerz da unten nicht lindern können.«

Er rieb die Spitze des erigierten Glieds gegen ihre nasse, pochende Vagina. Isobel hielt die Luft an und stieß ungeduldig den Unterleib vor. »Oh, Aimery, Mylord, ich flehe Euch an, habt Erbarmen mit mir.«

Er lächelte sein kaltes Lächeln, das sie so gut kannte, dann hob er die Schultern und stieß wieder in ihre Scheide. Isobel kam sofort, sie sprang und hüpfte und zerrte an ihren Fesseln, ihr Gesicht verzerrte sich im Taumel der Lust, als der Körper in vielen kleinen Explosionen geschüttelt wurde. Aimery stützte sich mit ausgestreckten Armen an der Wand ab und stieß mit unglaublicher Kraft in sie hinein.

Er brauchte einige Zeit, bis er sich in ihr verströmt hatte. Isobel, völlig gesättigt, konnte sich nicht mehr auf den Beinen halten und ließ sich in den Ketten hängen. Sie hatte jeden Moment genossen, den seine einmalige Männlichkeit in ihr getobt hatte, bis er seinen Höhepunkt erlebte.

Also doch, dachte sie und fühlte einen schwachen Triumph, selbst der meisterliche bretonische Lord muss den Preis zahlen, wenn er sich an einem Abend so lange zurückhält. Sie versuchte, sich reglos zu halten, denn sie wollte seinen Schaft möglichst lange in sich spüren. Dies war die einzige Zeit, in er sie das Gefühl hatte, dass er wirklich ihr gehörte.

Schließlich zog er sich aus ihr zurück, ohne etwas

zu sagen. Ja, er sah sie nicht einmal an. Er richtete sich auf, glättete seine Kleidung und befreite sie von den metallenen Ketten.

Schwankend hielt sich Isobel an ihm fest. Ihr Seidenkleid war zerknautscht und zerrissen, und ihr Körper fühlte sich wunderbar erleichtert. »Wenn Ihr es wünscht, Aimery«, sagte sie leise, »werde ich gern die Nacht bei Euch verbringen.«

Er schob sie beinahe ungeduldig zur Seite. »Nicht diese Nacht, Isobel. Du kannst dich ja mit Hamet austoben, wenn du noch nicht genug hast. Ich brauche meine Ruhe.«

Isobel erschrak über seine unverhohlene Zurückweisung. Sie war sicher, dass das Sachsenmädchen etwas damit zu tun haben musste.

Sie gab vor, sich nicht darüber zu grämen, dass er sie gehen ließ, und sagte wie nebenbei: »Es überrascht mich, Herr, dass Ihr dieser Sachsenschlampe hier oben ein Gemach zur Verfügung angewiesen habt. Sollte sie nicht besser bei den anderen Sklaven im Hof ihr Lager haben? Ich dachte, Ihr wolltet sie demütigen – aber wie wollt Ihr das erreichen, wenn Ihr sie wie eine Lady behandelt?«

Aimerys Mund wurde schmal. »Was ich mit ihr anstelle, ist meine Sache«, sagte er scharf. »Aber ich erinnere dich gern daran, dass eine Demütigung dann am besten wirkt, wenn sie unerwartet kommt.«

Isobels Stirn legte sich in Falten. Sie biss sich auf die Unterlippe. Meinte er damit das Sachsenmädchen, oder meinte er sie, Isobel? Plötzlich fühlte sie sich unbehaglich, und sie wandte sich ab und ging.

An der Tür zum Zimmer der sächsischen Schlampe blieb sie kurz stehen. Sie in den Privatgemächern des Lords schlafen zu lassen, wenn auch nur für eine Nacht, war ein schlimmer Fehler. Morgen würde sie dem Mädchen klarmachen müssen, dass sie nichts als eine Sklavin war. Sie lächelte, als sie an diese Aussicht dachte, und ging weiter zu ihrem luxuriös ausgestatteten Gemach.

Sie überlegte, ob sie den schier unerschöpflichen Hamet rufen lassen sollte, um ihrem Groll auf Aimery zu genügen, aber dann entschied sie sich dagegen. Hamet war seinem Herrn ergeben wie ein Wachhund, und er erzählte ihm alles.

Isobel nagte an ihrem kleinen Finger, eine Angewohnheit, wenn sie hart nachdenken musste. Dann hatte sie eine Lösung gefunden und schickte Alys, den jungen Küchensklaven Pierre zu holen. Pierre war stark und willig, er sah passabel aus und hatte ein schlichtes Gemüt. Dem Koch zufolge war Pierre nur zu gebrauchen, um Säcke zu schleppen.

Aber Isobel hatte noch eine andere Verwendung für ihn. Da er nicht nur einfältig sondern auch stumm war, konnte er niemandem was erzählen. Gestern Abend war Isobel verzweifelt vor körperlichem Verlangen gewesen, und aus einer plötzlichen Eingebung heraus hatte sie Pierre rufen lassen. Sein eifriges, wenn auch noch ungeschicktes Treiben hatte ihr genau die Befriedigung gegeben, nach der sie gelechzt hatte.

Die Augen des jungen Mannes glänzten vor Vorfreude, als er ihr Gemach betrat. Isobel sah die Beule unter dem dünnen Stoff seiner Strümpfe. Er rieb mit der Hand darüber und grinste.

Isobel runzelte die Stirn und klopfte kräftig auf die masturbierende Hand. »Nicht jetzt, du einfältiger Narr«, zischte sie wütend. »Aber hör mir zu, du kannst mir einen großen Gefallen erweisen. Du musst aber genau das tun, was ich dir sage. Du weißt, dass wir neue Sklaven in der Festung haben?«

Er nickte eifrig.

»Nun, eine der Sklavinnen hat dich gesehen, Pierre, und sie würde dich gern kennen lernen. Sie ist begeistert von deiner kräftigen Gestalt, und sie hat gesagt, sie würde dich gern küssen. Auf diese bestimmte Weise, weißt du?«

Kleine Schweißperlen bildeten sich auf Pierres Oberlippe. Er nickte heftig und zitterte vor Erregung.

»Morgen bringe ich dich zu ihr«, fuhr Isobel fort. »Sie wird dich küssen und umarmen, genau so, wie du es gerne hast. Und ich werde da sein und zuschauen. Es kann sein, dass sie sich zuerst ein wenig wehrt, denn das ist ihr Trick. Aber ich verspreche dir, du kannst mit ihr machen, was du willst.«

Isobel lächelte glücklich, als sie sich ausmalte, was der neue Tag bringen würde.

Aimery le Sabrenn, ehemals der mittellose Söldner und jetzt Lord von Thoresfield, saß ruhelos in seinem kunstvoll geschnitzten Eichensessel und hielt beide Hände um den Weinpokal. Er wusste, was ihm diese Ruhelosigkeit bescherte. Er wollte unbedingt das kleine Sachsenmädchen haben.

Er schenkte sich wieder Wein ein und trank einen kleinen Schluck. Über seinem Kopf flackerte eine einzige Kerze. Er rieb sich leicht über die gespannte Narbe, die er schmerzvoller spürte als sonst.

Dieses Mädchen Elena drängte sich in seine Gedanken. Er sagte sich, dass sie eine Rebellin war und zweifellos verantwortlich für den Tod ungezählter Kameraden auf den Schlachtfeldern – eine goldenhaarige sächsische Dirne, die man genoss und wegwarf wie alle anderen dieser Sorte. Seit Madelin ihm den Kopf verdreht hatte, jene Madelin, die seinen Bruder verraten hatte, war Aimery nicht zimperlich mit sächsischen Frauen umgegangen.

Madelin hatte den Fehler begangen zu glauben, dass sie immer noch Einfluss auf ihn hatte, selbst nachdem sie ihn und seinen Bruder an die sächsischen Rebellen verraten hatte. Nachdem Aimery den Rebellen entkommen war und Madelin endlich aufgespürt hatte, täuschte sie Mitleid vor und lud ihn sogar in ihr lasterhaftes Bett ein. Sie hatte sogar seine Narbe beweint, weil er doch vorher so ein gut aussehender Mann gewesen war.

Aimery hatte sie erregt, bis sie den Gipfel der gierigen Lust erreicht hatte, dann, als sie zu keuchen begonnen hatte wie eine heiße Hündin, hatte er sie liegen lassen und ihr bittere Vorwürfe über ihr doppeltes Spiel an den Kopf geworfen. Wenigstens hatte sie noch ihr erbärmliches Leben, dachte er. Sein Bruder hatte dieses Glück nicht gehabt. Die Sachsen hatten ihn gefoltert und entmannt. Der Tod war eine Erlösung gewesen.

Aimerys Hände verkrampften sich um den Pokal. Nach Madelin hatte er die Rebellen mit einer solchen Wut bekämpft, dass sich seine eigenen Männer vor ihm fürchteten. Und seit dieser Zeit hatten er und seine Geliebte Isobel das Vergeltungsspiel eingeführt; sie suchten sich geeignete sächsische Frauen aus, hatten ihren Spaß mit ihnen und warfen sie zurück in die Sklavengrube. Isobel hatte viele Ideen für diese Spiele, und sicherlich hatte sie auch schon ihre Pläne für Elena ausgeheckt.

Aber, und jetzt furchte Aimery die Stirn, mit dem Klostermädchen war es etwas anderes. Gut, sie mochte zu den Rebellen gehören, aber trotzdem war ihm bewusst, dass er eine solche Schönheit, gepaart mit Unschuld, noch nie gesehen hatte. Ihre Unschuld würde bald zerstört sein, sie hatten an diesem Abend schon damit begonnen. Bald würde sie auf die sexuellen Spiele so begierig sein wie alle anderen.

Er hoffte, dass sie eine Schwäche für ihn hatte, und wenn er ihrer überdrüssig geworden war, würde sie ihre Befriedigung bei anderen Männern suchen, bei Hamet oder auch bei dem jungen Narren Pierre. Isobel glaubte, dass Aimery die Geschichte gestern Abend mit Pierre nicht wusste, aber der Lord hatte überall seine Spione. Seit Madelin traute er niemandem mehr.

Aimery spürte ein plötzliches Verlangen nach dem Mädchen, ehe ihre Unschuld für immer verloren war. Er wollte ihre Süße selbst erforschen, und er wollte auch nicht, dass jemand dabei zuschaute. Er wollte ihre festen, süßen Brüste küssen, wollte erleben, wie sie sich seiner zustoßenden Männlichkeit mit einer Leidenschaft hingab, zu der er sie fähig schätzte, und er würde Zeuge ihrer bebenden Ekstase werden.

Mitten in seiner Phantasie verzog er spöttisch den Mund. Das zierliche Klostermädchen hatte ihn in seinen Bann gezogen. Also gut, er wollte sie erleben. Was war schon dabei? Schließlich war sie nichts als eine Sklavin.

Elena war eingeschlafen, aber es war ein Schlaf, der durch ihre verworrenen Träume zur Qual wurde. Sie befand sich wieder im kleinen Schlafraum im Kloster, kalter Mondschein fiel durch das hohe, winzige Fenster und warf einen silbernen Schimmer auf die kahlen Wände und auf die Steinplatten des Bodens. Sie zog die raue Wolldecke über sich und fühlte sich entsetzlich allein.

Dann berührte sie jemand sanft an der Schulter. Sie stöhnte und rührte sich im Schlaf. Sie sah eine breitschultrige, große Gestalt neben ihrem kleinen Bett stehen, ein Mann mit einem harten Gesicht, auf dem eine Narbe leuchtete.

Aimery le Sabrenn. Der schemenhafte Reiter aus ihren Träumen. Er stand über sie gebeugt und zog langsam seine Kleider aus. Elena rief ungläubig seinen

Namen. Was hatte er hier im Kloster zu suchen? In ihrem Traum empfand sie keine Angst, nur Verwunderung. So etwas Schönes hatte sie noch nie gesehen.

Im Schein einer rauchigen Kerze sah sie seinen harten, kräftigen Körper. Die alten Schwertnarben unterstrichen noch die muskulöse Glätte der übrigen Haut. Seine Hüften waren schlank, die Schenkel muskelbepackt. Die pulsierende Männlichkeit zuckte aus dem dunklen Nest seiner krausen Haare hervor. Elena wusste es genau: Er wollte sie haben, er wartete auf sie.

Mit einem leisen Aufschrei streckte Elena die Hände nach ihm aus, und dann lag er neben ihr auf dem kleinen Bett. Er drückte sie fest an sich, schob die langen goldenen Haare zurück und schloss ihre tränennassen Augen mit seinen Küssen.

Die kühlen Handflächen glitten unter ihr seidenes Hemdchen und kosten ihre kleinen Brüste. Sie stöhnte voller Entzücken und kuschelte sich an seinen behaarten Brustkorb. Sie spürte ein süßes Ziehen in ihrem Schoß. Nie hatte sie so lebhaft geträumt. Sie wollte nie aufwachen.

»Langsam, caran«, hörte sie seine Stimme am Ohr. »Wir haben die ganze Nacht. Und du hast noch so viel zu lernen, kleine Elena, bevor es hell wird …«

»Caran«, wiederholte sie. »Bitte, was heißt das?«

Er lächelte sanft und spielte mit ihrem Haar. »In meiner Sprache in der Bretagne nennt man so seine Liebste.«

Elena starrte ihn sprachlos an, die Augen voller Begehren. Sie hob eine Hand und fuhr zärtlich über die grausame Narbe, die seine Wange teilte.

Das Gefühl unter ihren Fingerspitzen holte sie in die Wirklichkeit zurück. Dieses Gesicht, diese Narbe. Diese Stimme. Himmel, das war kein Traum!

Mit einem leisen Aufschrei wollte sie sich aufrichten. Sie befand sich nicht im Kloster, sondern auf Aimery le Sabrenns Festung! Und sie lag nackt in den Armen des Bretonen.

»Nein!«, rief sie. »Nein!«

Aber es war viel zu spät. Sie war schon seine Gefangene. Seine Hände setzten die sanfte Stimulierung fort, und er lächelte sie immer noch an. Ihr Herz tat einen Sprung. Der Himmel möge ihr helfen, aber sie wollte in seinen Armen liegen. Er musste sie mit einem dunklen Zauber belegt haben, denn selbst wenn sie gewollt hätte, hätte sie sich gegen den Lord nicht wehren können.

Seine erigierte Männlichkeit stieß gegen ihren weichen Bauch und sandte seltsame heiße Gefühle durch ihren hilflosen Körper. Kleine zitternde Laute drangen aus ihrer Kehle. Sie rutschte ein wenig tiefer, so dass sie seine muskulösen Schenkel an den ihren spüren konnte. So in seinen Armen zu liegen und seinen männlichen Geruch einzuatmen war unbeschreibliche Glückseligkeit. Davon hatte sie in ihren einsamen Nächten im Kloster immer geträumt.

»Willst du mich haben?«, flüsterte er, und seine Zunge stieß leicht gegen ihr Ohrläppchen. Seine Hände schlüpften von den Schultern unter ihr Hemdchen. »Hast du von mir geträumt? Sage es mir, caran.«

Sie nickte hilflos. Es war, als hätte ein Fieber sie gepackt. »Ja, ich habe geträumt. Ich träume oft.«

»Hast du das zweite Gesicht?«

»Nein!« Wie oft hatten die Nonnen sie gewarnt, niemandem etwas von ihren seltsamen Vorahnungen zu erzählen. »Nein … aber dies hier muss ein Traum sein.«

Wie zur Antwort spürte sie seine geschickte Hand zu ihrer geheimen Stelle gleiten, an der ihre Haut glühte.

»Kein Traum«, sagte er, »sondern Wirklichkeit. Elena, ich will dir alles beibringen.«

Sie hielt den Atem an, als er ihre feuchten Labien teilte und streichelte. Er benutzte seinen Daumenballen und war sehr zärtlich. Er fand ihren kleinen Lustknopf und streichelte auch ihn behutsam, um sie nicht zu überreizen.

Elena stieß keuchende Geräusche aus und versteifte sich. »Was … was macht Ihr da?«

Seine Stimme klang leise aus der Dunkelheit. »Dies, mein kleines Sachsenmädchen, ist das Herz deiner körperlichen Lust, der winzige Knopf, der dir die Leidenschaft bringt. Hast du dir nie selbst Vergnügen bereitet?«

Sie keuchte wieder, weil er das Streicheln erneut aufgenommen hatte. Die Gefühle loderten wie Flammen und schienen sie zum Schmelzen zu bringen. Sie wurde in seinen Armen geschüttelt.

Er beugte den Kopf und saugte an den rosigen Spitzen ihrer Brüste, und sie wand sich vor Lust in seiner Umarmung. Er hob den Kopf und schaute sie an.

»Die erste Lektion«, sagte er sanft, »besteht daraus zu lernen, dass es nicht böse sondern wunderbar ist, sich gegenseitig Lust zu verschaffen. Wie Lady Isobel dir heute Abend Lust verschafft hat. Es hat dir doch gefallen? Wie ihre heiße kleine Zunge dich geleckt hat … so … und so …«

Bevor Elena etwas erwidern konnte, hatte er sich nach unten bewegt und spreizte ihre Schenkel. Im nächsten Moment spürte sie die feuchte Wärme seiner Zunge an ihrem Nabel, dann glitt sie tiefer und zwischen die Lippen. Sie stieß leicht gegen diese Stelle der unglaublichen Lust, die er für sie entdeckt hatte. Es war noch überwältigender als das, was Isobel mit ihr angestellt hatte. Elena stöhnte und rieb gegen seinen Mund.

Er hob den Kopf und schaute sie an. Seine Zähne leuchteten in der Dunkelheit, als er lächelte. »Das hat dir gefallen, nicht wahr, Sachsenmädchen?«

Ihr Körper krümmte sich auf der Suche nach Erleichterung. Er spürte die Wellen des Verlangens, die sie bebend durchliefen. »Noch nicht, kleines Mädchen«, murmelte er. »Du willst doch auch etwas erfahren über dieses wunderbare Gebilde der Lust, nicht wahr?«

Er nahm ihre kleine zitternde Hand und legte sie um den pochenden Schaft seiner Männlichkeit.

Elena stieß zischend den Atem aus, als sie den heißen Stab in ihren Fingern hatte. Neugierig schaute sie hin. Er war gewaltig und samtweich, und es war ein herrliches Gefühl, ihn zu berühren. Sie konnte die pulsierende Kraft in ihm spüren.

Würde Lord Aimery jetzt das mit ihr tun, was der Sarazene mit Lady Isobel getan hatte? Wie konnte sie ein solches Monstrum in sich aufnehmen? Das konnte doch nicht natürlich sein. Und doch sehnte sie sich verzweifelt danach, diesen samtenen Schaft in ihrer geheimen Stelle zu spüren.

Sie zog ihre Hand zurück. In ihr stritten die Emotionen so sehr, dass sie zu zittern anfing.

Aimery ließ ein tiefes Glucksen hören. »Du wirst es noch früh genug lernen, caran, mein Instrument der Liebe zu schätzen. Und ob du es weißt oder nicht, aber du bist mehr als bereit, ihm deine Verehrung zu zeigen.«

Seine wunderbaren Hände glitten noch einmal zwischen ihre feuchten Schenkel. Er fuhr mit einem Finger zwischen die Lippen, auf und ab, und kreiste mit dem Daumen um diesen zauberischen Punkt der Lust, bis Elena vor Leidenschaft aufschrie und ihre geschwollenen Brüste gegen seinen harten Oberkörper rieb.

»Bereit, meine Kleine?«, flüsterte er, dann schob er sich höher und legte sich über sie.

Elena hörte auf zu atmen, als sie die samtene Penisspitze spürte, die zwischen ihre Labien rieb. Da war doch kein Platz für diesen Fleischstab! Es musste unmöglich sein. Aber wie die geschwollene Eichel sie rieb, wie sie tupfte und schabte, das löste bei ihr so exquisite Gefühle aus, dass sie wünschte, er würde nie damit aufhören.

»Ergib dich mir«, flüsterte er in ihr Ohr. »Gib dich mir ganz hin, Elena. Begehrst du mich denn nicht?«

»Oh, ja«, raunte sie. »Nichts wünsche ich mir mehr.«

Mit einem zufriedenen Knurren stieß er behutsam in die glühende Spalte.

Elena spürte, wie der Schaft in sie hineinschlüpfte, zwischen die pochenden Lippen, und dann weiterglitt, direkt in ihr Herz. Sie spürte auch den plötzlichen scharfen Schmerz, der sie aufschreien ließ, aber der Bretone drückte seinen Mund auf ihren, und sie vergaß den Schmerz über das Wunder, dass sich seine Männlichkeit so langsam in ihr bewegte – und dass sie Platz gefunden hatte.

Sie lag atemlos da, die Augen weit geöffnet. Er koste ihre geteilten Lippen mit seiner Zunge und begann langsam, in sie hineinzustoßen.

Es war das Schönste, was Elena bisher erlebt hatte, schöner als in ihren Träumen. Aimery sandte mit jedem sanften Stoß Welle auf Welle einer hypnotischen Lust durch ihren Körper. Einmal verharrte er und blickte in ihr blasses Gesicht mit den weit aufgerissenen blauen Augen. Sie keuchte und klammerte sich an ihn, strich mit den Fingern über seinen muskulösen Rücken.

»Hört nicht auf«, stieß sie stöhnend hervor, »oh, bitte, hört nicht auf!«

Er gluckste wieder, beugte den Kopf und saugte an ihren schmerzenden Brüsten. Sie stöhnte, und instinktiv hob sie die Beine an und schlang sie um seine Hüften, als er den harten Schaft wieder tief in ihr versenkte. Er leckte weiter an ihren gespannten Brüsten und saugte die erigierten Nippel tief in seinen Mund.

Elena schrie mit einem neuen fiebrigen Entzücken auf, als er mit einer Hand ihre geschwollene Klitoris zu reiben begann. Ihr Atem kam in kurzen, hechelnden Zügen, ihr Blut kochte.

»Oh!« Sie stieß einen langen zitternden Schrei aus und bäumte sich unter ihm auf, als ihre Sinne in einem erschauernden Orgasmus explodierten. »Oh, mein Himmel …«

Aimery setzte sein ganzes Geschick ein, um ihre Ekstase zu verlängern. Er spürte, wie ihre inneren Muskeln sich anspannten, sie umklammerten seinen Schaft und molken ihn. Immer wieder stieß sie diese langgezogenen Schreie aus, wenn er tief in sie hineinstieß. Dann, als die Schreie abebbten, hob er sich hoch über sie, so dass sie den geschwollenen Schaft, nass von ihren Säften, sehen konnte, ehe er sich wieder in ihr versenkte.

Er stieß und stieß und trieb seinem eigenen intensiven Höhepunkt entgegen. Elena bebte erneut am ganzen Körper, als sie seinen heißen Erguss spürte. Sie hielt seinen vibrierenden Körper in den Armen und badete in dem Genuss, seine Nacktheit zu spüren.

Aimery lag wie erschlagen in der Dunkelheit. Es war lange her, länger, als er sich erinnern mochte, dass er eine solche Lust bei der konventionellen Liebe erlebt hatte. Sie war wahrhaftig eine Unschuld gewesen, wie sie behauptet hatte. Vielleicht war es auch wahr, dass sie nichts von sächsischen Rebellen wusste, die das Kloster besucht hatten.

Es ging ihm durch den Sinn, dass ein klammerndes

unschuldiges Mädchen ihn normalerweise gelangweilt hätte; er hätte sich abgewandt und nach gewiefteren Freudenbringerinnen Ausschau gehalten. Aber die Leidenschaft des Sachsenmädchens hatte ihn seltsam berührt. Was für eine Hingabe auf ihrem lieblichen Gesicht!

Verdammt, das gehörte nicht zu seinem Plan. Sein Plan war, sie kaltblütig zu benutzen, sie zu erregen, sie nach ihm hungern zu lassen und dann fortzuschicken. Denk an Hughs Tod. Denk an Madelin. Hatte Elena nicht auch sächsisches Blut in den Adern?

Er entzog sich abrupt der zarten, unschuldigen Umarmung des Mädchens und stand auf.

Elena blickte verwundert hoch und sah, wie hart sein Gesicht war, das von einem Strahl des Mondlichts beschienen wurde, der durchs Fenster fiel. Plötzlich fröstelte sie. »Mylord …«

Aimery langte nach seinen Kleidern. Er sagte barsch: »Nicht schlecht fürs erste Mal. Aber du musst noch eine Menge lernen. Isobel wird dir einige Tricks beibringen.«

Sie wich zurück, als hätte er sie geschlagen. »Nein! Nicht Isobel!« Sie streckte eine zitternde Hand aus. »Mylord, ich will nur Euch.«

Wieder spürte Aimery le Sabrenn dieses törichte Zerren seines Herzens. Er schloss den Gurt um seinen Wams und sagte abrupt: »Ob Isobel oder Hamet, du wirst dich jedem hingeben, den ich beauftrage, dir diese Dinge beizubringen. Vergiss nicht, dass du nichts als eine Sklavin bist. Du wirst genau das tun, was ich dir sage.«

Das Mädchen blickte zu ihm hoch. Ihr sanftes Gesicht drückte all ihr Elend aus. »Ich bin Eure Sklavin, Mylord«, flüsterte sie. »Ich werde alles tun, was Ihr mir auftragt. Nur … werdet Ihr wieder in mein Zimmer kommen, wie heute Abend?«

Um Aimerys Mundwinkel zuckte es, als er sie anschaute. Ihre kleinen Brüste waren vollkommen. Ihr Gesicht glühte noch von ihrem fiebrigen Orgasmus. Verdammt, wenn er länger blieb, würde er noch einmal Liebe mit ihr machen.

»Vielleicht«, zwang er sich zu sagen, Kälte in der Stimme. »Aber die nächste Zeit nicht. Wie ich schon sagte, du hast noch einiges zu lernen.«

Er sah den Schmerz in ihren blauen Augen, deshalb wandte er sich rasch ab und ging hinaus.

Elena lag auf dem kleinen kalten Bett und rollte sich zusammen, schlang die Arme um ihren Körper. Sie sehnte sich jetzt schon wieder nach den Freuden, die ihr der Bretone gebracht hatte.

Sie hatte sich Aimery le Sabrenn mit Körper und Seele hingegeben, und sie wusste, dass sie alles tun würde, wirklich alles, um ihn wieder in ihrem Zimmer zu haben, damit er noch einmal diese Gefühle in ihr wecken konnte. Sie war sicher, dass er sie auch begehrte.

Sie wusste, dass sie noch viel lernen musste. Aber sie wollte nur ihn haben. Wollte er einen Wettstreit mit anderen Frauen? Mit Isobel? Wenn das so war, dachte Elena, dann würde sie diesen Wettstreit gewinnen.

Isobel, die gehört hatte, wie Aimery zu Elena gegangen war, hatte eine Stunde intensiver Eifersucht durchlitten, während das törichte Mädchen ihre Jungfräulichkeit verloren hatte. Dann, endlich, hörte sie ihren Herrn zurück in sein eigenes Gemach gehen. Nur eine Stunde, und er hatte schon genug von ihr.

Isobels Stimmung hob sich sofort, und in Gedanken baute sie ihre Pläne für morgen um. Pierre würde natürlich seine Rolle dabei haben. Aber was sonst?

Als sie die Lösung hatte, hellte sich ihr Gesicht auf.

Die kleine Holztruhe, in der sie ihre wertvollsten Dinge aufbewahrte! Sie fand den Schlüssel und öffnete die Truhe. Sie schaute nachdenklich auf die verschiedenen Kostbarkeiten, aber ihre Finger gruben tiefer.

Schließlich zog sie ein wunderbar geschnitztes Stück Elfenbein heraus, das ihr ein Reisender aus der Mittelmeerregion mitgebracht hatte. Das Elfenbein hatte die Form eines männlichen Glieds, wobei die Proportionen recht großzügig gewählt waren. Man brauchte nicht viel Phantasie, um zu sehen, dass der Phallus mit seinen Einkerbungen und Erhebungen gedacht war, um die Lustzonen einer Frau zu stimulieren. Aber nicht alle Frauen konnten den Umfang des gewaltigen Schafts aufnehmen, besonders nicht eine sächsische Jungfrau.

Wenn Pierre und ich morgen mit ihr fertig sind, dachte Isobel voller Häme, wird das Mädchen für eine lange Zeit wünschen, dass Aimery sie nicht mehr anrührt.

Isobel strich liebevoll über den weißen Phallus und rieb ihn über ihre kribbelnden Brüste, bis ihre Nippel hart hervorstanden. Sie lächelte und stellte sich das unschuldige Gesicht der sächsischen Schlampe vor, wenn sie dieses formidable Werkzeug sah. Sollte Isobel es ihr zuerst zeigen? Oder sollte sie auf Pierre warten, bis der mit ihr fertig war, um dann …

Ihre grünen Augen leuchteten vor Vorfreude. Isobel küsste das Elfenbein und schloss es wieder weg. Dann legte sie sich ins Bett und ging in Gedanken noch einmal die Pläne für den morgigen Tag durch.

6. Kapitel

Früher an diesem Abend, nachdem die Sklaven auf der Festung eingetroffen waren, hatte Morwith, die rothaarige Sächsin, erfahren müssen, dass sie wie die anderen Sklavinnen behandelt wurde – sie lag auf dem Boden eines grob zusammengezimmerten Stalls, unter sich ein Strohsack, über sich eine derbe Decke. Sie drehte den anderen Frauen den Rücken zu.

Verdammt, sie, Morwith, war anders als die anderen. Hatte sie nicht den Lord von Thoresfield auf die entzückendste Art verwöhnt?

Ein sächsischer Aufseher, der schon in den Tagen vor Hastings in Thoresfield lebte, brachte den Frauen etwas zu essen – trockenes Brot und ranzigen Käse. Morwith packte ihn am Arm und zischte ihm zu: »He, das ist ein Fehler, dass ich hier gelandet bin. Ich sollte nicht bei den anderen sein. Ich möchte mit Lord Aimery sprechen.«

Der Mann lachte höhnisch. »Das wollen sie alle«, sagte er. »Aber für den Anfang solltest du dich mit mir begnügen.«

Morwith stieß einen Fluch aus, dann ergab sie sich in das Unvermeidliche. Sie war davon überzeugt, dass der Lord von Thoresfield nach ihr schicken würde. Seit der Niederlage bei York im vergangenen Winter hatte sie mit einer Bande von sächsischen Geächteten in den Wäldern gehaust; sie war es gewohnt, auf sich selbst aufzupassen. Sie würde auf ihre Chance warten.

Während die anderen Frauen sich unruhig auf ihrem Lager wälzten und im Schlaf murmelten oder stöhnten, lag Morwith wach. Ihre blassblauen Augen glitzerten. Ihr üppiger Körper fühlte sich in dem zerfetzten Hemd unerträglich heiß an. Im fensterlosen Stall stand die stickige Luft.

Sie erinnerte sich an jeden Moment der wunderbaren Begegnung in der verfallenen Hütte im Wald. Sie sah den muskulösen, schwarz glänzenden Körper des Sarazenen vor sich und das harte attraktive Gesicht des Lords, der reglos zugeschaut hatte. Sie hatte es dem Sarazenen gut besorgt, nicht wahr? Sie hatte ihr ganzes Geschick angewandt, ihre flinke Zunge eingesetzt, hatte ihn trotz des gewaltigen Umfangs tief in den Mund genommen.

Kein Wunder, dass der Bretone erregt worden war. Morwith warf sich rastlos auf ihrem kratzenden Strohsack herum und legte eine Hand um eine schmerzende Brust, als sie in Gedanken noch einmal den wunderbaren harten Schaft des Lords in sich spürte. Nie zuvor hatte sie ein solches Vergnügen empfunden.

Sie stöhnte leise auf und rieb mit der anderen Hand über die zuckende Vagina, in der es feucht und hungrig pulsierte. Ja, sie würde den Bretonen wieder auf diese intime Art erleben. Ihre Chance würde kommen.

Sie rieb die Klitoris mit flinken Fingern und stellte sich den langen Schaft des Lords vor, der sie aufspießte. Die Zuckungen wurden stärker, und Morwith biss sich auf die Lippen, um nicht laut aufzuschreien.

Endlich schlief sie ein.

Am nächsten Morgen wachte Elena auf und schreckte zusammen. Sie fuhr hoch und war verängstigt und verwirrt. Dann nahm sie die Geräusche unten vom Hof wahr, die durch das kleine Fenster in ihr Zimmer drangen, und sofort kehrte die Erinnerung zurück. Sie hörte das ferne Schlagen einer Glocke.

Die Stunde des Tagesanbruchs. Im Kloster würden sich die Nonnen in der kleinen Kapelle einfinden.

Nein, fiel ihr ein. Das Kloster gab es nicht mehr. Dieses Leben war vorbei.

Elena schlüpfte aus dem zerwühlten Bett und fuhr sich mit beiden Händen durch die zerzausten blonden Haare. Ein schmaler Strahl der frühen Sonne badete ihren zierlichen Körper in Gold. Ihre nackte Haut war warm und empfindlich; die kleinen Brüste leuchteten rosig. War das in dieser Nacht wirklich alles geschehen, oder hatte sie es nur geträumt? Die rosige Farbe stieg jetzt auch in ihre Wangen, als sie sich immer deutlicher an das Geschehen erinnerte. Sie ging langsam zum Fenster und schob das Fell zur Seite.

Ja, es stimmte alles. Sie war wirklich hier, im Herzen von Aimery le Sabrenns Festung, dem Bollwerk im Norden. Auf dem Hof herrschte eifriges Treiben. Küchenmägde trugen große Bleche mit Brotlaiben hinüber zur Backstube; junge Knappen polierten die Rüstungen ihrer Herren mit stirngefurchter Konzentration, ein Stallknecht führte ein großes Schlachtross auf den Hof, und ein paar Sklavinnen tratschten und kicherten, während sie den Hühnern Körner streuten.

Aimerys Festung. Aimerys Leute. Und vergangene Nacht hatte sie in Aimerys Armen gelegen.

Elena atmete tief durch. Die Sonne schien warm auf ihr Gesicht und die nackten Schultern. Das würde also ihr neues Leben sein. Sie konnte nicht mehr zurück, sie wusste es und fand sich damit ab. Sie wandte sich vom Fenster ab und bückte sich nach dem seidenen Hemd auf dem Boden, wohin es Lord Aimery geworfen hatte. Sie drückte die Wange gegen den weichen Stoff.

Plötzlich öffnete sich die Tür. Elena schaute erschreckt auf, als Lady Isobel ins Zimmer trat. Sie sah wie eine Königin aus in ihrem eleganten grünen Kleid. Ihre dunklen Haare waren in ihrem Nacken zusammengefasst. Über dem Arm trug sie einen Kittel aus derber Wolle.

»Meine Liebe«, sagte sie schnurrend, »ich hoffe, du hast nach deinem Spaß in der Nacht gut geschlafen?«

Elena bemerkte, dass Isobel ihren Körper betrachtete und drückte das Hemd gegen ihre Brüste. Leise sagte sie: »Danke, Mylady, ich habe gut geschlafen.«

Isobels Worte klangen freundlich, aber in ihren schräg stehenden grünen Augen lauerte Kälte. Elena schüttelte sich trotz der drückenden Hitze in ihrem Zimmer.

Isobel schaute auf das Seidenhemd, und um ihre Mundwinkel zuckte es amüsiert. »Nun, heute bist du eine Sklavin, und ich nehme an, du wirst verstehen, dass eine Sklavin helfen muss, ihren Lebensunterhalt zu verdienen. Edith erwartet dich in der Küche. Hier – ich habe dir die passende Kleidung mitgebracht.« Sie drückte den derben Sklavenkittel in Elenas Hände.

Elenas blaue Augen weiteten sich, und unwillkürlich ging ihr Blick zum wunderschönen Gewand, das sie gestern Abend getragen hatte. Es lag jetzt auf der Eichenkommode am Fußende des Betts.

»In die Küche?«, fragte sie tonlos. »Aber gestern Abend hat Mylord Aimery gesagt …«

Isobels Augen zuckten verärgert, ihre Augenbrauen wölbten sich. »Oh, meine Liebe, ich hoffe, du machst keine Schwierigkeiten. Ich teile dir lediglich mit, was Lord Aimery befohlen hat. Oder glaubst du, ich könnte solche Entscheidungen treffen?«

Elena schluckte den plötzlichen Schmerz in ihrer Kehle hinunter. Gestern Nacht war sie zu begierig gewesen, das musste es sein. Sie hatte ihn abgestoßen. »Wenn es der Wunsch des Lords ist«, sagte sie leise, »dann werde ich natürlich gehorchen.«

Isobel lächelte zufrieden. Das war also die Art, wie sie das Mädchen unterjochen konnte. Wenn es der Wunsch des Lord ist ... Natürlich wusste der Lord nichts von Isobels Plänen, er war in aller Frühe mit seinen Männern ausgeritten und würde nicht vor dem Einbruch der Dunkelheit zurück sein.

Isobel gestand sich ein, dass ein Stich der Eifersucht in ihr Herz gefahren war, als sie das Zimmer des Mädchens betreten und Elenas nackte Gestalt gesehen hatte. Der Sonnenstrahl hatte ihre kleinen hohen Brüste und die schlanken Schenkel in Gold gebadet, und das weiche blonde Vlies im Schenkeldreieck hatte ganz entzückend geleuchtet.

In diesem Moment hatte Isobel ihre Absicht bestärkt, das Mädchen zur Sklavin zu erziehen – sie musste es selbst tun, wenn Aimery es nicht übernahm.

Elena hob den rauen Wollkittel über den Kopf. Isobel streckte eine Hand aus und fuhr damit streichelnd über Elenas flachen Bauch. Elena erstarrte, als Isobels Finger tiefer nach unten glitten, in das blonde Vlies hinein.

»Meine Liebe«, murmelte sie, »es fühlt sich wie goldene Seide an. Wunderschön. Aber du musst noch einige Lektionen lernen, nicht wahr? Es ist ein Jammer, dass dir die gewissen Feinheiten fehlen. Aimery mag keine unwissenden Frauen.«

Isobels Daumen strich wie unbeabsichtigt über Elenas Knospe, dann war aber von Zufälligkeit nichts mehr zu spüren, sie rieb über den Kitzler , kniff leicht in die Labien und zog dann ihre Hand wieder zurück. Elena hielt zischend die Luft an und errötete unter dem Ansturm der plötzlichen Lust, die sie überfiel. Isobel lachte über die Verwirrung des Mädchens.

»Der Lord hat mir etwas für dich gegeben. Ein kleines Geschenk, könnte man sagen. Und er hat gesagt, er wünscht sich, dass du es trägst.«

Elena spürte ein unangenehmes Kribbeln im Rücken. »Wo ist Lord Aimery?«

»Er ist mit seinen Männern ausgeritten. Er muss einen Wagenzug aus Lincoln durch sein Territorium geleiten und wird deshalb nicht so schnell zurück sein. Aber dies hat er für dich dagelassen, komm, ich zeige es dir.« Sie langte in die Falten ihres Kleids und zog etwas heraus, das wie ein kleiner Ledergürtel aussah.

Elena, immer noch nackt, drückte den Sklavenkittel gegen ihren Körper und schüttelte sich. Ihr kam der Ledergürtel nicht geheuer vor. Sie sah Schnallen und Schlaufen und sagte leise: »Ich würde ihn lieber nicht tragen.«

Isobel sah sie an und spürte ein erneut aufsteigendes Hassgefühl. Das Mädchen war frisch, jung und unschuldig. Und Aimery war gestern Abend in ihr Zimmer gegangen …

»Oh, weh«, rief Isobel. »Dieser Ungehorsam! Jetzt schon! Ich werde es Aimery sagen müssen – er wird sehr enttäuscht von dir sein.«

Sie sah, wie alles Blut aus Elenas Gesicht wich. Offensichtlich fürchtete sie Aimerys Unmut. Das arme Mädchen, sie war völlig vernarrt in ihn. Es erging ihr wie fast allen anderen vor ihr.

Isobel lächelte. »Du wirst den Gürtel also tragen, nicht wahr, meine Liebe? Komm, ich helfe dir.«

»Ist es der Wunsch des Lords?«

»Natürlich.«

Elena biss sich auf die Lippen und nickte ergeben. Mit einem heimlichen zufriedenen Lächeln half Isobel, ihr den Gürtel anzulegen, der zu ihren bevorzugten Spielzeugen gehörte. Elena musste in den Gürtel hineinsteigen, denn außer dem Ledergurt um die Hüfte gab es ein weiteres schmales Band, das zwischen den Beinen festgezurrt wurde und sich fest um den sanften Hügel ihrer Weiblichkeit schmiegte. Zwischen den runden Backen verjüngte sich das Band.

Elena keuchte auf, als sie das fremde Gefühl des kalten Leders gegen ihre äußeren Labien drücken spürte. »Es ist zu eng«, presste sie hervor.

»Unsinn!«, gab Isobel scharf zurück und zog das Band um Elenas Hüfte noch strammer. »So soll es getragen werden. Du wirst dich rasch daran gewöhnen. Nur Lieblingssklavinnen bekommen so etwas.«

Sie ließ ihre Finger über das Leder gleiten, das sich gegen die wunderbar weichen Labien des Mädchens presste. Der Kontrast von heller, sanfter Haut und dunklem, hartem Leder war sehr erregend. Das Mädchen mit dem dummen Schamgefühl wich schaudernd vor der Berührung zurück, aber Isobel wusste, dass der Liebesgürtel bereits seine Wirkung tat. Bald würden die Labien anschwellen, das Leder würde sich dazwischen einnisten und bei jeder Bewegung des Mädchens gegen den frei liegenden Kitzler drücken. Diese Reizung würde Elena für das vorbereiten, was Isobel für den Nachmittag geplant hatte.

Schon jetzt bemerkte Isobel, dass Elena unruhig atmete, ausgelöst von der Kombination aus Scham und beginnender Lust. Isobel lächelte. »Lord Aimery wird erfreut sein, dass du ihm Gehorsam erweist«, log sie. »Jetzt rufe ich meine Magd Alys, die dich hinunter zur Küche bringt.«

Damit verließ Isobel das Zimmer.

Elena stand noch lange, nachdem Isobel gegangen war, reglos da und versuchte verzweifelt, ihre schwirrenden Gedanken zu ordnen. Sie würde weglaufen. Diese Erniedrigung konnte sie nicht ertragen. Sie zog sich den kratzenden Kittel an und ging zur Tür.

Die Festungstore waren geöffnet. Es würde niemandem auffallen, wenn eine Sklavin hinaus zu den Feldern ging.

Plötzlich schlüpfte das Lederband zwischen ihre geschwollenen Lippen und rieb sanft über ihre geheime Stelle. Die köstliche Wärme, die von diesem Gefühl ausging, durchflutete ihren Bauch, und plötzlich spürte sie auch ihre Nippel anschwellen und steif werden. Sie rieben sich gegen den rauen Stoff des Kittels.

Sie erinnerte sich an Aimerys Umarmung und wie ihr Körper unter seinem erwacht war. Das Lederband zwischen den Schenkeln war schon nass. Wieder trat sie einen Schritt näher zur Tür. Das Leder rieb so sanft gegen das Zentrum ihrer Lust, dass sie zu zittern begann. Oh, wenn doch der Bretone heute Abend wieder zu ihr käme!

Elena wusste jetzt, dass sie nicht davonlaufen würde. Sie konnte es nicht. Sie wusste, dass ein Tag voll exquisiter Folter vor ihr lag; es war wie eine Herausforderung von Lady Isobel.

Nun gut, sie würde die Herausforderung annehmen – und gewinnen.

Hinter der Festung, auf dem großen Feld im Süden, an das sich der Wald anschloss, stand Morwith, erschöpft, müde und zunehmend aufsässiger. Seit Tagesanbruch, nachdem sie ein Stück Brot und einen Schluck leichten Ales bekommen hatte, arbeitete sie mit den anderen Sklaven und rafften das Gras zusammen, das von einer Reihe von Männern mit ihren Sensen geschnitten wurde.

Die Mittagssonne brannte unerbittlich, der Schweiß glänzte auf Morwiths Armen. Die Grasstoppeln kitzelten sie an den Beinen. Alle nahmen die gebellten Befehle des sächsischen Vorarbeiters hin und trotteten geduldig hinter dem Karren her, um das aufgesammelte Gras abzulegen.

Nur Morwith hatte genug von dieser Sklavenarbeit. Sie rebellierte. Verdammt, sie musste einen Weg zu Lord Aimery finden! Er konnte doch nicht zulassen, dass sie eine solche Arbeit verrichten musste.

»Du da!«

Der Vorarbeiter brüllte sie an. Sie drehte sich langsam um und zeigte ihm ihr trotziges Gesicht.

»Du, die sich offenbar für zu gut hält, um Sklavin zu sein, ja, ich meine dich, du rothaarige Schlampe! Geh in die Küche und bringe uns Ale für die Sensenmänner. Aber spute dich!«

Da sie froh war, eine Weile dieser Arbeit in meist gebückter Haltung zu entkommen, schluckte sie ihre freche Antwort hinunter und ging zurück zur Festung. In der Küche gab man ihr einen großen Tonkrug. Sie sollte in die Vorratskammern gehen und sich den Krug selbst füllen.

Sie ließ sich Zeit. Die Kammer war bis obenhin mit Fässern gefüllt, und es war dunkel und angenehm kühl. Sie füllte den Krug mit dem cremigen, würzigen Ale und nahm selbst einen kräftigen Schluck davon. Das Ale rann wie Nektar durch ihre Kehle. Sie nahm noch einen Schluck, setzte den Krug ab und stellte sich in die Tür.

»Gibt es Probleme, Frau?«

Die dunkle Stimme brach in ihre Gedanken ein. Erschrocken wandte sie sich um. Durch eine Seitentür der Vorratskammern trat jemand auf sie zu. Wegen der Dunkelheit im Innern konnte sie ihn zunächst nicht erkennen, aber dann sah sie, dass es der dunkelhäutige Mann war, Hamet, der Diener des Bretonen.

Morwith stammelte: »Ich … ich habe mich nur einen Moment ausgeruht, Sir. Man hat mich geschickt, Ale für die Schnitter zu holen.«

Er nickte, die Arme vor der Brust verschränkt, und betrachtete sie. Er trug eine ärmellose Lederjacke.

Seine muskulösen Schultern glänzten vor Schweiß. Ob er sich an sie erinnerte? Ganz bestimmt, denn er hat seinen Spaß gehabt, dachte Morwith. Ihr Herz pochte schwer. Dies war die Chance, auf die sie gewartet hatte. Hamet der Sarazene war Lord Aimerys Privatdiener. Wenn sie ihm zu Gefallen war, würde er sie gewiss wieder zu seinem Herrn führen.

Morwith bewegte sich langsam und dachte schnell. Sie hob den schweren Krug auf, lächelte Hamet scheu an und wollte an ihm vorbeitreten. Plötzlich geriet sie ins Schwanken und verlor das Gleichgewicht, der Krug krachte auf den Boden, während der Sarazene sie rasch auffing.

»Frau, geht es dir nicht gut?«

Morwith drückte sich an ihn und spürte, wie das lose Oberteil ihres Kittels von den Schultern rutschte. »Nein«, flüsterte sie, starrte Hamet hungrig an und fuhr sich mit der Zunge über die vollen Lippen. »Es geht mir nicht gut, aber Ihr könntet dafür sorgen, dass es mir sooo viel besser geht.«

Mit beiden Händen fuhr sie quälend langsam und aufreizend über seine nackten Arme. Dann leckte sie über den Zeigefinger und berührte seine Lippen.

Mit einem gekrächzten fremdsprachigen Fluch drückte Hamet sie an sich und presste seinen Mund auf ihren. Morwith ließ sich gegen die kalte Mauer der Vorratskammer fallen und zog ihn weiter von der Tür weg.

»Oh, ja«, stöhnte sie. »Bitte …«

Ihre Augen öffneten sich weit, als Hamet ihre Brüste in die Hände nahm und sie gierig drückte und knetete. Dann beugte er den Kopf und nahm die Nippel abwechselnd in den Mund. Hastig griff Morwith an seinen Gürtel, aber Hamet stieß ihre Hände weg und sorgte dafür, dass er einen Moment später seine gewaltige Erektion entblößt hatte.

Morwith stöhnte auf und strich mit einer Hand an dem Schaft entlang. »So groß«, murmelte sie.

Fiebrig zog Hamet ihren Kittel hoch. Sie trug nichts darunter. Der Anblick ihrer prallen, mit Sommersprossen besprenkelten Haut machte ihn verrückt. Wieder verschlang er ihre Lippen in einem ungezügelten Kuss und drang mit einem einzigen Stoß in sie ein.

Es war ein hartes, heftiges Paaren, das bald vorüber war. Morwith kam schon nach wenigen Stößen, so sehr war sie allein schon durch die Gedanken an ihre Gelegenheit erregt, erneut auf sich aufmerksam machen zu können. Sie spürte bald darauf das Vibrieren seines Schafts, bevor er in ihrem zitternden Körper zu zucken begann.

Immer noch prickelte es in ihr. Sie klammerte sich an ihn und leckte über die glatte Haut seiner Wangen. Sie spürte, wie seine Männlichkeit schrumpfte und schließlich aus ihr glitt.

»Gut«, murmelte sie. »Oh, so gut.« Sie strich sich den Kittel glatt und bedeckte wieder ihre Brüste. »Hamet, Ihr mögt mich, nicht wahr?«

Er grunzte zustimmend und richtete seine Kleidung. »Frau, mit dir macht es einfach Spaß.«

»Dann«, raunte Morwith, »könnt Ihr mich doch wieder rufen lassen. Ihr schlaft doch in der Festung, stimmt's? In der Nähe von Lord Aimery.«

Hamet zögerte sichtlich. »Ja, stimmt. Aber …«

»Lasst mich rufen«, flüsterte sie eindringlich. »Euer Herr braucht nichts davon zu erfahren. Ich will Euer sein, wann immer Ihr wollt. Eine ganze Nacht.« Sie stellte sich auf die Zehenspitzen und küsste ihn gierig. Er spürte, dass er wieder hart wurde, aber da befreite sie sich lachend, trat einen Schritt zurück und sagte: »Nein, ich muss aufhören, sonst werden wir noch erwischt. Denkt daran – dies ist unser Geheimnis.«

Isobel de Morency hatte am kleinen Fenster gestanden und alles mit angesehen. Jetzt wandte sie sich ab, ein breites, zufriedenes Lächeln im Gesicht.

Als Isobel die rothaarige Sachsensklavin bemerkt hatte und sah, wie sie mit Hamet redete und ihn von seinen Pflichten abhielt, hatte sie zuerst jemanden hinunter schicken wollen, um die Frau zu züchtigen.

Aber dann, als sie die Szene verfolgt und den reizvollen, gierenden Körper der Sklavin gesehen hatte, war Isobel selbst erregt worden. Hamet war wirklich gut bestückt, und die rothaarige Schlampe, geil und gierig, neu in der Festung, wusste das zu würdigen.

Was für ein Unterschied zu dem blassen unschuldigen Klostermädchen, das sich jetzt in der Küche plagen musste, zweifellos gefoltert von dem Gürtel, der sich so köstlich zwischen den schlanken Schenkeln rieb.

Die Rothaarige, dachte Isobel verwundert, musste doch viel eher für Aimerys Lust geeignet sein.

Von der kleinen Szene unten in der Vorratskammer fühlte sich Isobel angenehm erregt. Ja, sie würde ihren Plan für den Nachmittag ein wenig ändern.

Später an diesem Nachmittag räkelte sich Isobel auf ihrem fellbedeckten Bett und nippte süßen, schweren Wein aus einem silbernen Becher. »Was ich brauche«, sagte sie, »ist eine Dienerin für bestimmte Dinge …«

Morwith stand demütig vor ihr, die Hände zusammengelegt, den Kopf gebeugt. Sie hatte gerade ein wunderbares Bad genossen, was für sie eine bisher nicht gekannte Wonne war, und man hatte ihr ein zwar altes, aber sehr tragbares Kleid gegeben, das sie nun statt des Sklavenkittels trug. Ihr volles rotes Haar war frisch gewaschen, und die schillernden Locken fielen ihr bis auf die Schultern.

Sie bot das vollkommene Bild von Unterwürfigkeit, aber Isobel, die sie bei der wollüstigen Kopulation mit Hamet gesehen hatte, ließ sich nicht täuschen.

Die Lady schenkte sich noch etwas Wein ein und betrachtete ihre neue Errungenschaft. Die junge Frau hatte eine dralle Figur; volle Brüste und ausladende Hüften. Ein wenig zu drall vielleicht, aber voller Weiblichkeit.

Isobel fuhr mit einem Finger über den Rand des Bechers und streckte unter dem seidenen Kleid träge ihre Beine. Sie lehnte sich mit dem Rücken gegen die mit Daunen gefüllten Kissen und sah der Frau ins Gesicht. »Du weißt, nehme ich an, dass du dich in der Festung von Aimery le Sabrenn befindest?«

Die Frau errötete leicht und nickte.

Isobel fuhr fort: »Mylord Aimery braucht, wie alle großen und mächtigen Männer, seine Entspannung, Morwith. Er schätzt es, wenn ich kleine – nun, sagen wir Abwechslungen für ihn arrangiere. Weißt du, was ich meine?«

Das Leuchten in den blassblauen Augen der Rothaarigen war nicht zu übersehen. Isobel glitt vom Bett, hielt den Becher in der Hand, und ging einmal um Morwith herum. Das Wollkleid saß ein wenig zu eng und wurde von den Brüsten stark gedehnt. Isobel fuhr mit einer Hand über die Konturen von Morwiths Brüsten und spürte, wie sich die Nippel sofort aufrichteten. Morwith hielt den Atem an.

»Bist du eine gute Dienerin, Morwith?«, fragte Isobel leise. »Wirst du deinem Lord eine gute, gehorsame Dienerin sein?«

Die Sächsin befeuchtete ihre Lippen. »Oh, ja, Mylady«, sagte sie hastig.

Isobel holte mit der Hand aus und gab ihr eine Backpfeife. Morwith verschluckte ihren Schrei und stolperte rückwärts. Ihre Wange schwoll rot an.

»Du lügst mich an! Du bist alles andere als gehorsam! Ich habe dich zur Mittagszeit unten im Hof mit dem Sarazenen gesehen. In der Tür zu den Vorratskammern. Wer hat dir gestattet, dich so liederlich zu verhalten und den Diener des Lords von seinen Pflichten abzulenken? Dafür wirst du bestraft werden, Morwith!«

Die junge Frau sank zitternd auf ihre Knie. »Mylady, ich bitte Euch um Verzeihung. In aller Demut erflehe ich Vergebung. Bitte, schickt mich nicht weg.«

Isobel sah sie nachdenklich an. Ein kleines Lächeln umspielte ihre Lippen. Morwith sah das Lächeln, sie erschauerte und spürte ein plötzliches Ziehen in den Brüsten. Isobel sagte: »Du wirst deine Strafe erhalten. Zieh dein Kleid aus.«

Morwith, die immer noch kniete, hob das Kleid über den Kopf und zog auch das dünne Unterhemd aus. Jetzt hockte sie nackt vor Lady Isobel, die roten Haare berührten die vollen Brüste. Die strammen Schenkel waren ein wenig gespreizt, sodass Isobel einen Blick auf die krausen roten Haare dazwischen werfen konnte. Morwiths Haut war cremig weiß mit vielen kleinen Sommersprossen, als hätte sie jemand mit Goldstaub besprenkelt.

Isobel leckte sich die Lippen und sagte mit heiserer Stimme: »Du bist bereit für deine Bestrafung?«

Morwith hob den Kopf. Ihre Augen glitzerten. »Mylady«, flüsterte sie. »Sagt mir nur, was die gerechte Strafe für meine Sünden ist.«

Isobel lachte laut auf. Ohne eine Antwort zu geben legte sie sich aufs Bett und stützte den Rücken mit den Kissen. Sie zog ihr Seidenkleid bis zu den Hüften hoch und raunte leise: »Verschaffe mir Lust.«

Morwith konnte ihr Glück kaum glauben. Ihr Herz pochte. Zuerst die Begegnung mit dem Sarazenen und jetzt die Lady von Thoresfield; diese schöne gebildete Frau, die das Glück hatte, die Geliebte des Bretonen zu sein.

Ablenkung, hatte sie gesagt. Ablenkung für Lord Aimery.

Sie hielt den Kopf gesenkt, damit Lady Isobel nicht das wollüstige Glitzern in ihren Augen sehen konnte, und sagte ergeben: »Alles, was Ihr wünscht, Mylady.« Mit einem verhaltenen Lächeln näherte sie sich dem Fußende des Betts und stieg zwischen Isobels gespreizte Schenkel.

Eine Stunde später rutschte Morwith vom Bett. Das Wolfsfell hatte ihre erhitzte Haut an Bauch und Schenkeln gereizt, während sie Isobel zur Ekstase gebracht hatte. Jetzt kniete sie am Fußende des Betts auf dem Boden, und ihr Herz schlug heftig. Sie war selbst so erregt, dass sie kaum an sich halten konnte. Sie hatte den Kopf gebeugt, unterwürfig und voller Hoffnung.

»Du zeigst gute Ansätze, Morwith.«

Sie blickte auf, die Augen strahlten, der Körper mit der rosigen Farbe der Lust überzogen.

»Mylady?«

Isobel gluckste, als sie auf die klaffende Spalte zwischen Morwiths offenen Schenkeln schaute. Wie die Sklavin stumm um ihre eigene Befriedigung bettelte! Aber damit musste sie warten. »Du musst Geduld lernen, Morwith, wenn du etwas erreichen willst. Ich sehe, dass du an nichts anderes als an deine eigene Befriedigung denken kannst.«

Morwith leckte sich über die Lippen. Ihre Augen blickten immer noch flehend.

Isobel glitt vom Bett und strich ihr Seidenkleid glatt. »Aber zuerst musst du mir bei einer anderen

Aufgabe helfen. Du scheinst vergessen zu haben, dass wir noch jemanden strafen müssen.«

Morwiths Augen weiteten sich. »Mylady, wenn ich Euch irgendwie helfen kann …«

Isobel schenkte sich Wein ein und trank einen Schluck. Aimery würde noch lange wegbleiben. Das war gut so, denn sie hatte noch viel zu tun. »Ja, du kannst mir helfen. Wir müssen Hamet bestrafen, weil er seine Pflichten vernachlässigt und sich lieber mit dir beschäftigt hat. Stimmst du mir nicht zu, Morwith?«

Die Sklavin schluckte und nickte. Ihr Herz klopfte vor wilder Vorfreude.

Die heiße Nachmittagssonne brannte erbarmungslos auf den Zug der Wagen und Pferde, der sich über den sandigen Grund langsam nordwärts bewegte. Die Holzräder der Gepäckwagen fuhren sich immer wieder in den tiefen Furchen fest, die Kutscher fluchten ungeduldig und schlugen auf die sich abplagenden Pferde ein.

Aimery le Sabrenn ritt wachsam an der Spitze der bewaffneten Eskorte. Endlich hatten sie den dichten Eichenwald hinter sich gelassen. Der Weg wurde jetzt von Farndickicht und dornigem Gestrüpp gesäumt und war besser einzusehen, was einen sächsischen Hinterhalt erschweren würde.

Aber wenn die Sachsen wüssten, dass die zwölf Gepäckwagen für die einsame Garnison York bestimmt waren und Waffen und Proviant transportierten, dann würden sie angreifen, ganz egal, wie gering die Aussicht auf Erfolg war.

»Mylord, ein Reiter! Er kommt uns entgegen, etwa eine Meile entfernt!«

Aimery nickte zu der hastigen Meldung seines

Sergeants, und wie von selbst glitt seine Hand zum Schwert. Er zügelte sein großes schwarzes Streitross, spürte die sengende Hitze, die durch sein Kettenhemd drang, und ließ den Zug halten. Wieder hatte sich ein Karren festgefahren, und ein Dutzend der Männer mühte sich keuchend und krächzend, das Rad aus einer tiefen sandigen Mulde zu befreien.

Er konnte den Reiter jetzt sehen; die Sonne brach sich auf seiner Rüstung. Gegen den Hinterwiesel seines Sattels gelehnt, fuhr sich Aimery mit einer Hand durch die verstaubten Haare und gab seinen Männern zu verstehen, einen Kreis um den Zug zu bilden.

Vielleicht brachte der Reiter auch nur die Nachricht von einer neuen Schlacht. Aimery dachte bedauernd, dass sich seine Rückkehr nach Thoresfield dann verschieben würde. Das blonde Sachsenmädchen spukte den ganzen Tag schon in seinen Gedanken.

Der Sergeant neben ihm raunte ihm zu: »Wenn ich das richtig sehe, ist das einer der de Ferrers Ritter, Mylord.«

Der Reiter hielt in einer Staubwolke an und schob den Helm von seinem schweißnassen Gesicht.

»Mylord Aimery?«, fragte er keuchend.

»Ihr habt eine Nachricht für mich?«

»Aye, Mylord. Ihr werdet in Kürze von Euren Eskortenpflichten entbunden. Es kommt ein Konvoi, den die Männer von Henri de Ferrers bilden. Sie treten ihren Dienst in der Garnison von York an. Sie werden Euch an der nächsten Wegbiegung treffen. Sie haben auch die erforderlichen Papiere bei sich, aus denen Ihr seht, dass alles seine Richtigkeit hat.«

Aimery wandte sich an seine wartenden Männer. »Es sieht so aus, als wären wir früher zurück in Thoresfield, als wir gedacht haben«, sagte er ihnen.

Seine Männer grinsten und entspannten sich. »Das ist eine gute Nachricht, Sir«, sagte der Sergeant fröhlich. Eskorten waren nie beliebt, sie waren langweilig – ganz abgesehen von der ständigen Gefahr eines Überfalls. Besonders die Wälder waren von Rebellen verseucht.

Aimery wusste von der Abneigung seiner Männer, aber er wusste auch, dass sie ihm bis in die Hölle folgen würden, wenn er es von ihnen verlangte.

Er lächelte seinem bulligen Sergeant zu. »Ja, tatsächlich, eine gute Nachricht«, murmelte er fast zu sich selbst.

Er erwischte sich dabei, dass seine Gedanken schon wieder bei dem Mädchen waren. Er erinnerte sich an ihren sanften, zärtlichen Körper, den er in der vergangenen Nacht in den Armen gehalten hatte, und er spürte, wie er hart wurde. Er knirschte mit den Zähnen, als würde ihm das gegen das brennende Verlangen helfen, das seinen Körper erhitzte.

7. Kapitel

Während des ganzen Tages mühte sich Elena mit den anderen Sklaven in der Küche ab. Man brauchte es ihr nicht zu sagen – sie wusste, dass sie ein hoffnungsloser Fall war. Sie schaffte es kaum, die schweren Backbleche mit dem Teig in die Backstube zu tragen; der Eintopf, den sie im großen Kessel rühren sollte, brannte an, und als es ans Rupfen der Hühner ging, nahmen ihr die anderen die Tiere aus der Hand, weil Elena zu lange brauchte. Alles in dem großen Raum verwirrte sie, die vielen Helfer, die schrien und schimpften, das Scheppern und Poltern. So sehr sie sich auch bemühte, es gelang ihr nichts.

Und die ganze Zeit rieb der Liebesgürtel beharrlich gegen ihre empfindliche Haut und löste in ihrem Körper ungewohnte Gefühle aus. Es war, als würde sie jemand heimlich streicheln. Gleichzeitig erinnerte der Gürtel sie daran, dass sie eine Gefangene war.

Jeden Moment des Tages sah sie das schöne, mit der Narbe gezeichnete Gesicht des Lords von Thoresfield vor sich, sie sah den Blick seiner stahlgrauen Augen und hörte ihn murmeln: ›Wir haben noch die ganze Nacht vor uns, caran …‹

Sie plagte sich ab, weil Isobel ihr gesagt hatte, es wäre Aimerys Befehl. Sonst hätte sie längst aufgegeben. Nur einmal versuchte jemand, ihr zu helfen.

Sie trug zwei Eimer Milch über den Hof. Sie waren für die Käserei bestimmt. Die Holzeimer waren so schwer, dass Elena fürchtete, sie könnte sie fallen lassen. Aber sie traute sich auch nicht, sie abzustellen und sich auszuruhen. Die Sonne brannte, und ihre Arme und Schultern schmerzten.

Dann hörte sie Schritte, die sich von hinten näherten, und jemand nahm ihr die Eimer aus den Händen. »Ich trage sie für dich«, sagte eine seltsam vertraute männliche Stimme. »Folge mir einfach über den Hof und spare dir deinen Dank, sonst fällt es noch auf.«

Elena sah den Mann verwundert an.

Er war der blonde Sachse – der Rebell. Der Mann, den sie getroffen hatte, als sie aus Pater Wulfstans Haus zurück zum Kloster gegangen war. Er war auch der Mann, dem sie in jener Nacht im Wald Wasser gebracht hatte. In der Nacht, in der sie Aimery das erste Mal gesehen hatte.

»Du bist es«, raunte sie, als sie vor der Käserei anhielten. Er stellte die Eimer ab.

»Mein Name ist Leofwin«, sagte er leise. »Ich bin ein Sklave. Ein Gefangener wie du selbst. Aber wenn du Hilfe brauchst, dann wende dich an mich. Ich werde alles tun, um dir zu helfen.«

Elena spürte einen Kloß im Hals. Selbst in dem zerrissenen Sklavenkittel sah der Mann gut aus. Er hatte ein gebräuntes Gesicht und einen muskulösen Körper. Der Schweiß von der Mittagshitze lag auf seiner Haut. Aber am meisten berührte Elena, wie er sie mit seinen unergründlichen blauen Augen anschaute.

Plötzlich spürte Elena wieder den engen Gürtel und das Reiben des Lederbands zwischen den Schenkeln. Es rann ihr heiß und kalt über den Rücken. Sie wusste instinktiv, dass dieser Mann Leofwin bereit war, Aimery le Sabrenn zu töten, wenn der Sachse gewusst hätte, was der Lord vergangene Nacht mit ihr angestellt hatte.

Aus der Käserei rief jemand: »He, du da! Du mit der Milch! Willst du dich den ganzen Tag ausruhen?«

Hastig bückte sich Elena und hob die Eimer auf, um sie hineinzutragen. Der Sachse hatte die Hände in die Hüften gestemmt und sah ihr dabei zu.

»Vergiss mich nicht, wenn du einen Freund brauchst«, raunte er ihr zu.

Am Nachmittag, nach einem spärlichen Essen, das aus Roggenbrot und leichtem Ale bestand, kam Alys, Lady Isobels Magd, und zeigte Elena, wie man feines Leinen in Buttermilch wusch und dann auf die Leine hing, damit die Wäsche in der Sonne bleichen konnte.

»Du hast Glück«, seufzte die arme, pockennarbige Alys, hielt mit der Arbeit inne und betrachtete das zierliche sächsische Mädchen voller Neid. »Es wird nicht lange dauern, ehe einer der Männer dich zur Frau nimmt. Eine solche Chance habe ich nicht.« Alys drückte ein Leinenlaken in den Buttermilchbottich und ließ ihre Traurigkeit an dem Wäschestück aus.

Elena bedauerte die junge Frau, die unter ihrem Aussehen litt, und sagte rasch: »Du kannst genauso gut einen guten Mann finden, der dich heiraten will, Alys. Das Aussehen sollte nicht überbewertet werden.«

»Du hast leicht reden, wo du doch so eine Schönheit bist«, sagte Alys aufseufzend. »Ich wette, dass einer der Männer des Lords dich schon bald zur Frau nimmt.«

Elena erinnerte sich an Aimery, der gestern Abend zu ihr ins Bett gekommen war, und errötete. Als sie sich kniete, um das Leinentuch zu spannen, spürte sie es zwischen ihren Beinen kneifen, und kleine, heiße Pfeile der Lust schossen in ihre Brüste. Wie lange sollte sie diese exquisite Folter ertragen?

Jemand rief sie vom Hof an. »Du! Das neue Mädchen! Lady Isobel will dich in ihrem Gemach sehen! Aber schnell!«

Elena wurde blass. Als sie sich wieder aufrichtete, fühlte sie sich schwindlig.

»Dann beeile dich, Mädchen«, sagte Alys. »Mylady mag es gar nicht, wenn man sie warten lässt.«

Elena biss sich auf die Lippen und ging, und Alys schaute ihr neidvoll nach.

Sie wusste, was der Befehl Isobels zu bedeuten hatte. Sie wusste, was das blonde Sachsenmädchen zu erwarten hatte, und ihr Neid wuchs noch.

Elena wurde ins Gemach von Lady Isobel geführt.

Die Tierhaut vor dem schmalen Fenster war vorgezogen und wehrte das Sonnenlicht ab. Zwei Kerzen brannten in silbernen Haltern auf einer Eichentruhe. Ihre Flammen sandten unheimliche Schatten an die Wände. Nach dem gleißenden Sonnenschein draußen konnte Elena zunächst kaum etwas erkennen.

Dann gewann sie langsam die Sicht zurück. Und was sie sah, ließ sie erschauern. Am liebsten hätte sie sich umgedreht und wäre weggerannt.

Isobel lag mehr, als sie saß, in einem kunstvoll geschnitzten Holzsessel in der Ecke des Zimmers. Selbst in der einengenden Dunkelheit sah sie kühl und elegant wie immer aus. Sie würdigte Elena keines Blickes. Ihre ganze Aufmerksamkeit war auf eine Szene in der gegenüberliegenden Ecke des Raums gerichtet. Ein leises Lächeln umspielte ihre vollen roten Lippen.

Elena folgte dem Blick der Lady.

In der Ecke, fast im Dunkeln, kniete Hamet auf dem Boden. Er trug seine Beinkleider, aber sein imponierender Oberkörper war nackt. Seine Hände waren auf dem Rücken zusammengebunden, von dort führte der Strick zu einem Eisenring in der Wand. Außerdem waren Aimerys Diener die Augen verbunden.

Vor ihm, mit dem Rücken zu Elena, stand eine rothaarige Frau, die ein seltsames Mieder aus schwarzem

Leder trug. Sie lehnte sich über den Sarazenen und ließ ihre großen reifen Brüste über sein Gesicht streifen. Hamet schnappte hungrig mit weit geöffnetem Mund nach ihnen. Bis auf das Mieder war die Frau nackt.

Elena lehnte sich gegen die geschlossene Tür. Sie fühlte sich elend. Isobel sah zu ihr hinüber und lachte kurz auf. Sie hatte noch genügend Zeit, das stupide Mädchen zu bestrafen und loszuwerden, ehe Aimery zurückkam.

»Du kommst gerade zur rechten Zeit, kleine Elena«, sagte sie mit einschmeichelnder Stimme. »Zur rechten Zeit, um Hamets Bestrafung beizuwohnen. Du musst wissen, dass Hamet mir seinen Gehorsam versagt hat. Jetzt muss er den Preis für seinen Ungehorsam zahlen, und du, Elena, du wirst an seiner Bestrafung teilhaben.«

Elena spürte, wie ihr Mund trocken wurde. »Nein! Ich …«

Isobel fuhr scharf fort: »Meine liebe Elena, ich dachte, dass du es endlich begriffen hättest. Dies ist, was Lord Aimery angeordnet hat, was er wünscht. Und du willst ihm doch gefallen, nicht wahr?«

Elena atmete zitternd. Die Tür hinter ihr war nicht abgeschlossen. Sie selbst war nicht in Ketten gelegt. Sie wusste, dass sie sich umdrehen und aus diesem dunklen, dekadenten Gemach rennen sollte, diesem Zimmer mit all seinen dunklen Verlockungen. Aber der Liebesgürtel drückte sanft auf die empfindlichen Stellen und ließ sie am ganzen Körper fiebern, und wenn der Name des Bretonen auch nur erwähnt wurde, begann ihr Blut zu glühen.

Die rothaarige Frau in der Ecke, die sich ganz auf den kräftigen Mann konzentrierte, der hilflos vor ihr kauerte, setzte ihre Tortur fort, indem sie ihre cremigen Brüste über sein Gesicht rieb. Elena spürte mehr denn je die dunkle Gier ihrer heimlichen Stelle, wo es brannte.

Sie befeuchtete ihre Lippen und flüsterte: »Ja, ich möchte Lord Aimery gefallen.«

Isobel nickte zufrieden und beugte sich vor. »Dann lass mich das alles erklären. Hamet hat sich schlecht benommen. Und zwar zusammen mit Morwith, der sächsischen Sklavin, die ihn gerade mit ihrem wollüstigen Körper quält. Er hat sie unten in der Vorratskammer genommen, wild und verwegen wie ein Tier hat er sein massives Glied in ihr bebendes Fleisch gestoßen.«

Hamet ließ in der Ecke ein leises Stöhnen hören, als Isobel ihn derart tadelte. Jetzt erhob sich Isobel, und Elena sah, dass sie eine kleine Lederpeitsche in der Hand hielt. Die Lederriemen schleiften über den Boden, als sie langsam durchs dunkle Zimmer auf den gefesselten Sarazenen zuging. Morwith sah sie kommen und wich in die Schatten zurück.

Elena war schockiert, als sie das gekräuselte rote Haar im Dreieck von Morwiths Schenkeln sah; es war dunkel von Feuchtigkeit.

Isobel blieb vor Hamet stehen, der blind zu seiner Lady aufschaute. Er stöhnte erneut, als Isobel die Peitsche über seinen breiten Brustkorb und dann hinunter über die geschwollene Beule seines Schoßes gleiten ließ.

»Und Morwith natürlich auch«, fuhr Isobel fort und wandte sich der Rothaarigen zu. »Deine Bestrafung ist noch nicht abgeschlossen. Schlampe, ich erinnere mich noch genau an dein lüsternes Gesicht. Du hast jeden Augenblick seines verwerflichen Tuns genossen, du hast sogar den Kopf in den Nacken geworfen, als die Ekstase dich erfasst hatte. Ich habe dich vor Lust quietschen gehört, als er dich auf sein Glied gespießt hat.«

Die rothaarige Sklavin senkte den Kopf, aber ihre Nippel ragten dunkel und steif aus dem Ledermieder heraus, und als sie den Kopf leicht anhob, glitzerten ihre blassblauen Augen vor unterdrückter Erregung.

»Mylady«, flüsterte sie, »ich habe weitere Bestrafungen verdient. Ich möchte Buße tun.«

»Dann«, sagte Isobel laut, »bereite dich darauf vor. Lege dich aufs Bett. Elena wird die Bestrafung ausführen. Komm her, Elena.«

Elena stand reglos an der Tür, während Morwith sich auf dem mit Fellen bedeckten Bett ausbreitete. Elena war es, als wollten die Beine ihr den Dienst versagen. Das erhitzte Blut raste durch ihren zitternden Körper, der gespannte Liebesgürtel rieb zwischen die rosigen Falten ihres Geschlechts. Sie wusste, dass sie diese exquisite Folter nicht mehr lange ertragen konnte.

»Komm her, Elena, meine Liebe«, wiederholte Isobel mit süßer Stimme und strich versonnen über den Peitschengriff. »Sonst wird Lord Aimery nicht gut auf dich zu sprechen sein.«

Trunken von ihren eigenen dunklen Begierden, mit einem Kribbeln im Bauch und einem Vibrieren in den Brüsten, ging sie langsam auf Isobel zu.

Isobel lächelte. »Siehst du, wie sehr Morwith nach Liebe hungert?«, fragte sie. »Schau dir ihren prallen Körper an, der Hamet zu seinem Ungehorsam verführt hat.« Isobel öffnete eine Kommode neben dem Bett und zog ein feines Seidenband heraus. »Hier, für dich, Elena. Binde Morwith ans Bett. Siehst du, wie sie sich windet? Sie sehnt sich nach ihrer Bestrafung.«

Elena stand zögernd da. In ihren weit geöffneten Augen stand die Unschlüssigkeit.

Isobel sagte leise: »Du willst doch nicht, dass ich Lord Aimery sage, wie ungehorsam du bist, nicht wahr, Elena? Er könnte dich vielleicht sogar wegschicken. Das willst du doch nicht, meine kleine Elena. Du würdest Lord Aimery nie wieder sehen.«

Elena schluckte hart und schüttelte den Kopf. Sie war dieser Frau ausgeliefert, denn Isobel wusste, dass sie alles tun würde, um die Wünsche Aimerys zu befolgen.

Sie nahm das Band aus Isobels ausgestreckten Händen und begann stumm, die Handgelenke der Rothaarigen an die Holzpfosten des Betts zu binden. Dabei stieg ihr die Hitze von Morwiths Körper in die Nase, und Elena spürte, wie sie noch mehr erregt wurde. Sie sah, wie die Labien der Frau sich öffneten, wie die rosigen Falten anschwollen und immer feuchter wurden.

Isobel beobachtete die Szene mit Zufriedenheit. Sehr gut. Das blonde Klostermädchen lernte endlich Gehorsam. Der Ledergürtel musste sie längst in den Wahnsinn getrieben haben. Zweifellos wartete sie auf ihre eigene Belohnung. Vielleicht machte sie sich sogar Hoffnungen, dass Aimery wieder zu ihr käme.

Wenn ich mit ihr fertig bin, dachte Isobel mit einem Grinsen der Genugtuung, wird Aimery sie nicht einmal mehr sehen wollen. Ja, bisher liefen ihre Pläne nach Wunsch.

Sie nahm den Phallus aus Elfenbein aus der Kommode und wollte ihn Elena in die Hand drücken, aber die wich entsetzt zurück, und diesmal nutzten auch Isobels Drohungen nicht, dem Lord alles zu erzählen. Kurz entschlossen legte sich Isobel neben Morwith aufs Bett und begann sie mit dem Phallus zu reizen.

Der Widerspruch der Gefühle, der in Elena tobte, drohte sie zu zerreißen. Einerseits erregte sie der Anblick der stöhnenden, sich auf dem Bett windenden Morwith, andererseits fühlte sie sich abgestoßen von der seelenlosen Befriedigung, von der Zurschaustellung dieses eher peinlichen Aktes. Elena wusste, dass sie noch viel lernen musste, aber sie wünschte sich ihre Lehrstunden in trauter Zweisamkeit mit ihrem Lord.

Elena schlug die Augen nieder, aber Morwiths Höhepunkt erfuhr sie trotzdem. Die rothaarige Frau stieß zitternde kleine Schreie aus, und als Elena neugierig aufsah, erlebte sie, wie Morwith den Phallus selbst in der Hand hatte und tief in sich hineinschob. Ihr ganzer Körper wurde von heftigen Zuckungen geschüttelt, und Isobel saß aufrecht daneben und starrte auf den sich aufbäumenden Körper, bis er zusammensackte und nur noch einige Male schwach zuckte.

Isobel wartete, bis die Erregung Morwiths abgeklungen war. Dann wandte sich die Lady an das bleiche Mädchen. »Jetzt, Elena, bist du dran.«

Elena, deren Körper unter der Qual des Verlangens pochte, nachdem sie die Lust der rothaarigen Frau aus nächster Nähe erlebt hatte, schüttelte sich. Sie sehnte sich danach, dass das Glühen ihres Körpers gelöscht wurde – aber nicht so schamlos, und nicht vor all den anderen.

Isobel runzelte die Stirn. Es war also nicht so leicht, wie sie sich das vorgestellt hatte. Sie stand auf, befreite Hamet von seinen Fesseln und der Augenbinde, dann befahl sie ihm, sich anzuziehen und ihr Gemach zu verlassen. Hamet war seinem Herrn zu treu ergeben, deshalb würde es nicht gut sein, dass er das bezeugen konnte, was Isobel nun vorhatte.

Morwith verfolgte die kleine Szene mit wachen Augen. Als Hamet gegangen war, wandte sich Isobel wieder an Elena.

»Du verweigerst mir also den Gehorsam?«, fragte sie. »Du willst deinen Herrn erzürnen, unseren Lord Aimery? Du willst also auch nicht, dass er dich bald wieder besucht?«

Elenas Kopf ruckte hoch, und plötzlich war wieder

Farbe in ihrem Gesicht. Aimery. Sie wünschte sich nur eins – dass Aimery wieder zu ihr kam, dass er sie von dieser süßen Folter erlöste. »Kommt er denn zurück? Bald schon?«, flüsterte sie.

»Ja, natürlich«, log Isobel. »Und wie, glaubst du, möchte er dich vorfinden? Bereit für ihn, stimmt es?« Sie senkte die Stimme. »Zieh dich aus und lege dich aufs Bett.«

Dann hatte Isobel die Genugtuung, das zitternde Sachsenmädchen, dessen unschuldige Schönheit sie zu hassen begann, dabei zu beobachten, wie sie den Sklavenkittel über den Kopf zog. Isobel sah, dass der raue Stoff gegen die kleinen zarten Brüste des Mädchens gescheuert hatte, sah, wie der fest gezogene Gürtel in die Haut der Hüften geschnitten hatte, sah, wie das Lederband zwischen den Schenkeln feucht von ihren Säften war.

Elena begann mit zitternden Fingern, den Gürtel aufzuschnallen.

»Oh, nein«, sagte Isobel scharf. »Noch nicht. Zuerst musst du mir etwas versprechen. Schwörst du, dass du dich allen Wünschen von Lord Aimery unterwirfst? Wirklich allen?«

Elena befeuchtete ihre Lippen. »Ja, das schwöre ich.«

Isobel nickte und zerrte den Gürtel nach oben, wodurch sich das straffe Band noch tiefer in Elenas geheime Stelle bohrte. Wellen dunkler Lust schossen durch Elena. Oh, Aimery …

»Lege dich aufs Bett«, raunte Isobel ihr zu. »Lass dich von Morwith festbinden, dann wird Aimery zu dir kommen …«

Elena nickte nur und ließ alles mit sich geschehen.

Morwith hatte ein wenig Mitleid mit Elena. Auch sie war eine Sächsin, und Morwith sah, dass die zierliche blonde Sklavin erregt war, gepeinigt von ihrem

Verlangen, aber doch zu ängstlich, um ihm nachzugeben. Behutsam begann sie, Elenas Gelenke mit den Seidenbändern ans Bett zu binden.

»Hab keine Angst«, flüsterte sie in Elenas Ohr. »Ich werde dir nur Freude bereiten, Elena.«

Es klopfte leise an die Tür. Isobel ging missmutig hin, dann trat sie ans Bett. »Binde das über ihren Mund«, sagte sie zu Morwith und gab ihr das schwarze Tuch, mit dem sie Hamet die Augen verbunden hatte. »Wir wollen doch nicht, dass sie schreit. Morwith, du weißt, was du zu tun hast. Ich bin gleich wieder da.« Sie drehte sich um, ging hinaus und warf krachend die Tür hinter sich zu. Morwith lächelte.

Sie kniete sich aufs Bett neben die verängstigte Elena und streichelte über deren Handgelenke. »Hab keine Angst«, wiederholte sie. »Ich tue dir nicht weh. Glaube mir, es geht nur um Spaß. Haben dich die Normannen auch als Gefangene genommen, so wie mich?«

Elena rutschte unruhig auf dem Bett herum und spürte, wie das Wolfsfell ihren Po und die Rückseiten ihrer Schenkel reizte. Sie nickte.

Morwith hatte eine Eingebung. »Ich kenne dich – du bist das Mädchen aus dem Kloster!«

Das erklärte so viel, dachte Morwith. Es erklärte zum Beispiel, warum das Mädchen so wenig von der Liebe wusste. Impulsiv strich sie über Elenas feste kleine Brüste, und lächelnd bemerkte sie, wie der ganze zierliche Körper von Zuckungen geschüttelt wurde.

»Lass dich gehen«, flüsterte Morwith. »Ich bereite dich für Aimery vor. Höre, ist das nicht besser, als draußen auf den Feldern zu schuften? Heu zu machen? Oder in der stickigen heißen Küche zu arbeiten? Elena, du und ich, wir können Freundinnen sein. Komm, ich zeige dir, wonach sich dein Körper so sehr sehnt …«

Eine der Kerzen war abgebrannt, und im Zimmer war es fast dunkel. Morwith rutschte an Elenas Körper entlang und streichelte über den Ledergürtel. Ihre Finger glitten an dem Lederband vorbei und streichelten die geschwollenen Labien zu beiden Seiten des feuchten Bands. Dann beugte sie den Kopf und begann sanft zu lecken.

Elena wurde starr vor Schreck. Aber dann fuhr die andere Frau fort, sie mit der Zunge zu verwöhnen, und ungewollt drang ein dumpfes Stöhnen aus Elenas Kehle. Ihr Bauch spannte sich, ihre Brüste vibrierten fast unerträglich, während Morwiths Zunge nicht müde wurde. Elena bäumte sich auf, stützte sich auf Schultern und Füßen auf, als wollte sie mit dem Geschlecht noch näher an Morwiths Zunge sein.

Weder Elena noch Morwith hörten, wie sich die Tür öffnete. Aber sie hörten beide Isobels Stimme. »Schau an, schau an. Morwith, du übertreibst deine Pflichten. Es scheint, ich bin gerade rechtzeitig gekommen.«

Elena, heiß und zitternd vor schamvoller Lust, ruckte den Kopf herum und starrte zur Tür. Aimery, schoss es ihr durch den Kopf. Isobel hatte Aimery zu ihr gebracht, wie sie versprochen hatte.

Aber dann weiteten sich ihre Augen vor Entsetzen.

Nicht Aimery, sondern ein starker, muskulöser Sklave, den sie bei der Arbeit in der Küche gesehen hatte, stand da. Isobel zog ihn ins Zimmer. »Ich möchte euch beiden Pierre vorstellen«, sagte sie mit sinnlicher Stimme.

Die braunen Augen des jungen Sklaven hatten ungläubig zu glänzen begonnen, als er die beiden schönen Frauen auf dem Bett sah. Er stolperte eifrig ins Zimmer hinein, aufs Bett zu. Isobel hielt ihn mit ihrer Stimme auf.

»Noch nicht, Pierre! Zuerst musst du uns zeigen, dass du bereit bist.«

Pierre begann an seiner Kleidung zu fummeln. Elena, der plötzlich bewusst wurde, in welcher hilflosen Lage sie sich befand, zerrte an ihren Fesseln. Ihr erhitzter Körper kühlte von einem Moment zum anderen ab. Aber Isobel konnte doch nicht wollen, dass dieser Sklave ...

Morwith hockte stumm auf dem Bett, sie schaute zu und wartete. Dann sagte sie, fast anklagend: »Ihr habt dem Mädchen gesagt, dass Lord Aimery käme.«

»Wird er auch«, antwortete Isobel. »Aber bis dahin haben wir was Besonderes für unser Klostermädchen. Pierre, du bist aber wirklich keiner von der schnellen Truppe, was? Brauchst du etwas Aufmunterung?«

Der gut aussehende junge Mann nickte eifrig, während seine Hände immer noch mit seinem schäbigen langen Rock beschäftigt waren. Isobel schaute zum Bett und sah den Ausdruck blinder Rebellion in Elenas Augen.

»Oh, oh, meine liebe Elena«, sagte sie aufseufzend. »Ich dachte, du seist begierig zu lernen und bereit, die Wünsche des Lords zu erfüllen.«

Elena presste die Augen zu. Dies wünschte sich Aimery? Nach der Zärtlichkeit, die er ihr in der vergangenen Nacht gezeigt hatte? Nein, das konnte sie nicht glauben. Sie zerrte wieder an ihren Fesseln. Isobel sah das, und ihr Gesicht spannte sich vor Verärgerung.

Dies wurde schwieriger, als sie gedacht hatte. Aber Pierre war ein wesentlicher Bestandteil ihres Plans. Elena musste sich verzweifelt nach Erlösung sehnen, nachdem sie den ganzen Tag den Ledergurt getragen hatte. Wenn sie auch nur einen Blick auf Pierres außergewöhnliches Stück warf, würde sie danach lechzen.

Dann konnte Isobel dem Lord berichten, wie sich sein kostbares sächsisches Sklavenmädchen mit einem

Sklaven erniedrigt hatte, und ganz sicher würde sich Aimery entsetzt von ihr abwenden.

Isobel wandte sich an Morwith. »Wie du siehst, ist Pierre ein wenig schüchtern. Kannst du ihn ein wenig aufmuntern? Ich verspreche, dass du bestens belohnt wirst.«

Morwith warf noch einen Blick auf Elenas verzweifeltes Gesicht, dann stand sie vom Bett auf und ging hüftschwenkend durchs Zimmer. Vor dem muskulösen jungen Sklaven blieb sie stehen und bewegte ihren Oberkörper, dass ihre Brüste über das Ledermieder hüpften.

Sie ging vor Pierre in die Knie und öffnete den Gürtel unter der Jacke. Sie zupfte an seiner Hose. »Zeige mir, was für ein Mann du bist, Pierre«, raunte sie ihm zu. Sie leckte sich über die Lippen und griff in seine Hose.

Pierre stöhnte und hielt sich an der roten Mähne fest. Morwith zog den schon geschwollenen Penis heraus, nahm ihn in beide Hände und rieb ihn leicht. Er wuchs noch mehr, und die Härte nahm auch noch zu. Tatsächlich außergewöhnlich, dachte Morwith. Sie verstärkte den Druck ihrer Hände, ging mit dem Kopf näher heran und stieß die Zunge gegen die pralle Eichel.

Pierre begann zu zittern, und Isobel sah, wie sich dicke Schweißperlen auf seiner Stirn bildeten. Nein, das ging zu schnell. Er musste sich für das Klostermädchen aufsparen.

»Hör auf, Morwith«, sagte sie scharf. »Das genügt.«

Gehorsam aber widerwillig erhob sich Morwith. Pierres Gesicht zeigte seine ganze Enttäuschung, und unwillkürlich griffen seine Hände zum Penis.

Isobel war entsetzt. »Hör auf damit, Pierre!«, rief sie kreischend. Pierre ließ die Hände sinken. Isobel fuhr versöhnlicher fort: »Und jetzt zu dem Leckerbissen, den ich dir gestern versprochen habe, erinnerst du dich? Ein junges Sachsenmädchen, das begierig darauf ist, deine großartige Ausstattung auszuprobieren – stimmt es, Elena?«

Der Sklave hatte sich schon zum Bett gewandt. Ein breites Grinsen lag über seinem erwartungsvollen Gesicht, und der erigierte Phallus hüpfte, als wenn er Isobels Ankündigung verstanden hätte.

Elena zerrte immer heftiger an den Seidenbändern, die sie ans Bett fesselten. Nein, Aimery konnte das nicht wollen! Sie mochte es nicht glauben.

Morwith, die von Elenas Verzweiflung gerührt war, hockte sich rasch an Elenas Seite. »Es wird dir gefallen, Elena«, flüsterte sie. »Du brauchst keine Angst zu haben. Sieh doch, was für ein Mann er ist, er wird dir großes Vergnügen bereiten. Sehnst du dich nicht danach, ihn in dir zu spüren?«

Isobel gluckste zustimmend. »Wie Recht du hast, Morwith! Pierre, fang an. Das Mädchen wartet und ist bereit für dich. Sie ziert sich nur ein wenig, das ist ein Spiel, das sie besonders liebt. Nimm sie, Pierre, sie gehört dir.«

Mit einem Grunzen schwang sich Pierre aufs Bett, zwischen Elenas gespreizte Schenkel. Er beugte sich über sie und löste die Schnalle ihres Gürtels. Er leckte sich über die Lippen, als er ihr geschwollenes Geschlecht sah und konnte es nicht erwarten, in sie einzudringen.

Die Zimmertür flog auf und ließ einen Schwall frischer Luft und Tageslicht ein. Pierre sah hoch und blinzelte.

Aimery le Sabrenn, Lord von Thoresfield, stand in der Tür, und im Schatten sah sein Gesicht schwarz vor Zorn aus.

8. Kapitel

Aimery schlug die Tür hinter sich zu. Durch den Luftzug ging auch die letzte Kerze aus, und es war stockdunkel im Raum.

Isobel lief schnell, die Kerzen wieder anzuzünden. »Oh, Mylord! Wir haben Euch nicht so schnell zurück erwartet, aber wie wunderbar, dass Ihr da seid. Wir haben gerade eine kleine Abwechslung für Euch vorbereitet.«

Aimerys Mund verzog sich zu diesem gefährlichen Lächeln, das selbst seinen engsten Freunden einen Schauer über den Rücken jagte.

Seine gestreckte Gestalt beherrschte den Raum; es war, als hätten alle anderen zu atmen aufgehört, weil sie auf seine Antwort warteten. Er trug noch sein langes Wams, hatte die Rüstung aber abgelegt. Die Hitze und der Staub von den langen Stunden im Sattel klebten noch an ihm. Seine Augen blickten wie kalter Stahl, als er die reglosen Figuren auf dem Bett betrachtete. Elena, hilflos in ihren Fesseln, zitterte, als sie den eisigen Zorn in seinen Augen sah.

Er hatte es nicht gewusst. Er hatte sich diese Demütigungen nicht für sie ausgedacht. Isobel hatte gelogen. Und jetzt, da er annehmen musste, dass sie diese erniedrigenden Spielchen bereitwillig mitgemacht hatte, würde er sie verachten. Sie hatte verloren, noch bevor das Spiel begonnen hatte. Es war Isobel, die gewonnen hatte.

Pierre, wie betäubt und völlig verängstigt durch die Anwesenheit des Lords von Thoresfield, glitt vom Bett und verdrückte sich in die Schatten.

Mit zusammengepressten Zähnen sagte der Bretone zu Isobel: »So verbringst du also deine Nachmittage, wenn ich nicht da bin?«

Isobel schwebte auf ihn zu. »Es war alles nur für Euch, Mylord!« Sie fuhr mit ihrer zierlichen Hand über seine muskulöse Schulter und schaute mit verzückten smaragdenen Augen in sein müdes Gesicht.

»Und das Mädchen?«

»Du meinst Elena? Nun«, sagte Isobel ohne Zögern, »deine neue Errungenschaft hat sich höchst bereitwillig gezeigt, bei allem mitzumachen, Mylord. Sie hat einen besonderen Eifer an den Tag gelegt. Du wirst von ihren Fortschritten begeistert sein. Sie steckt voller Leidenschaft. Hamet, Morwith, Pierre – sie hat sie alle genossen.«

Aimery le Sabrenn spürte eine Übelkeit, die in ihm hochkam. Eine dunkle Bitterkeit stieg in ihm auf. Wieder einmal hatte er sich geirrt. Er fühlte sich hinters Licht geführt. Wie bei der anderen Sächsin – Madelin.

Abrupt ließ er sich auf den Stuhl sinken. Er schenkte sich einen Becher Wein ein, trank ihn aus und schenkte nach. Er spürte eine plötzliche Wut, die sich in Lust verwandelte. Sie hatten sich also alle mit dem sächsischen Mädchen vergnügt. Also gut, dann würde er es auch noch einmal tun, bevor er sie hinauswarf – von seinem Besitz, von seinem Land.

Elena hatte aufgehört, an ihren Fesseln zu zerren. Sie trug immer noch das Tuch vor dem Mund, und auch, wenn sie hätte reden können, wusste sie vom Blick des Bretonen, dass es zwecklos gewesen wäre, das abzustreiten, was Isobel ihm gerade erzählt hatte.

Er würde seiner Sklavin nicht glauben. Er sah so erschöpft und verbittert aus, dass es sie schmerzte.

Isobel, unsicher, wie sich die Dinge entwickeln würden, sagte rasch: »Mylord, Ihr wirkt abgespannt. Ich schicke die anderen fort, lasse ein kräftigendes

Mahl kommen, und dann könnt Ihr und ich eine Weile zusammen sein.«

Aimerys Gesicht zuckte. »Wieso, Isobel?«, fragte er zynisch. »Wieso alle wegschicken, wenn es so aussieht, als hätte ich das meiste schon versäumt? Wenn du dich anstrengst, fallen dir doch auch noch ein paar Abwechslungen für mich ein, oder?«

Isobel fühlte sich unbehaglich ob des harschen Tons in seiner Stimme. »Mylord, was ist Euer Wunsch?«

Aimery schaute sich um. Sein Blick blieb an dem eingeschüchterten Pierre hängen, der sich tief in die Schatten zurückgezogen hatte. »Wie wäre es denn mit ihm?«, knirschte Aimery. »Dein neuer Favorit scheint enttäuscht zu sein, Isobel. Habe ich ihn unterbrochen? Er soll sich sein Vergnügen suchen. Mit der Schlampe auf dem Bett war er wahrscheinlich schon fertig, dann soll er es nun mit der anderen treiben, mit der Rothaarigen.«

Pierres Augen leuchteten auf, und auch Morwith strahlte erwartungsvoll. Sie kniete immer noch reglos da, die Schenkel nur ein wenig geöffnet, und hoffte, die Aufmerksamkeit des Bretonen zu erregen. Nun war ihre Chance da. Wenn sie sich geschickt anstellte, würde der Bretone sie vielleicht auch noch nehmen.

Der Gedanke allein ließ sie zittern. Sie ging auf alle viere nieder, streckte den Po hinaus und bewegte die Schultern hin und her, bis sich ihre schweren Brüste aus dem Ledermieder drängten.

Pierres Erektion belebte sich wieder, er kniete sich fröhlich hinter die Sklavin und drang mit einem kräftigen Stoß in sie ein.

Morwith stöhnte ekstatisch. »Was für ein feiner Bursche du bist, Pierre«, murmelte sie. »Gib mir alles – ja, genau so.«

Isobel kniete sich neben ihren Herrn und legte eine Hand auf seinen muskulösen Schenkel.

Aimery ignorierte sie und trank mehr Wein. Er suchte Vergessen. Die Paarung vor seinen Augen, so wenig Finesse sie auch hatte, erregte ihn. Aber er wollte seinen Trieb nicht mit Isobel ausleben. Und auch nicht mit dieser sächsischen Rothaarigen, an die er sich erinnerte. Hamet hatte sie ausgewählt und in die Kate des Holzfällers gebracht. Sie wollte sich ihm erneut präsentieren, dachte er, als er ihre schmachtenden Blicke auffing. Aimery wandte den Blick und schaute zum Bett.

Elena lag still da, den Blick zur Wand gerichtet. Das schwarze Tuch hinderte sie am Reden. Das schöne blonde Haar lag zerzaust über ihren schlanken Schultern. Die kleinen festen Brüste hoben und senkten sich bei jedem Atemzug. Durch die Fußgelenkfesseln waren ihre Beine weit gespreizt. Wie viele hatten sie heute benutzt? Und wer hatte ihr am besten gefallen?

In der vergangenen Nacht hatte er noch geglaubt, dass sie anders war als die anderen. Aber jetzt wusste er, dass sie nicht besser war als der Rest.

Er spürte seinen Penis, der heiß und hungrig gegen seinen Bauch rieb. »Binde das Mädchen los«, sagte er barsch zu Isobel.

Isobel erhob sich langsam und warf einen Blick voller Gift auf das blonde Sachsenmädchen, ehe sie die Fesseln löste und das schwarze Tuch aufknotete.

Elena schlüpfte vom Bett und richtete sich auf, gerade und erhobenen Kopfes.

»Komm her«, befahl Aimery.

Elena gehorchte, sah ihn aber nicht an.

Was für eine verdammte Schönheit, fluchte Aimery im Stillen. Ihre großen, verletzlich blickenden Augen waren dunkle Saphire in dem blassen, delikat geschnittenen Gesicht. Das wunderbare Haar umrahmte Kopf und Schultern wie Mondstaub. Ihr Körper bewegte sich mit einer Anmut, wie sie Aimery selten, wenn überhaupt, gesehen hatte. Selbst mit diesem fest gezurrten Ledergürtel, der sie den ganzen Tag in einem schier unerträglichen Nebel der Lust gehalten haben musste, sah sie so rein und unberührt aus.

Isobel, die vor Eifersucht fast platzte, sagte mit einem hohen Lachen: »Ihr werdet Elena ein wenig erschöpft vorfinden, Mylord. Sie zeigt eine große Begeisterung für unsere kleinen Spielchen. Erspart ihr Eure Aufmerksamkeit, das arme Mädchen kann ja kaum stehen, so gesättigt ist sie von der Lust.«

Elena ruckte den Kopf hoch, als sie das hörte. Es sah so aus, als wollte sie protestieren; sie schaute beinahe flehend Aimery le Sabrenn an, die unergründlichen Augen dunkel vor einer Art Schmerz, aber dann änderte sie ihre Absicht und senkte den Blick wieder. Ihre Unterlippe zitterte.

Ah, sie schämte sich. Aimery spürte den Wein, den er so freizügig auf einen leeren Magen getrunken hatte. Er sagte mit tiefer, giftiger Stimme: »Du unterliegst einem Denkfehler, Isobel. Das Mädchen hat mir Lust zu bescheren, nicht sich selbst. Offenbar nimmst du ihre Weiterbildung sehr ernst. Ich möchte mich jetzt vom Ergebnis überzeugen.«

Elena stand mit ineinander verschränkten Händen und gesenktem Kopf vor ihm, so dass die goldenen Haare fast ihr Gesicht verhüllten. Ihr ganzer Körper brannte für diesen Mann. Sie schmolz in seiner Gegenwart, seine Stimme, harsch, wie sie auch war, schickte Pfeile des Verlangens durch ihr glühendes Fleisch. Er verabscheute sie so sehr, dass sie wusste, alles, was sie zu ihrer Verteidigung vorbrächte, würde ihn noch mehr erzürnen. Wie konnte er ihr mehr glauben als Isobel?

Hinter ihr erreichten Morwith und Pierre einen geräuschvollen Orgasmus. Sie sackten keuchend und erschöpft zu Boden. Aimery wartete, bis sie sich beruhigt hatten, dann sagte er beißend: »Also gut, Elena. Zeig mir, was du gelernt hast.«

Elena schaute bestürzt zu ihm auf. Isobel versetzte ihr einen kleinen Schubs und zischte in ihr Ohr: »Verwöhne ihn, du Närrin! Hast du den ganzen Tag denn nichts gelernt? Knie dich hin und bereite deinem Herrn Vergnügen.«

Elena begriff plötzlich und fiel auf die Knie nieder. Bereite deinem Herrn Vergnügen, hatte Isobel gesagt. Elena erinnerte sich an Morwith und was sie getan hatte, als Pierre ins Zimmer gekommen war.

Jetzt flutete tiefrote Farbe in ihre Wangen. Elena beugte den Kopf, und die goldenen Haare hingen wie ein seidener Vorhang über den kräftigen Schenkeln des Bretonen und berührten die Schäfte seiner Lederstiefel.

Mit zitternden Fingern langte Elena zu den Schnüren seines wollenen Beinkleids. Oh, wenn doch Männerkleidung nicht so was Unbekanntes für sie wäre! Unbeabsichtigt stieß sie, während sie unter dem ledernen Wams fummelte, gegen den erhitzten Schoß des Bretonen, und Elena sah, wie sich Aimerys Hände um die Stuhllehnen verkrampften. Ihre Kehle wurde trocken. Die Sehnen seiner nackten Unterarme spannten sich. Elena sah die sonnengebleichten Härchen auf seiner Haut. Oh, wie gern hätte sie jeden Zoll seiner Haut geküsst!

Sie war die Sklavin dieses Mannes, begriff sie voller Hoffnungslosigkeit, körperlich und seelisch.

Als sie vor ihm auf dem Boden kniete, presste der Ledergürtel wieder gegen ihr weiches, feuchtes Fleisch. Nun, da der Bretone da war, konnte sie ihre aufgestaute Sehnsucht kaum noch kontrollieren. Sie versuchte, ganz still vor ihm zu knien, damit das Lederband nicht weiter gegen die geschwollenen

Labien reiben konnte, aber ihr Atem kam jetzt schon in kurzen, abgehackten Zügen.

Isobel schnaufte verächtlich, als Elena sich mit den Schnüren abmühte, aber schließlich hatte sie die Öffnung gefunden. Ihre Finger zitterten, als sie den ersten Blick auf seine Schenkel mit den weichen Härchen warf. Und dann, zwischen den Schenkeln, wuchs aus dem dichten Busch der hellen krausen Haare der mysteriöse Phallus, schon steif und voller Leben.

Sie vergaß ihre Seelenqualen und starrte mit angehaltenem Atem auf die Schönheit des Phallus. Das war das Zentrum, das maskuline Herz des Mannes, der jeden ihrer Gedanken beherrschte.

Isobel zischte hinter ihr: »Nun mach schon, kleine Schlampe. Was starrst du so?«

Elena zuckte zusammen. Was wurde von ihr erwartet? Plötzlich erinnerte sie sich wieder an das, was Morwith getan hatte, als Pierre ins Zimmer gekommen war. Sie hatte Pierres Männlichkeit in den Mund genommen. Elena war darüber entsetzt gewesen, aber dies hier war etwas anderes.

Sie fühlte sich ausgefüllt von einer ungeheuren Zuneigung zu diesem Mann. Niemand sonst in diesem Zimmer zählte, niemand sonst existierte – nur Aimery. Sie beugte sich vor und drückte kleine leichte Küsse auf den warmen Fleischpfahl, der zwischen den Schenkeln des Bretonen zuckte. Sie bemerkte, dass die Wurzel sogar noch dicker wurde und gegen ihre Lippen stieß. Wieder küsste Elena und fuhr mit den Lippen am pochenden Schaft entlang.

Ihr Herz klopfte, als sie spürte, wie die seidige Haut des Glieds pulsierte, wie sie sich streckte und spannte. Es fühlte sich so warm an, so weich, so voller Leben.

Wie aus weiter Ferne hörte sie Isobel ungeduldig fragen: »Mylord, wäre es Euch lieber, wenn ich Euch Befriedigung verschaffe? Ich meine, man sieht deutlich, dass dieses Mädchen noch eine Menge zu lernen hat.«

Aimery konnte den Blick nicht vom gebeugten Kopf des Mädchens wenden und sagte kalt: »Isobel, deine Unterbrechungen nerven mich. Kannst du nicht jemanden oder irgendwas finden, womit du dich in der Zwischenzeit beschäftigen kannst? Vielleicht noch einen unbedarften Küchensklaven?«

Isobel hielt keuchend die Luft an und starrte Aimery an, als wäre sie geschlagen worden. Sie raffte ihr Kleid an den Knien zusammen, wandte sich ab und rauschte aus dem Zimmer. Sie knallte die Tür hinter sich zu.

Pierre lag reglos auf dem Boden und verfolgte angespannt, wie das sächsische Mädchen ihrem bretonischen Herrn Tribut zollte, und auch Morwith sah zu, die Lippen feucht und leicht geöffnet.

Elena beachtete sie beide nicht. Für sie zählte nur ihr Lord Aimery. Plötzlich wurde sie von dem Gefühl beherrscht, dass dies die einzige Art war, wie sie diesem stolzen, verbitterten Mann ihre Liebe zeigen konnte. Ihr ganzer Körper hungerte danach, ihm zu dienen. Ihr sehnendes Ich, ihr pulsierender Körper, der während des Tages so exquisit gefoltert worden war, konzentrierte sich auf ihre bedächtigen Liebkosungen.

Sein Penis ragte aufrecht, stolz und vibrierend pochte er gegen seinen gespannten Bauch. Elena beugte sich vor, schob sich näher an ihn heran und rieb impulsiv ihre kleinen Brüste gegen die seidige Eichel.

Das Gefühl des harten Phallus gegen ihre zarten, rosigen Brustwarzen erregte sie auf fast unerträgliche Weise. Flammen der Lust durchrasten sie und trafen sich zu einem lodernden Feuer in ihrem Bauch. Oh, diesen harten Fleischpfahl in sich zu spüren, von ihm ausgefüllt zu werden, seine köstliche Reibung in ihrem Innersten auszukosten!

Aimery stöhnte laut auf, als er völlig unerwartet ihre kleinen Brüste an seinem fiebrigen Penis fühlte. Blindlings zog er ihren Kopf näher und drückte ihr Gesicht dicht vor seine pochende Erektion.

Scheu öffnete Elena die Lippen und küsste ihn dort. Sie fuhr mit der Zungenspitze um das Band, das die pralle Eichel umgab. Dann atmete sie tief ein und nahm ihn im Mund auf. Sie schob die Lippen so tief sie konnte am Schaft entlang und ahnte das lustvolle Aufstöhnen des Bretonen mehr, als sie es hörte.

Er schmeckte warm, seidig und aromatisch – die Essenz der Männlichkeit. Da sie wusste, dass sie mehr von ihm nicht aufnehmen konnte, griff sie instinktiv mit einer Hand an die Wurzel seines Phallus und fuhr fort, ihren Mund an dem festen Fleischstab auf und ab zu fahren. Sie selbst zitterte vor Lust, und sie fühlte sich belohnt, als Aimery sie an den Schultern festhielt.

Plötzlich bemerkte Elena, deren Blut heiß in den Adern pochte, dass sich die Hüften des Bretonen spannten und nicht mehr bewegten. Sie saugte und leckte weiter, schüttete ihr Herz in ihre Liebkosungen und jubelte innerlich, als sie seine Hände auf ihren Brüsten spürte.

Seine Handflächen rieben über ihre steifen Nippel. Elena hielt es kaum noch aus; das Lederband wetzte ihre empfindlichen Stellen, weil sie sich in ihrer Erregung wieder mehr bewegte. Sie stieß ihre Brüste gegen Aimerys kosende Hände und senkte sich tiefer als bisher über ihn.

Dann entzog sich ihr der Bretone plötzlich. Elena fürchtete, sie hätte etwas falsch gemacht, aber er versöhnte sie gleich, strich über ihre Haare und stärkte ihr Selbstvertrauen. Gleichzeitig zwirbelten seine Finger ihre erhitzten Nippel.

Der Ledergurt schien sich noch stärker zwischen ihre feuchten inneren Lippen zu drücken und rieb auch unerträglich über ihre Klitoris, bis ihr Körper sich schließlich ekstatisch aufbäumte und explodierte; ihre Sinne waren auf die wogenden Wellen gerichtet, die bis in die letzten Nervenenden drangen.

Noch benommen von der Ekstase, die sie erfasst hatte, spürte sie einen überwältigenden Drang, auch ihren Lord auf dieses Plateau der Lust zu bringen. Sie schob ihre Haare aus dem erhitzten Gesicht, beugte sich vor, streckte die Zunge heraus und wischte über die empfindliche Eichel des pochenden Phallus, ehe sie so viel wie möglich in die feuchte, warme Mundhöhle nahm. Mit der Hand strich sie den Rest des rigiden Schafts.

Sie spürte ein wunderbares Gefühl von Macht, als er kräftig zuzustoßen begann. Seine Hüften trieben unbeherrscht vor und zurück, und als sie seinen ersten Schub schluckte, wurde ihr Körper erneut von einer Orgasmuswelle erfasst.

Elena saugte und schluckte und empfand Glückseligkeit, als das Glied tief in ihrer Kehle lustvoll hüpfte und zuckte.

Dann hatte er sich beruhigt, und sie spürte, wie der Schaft in ihrem Mund allmählich weicher wurde. Sie küsste ihn zärtlich auf die Spitze und blieb vor ihm knien, ihr Kopf ehrerbietig gesenkt. Bestimmt musste er ahnen, was er ihr bedeutete. Tränen der angefüllten Emotionen wallten in ihr auf.

Sie spürte seine Hand, die ihr Kinn anhob. Er wollte sie zwingen, ihn anzusehen. Sein Gesicht war verhärtet und ausdruckslos, die grauen Augen blickten kalt. Doch dahinter, das wusste sie genau, lag eine Zärtlichkeit, die er für sie empfand. Er hatte ihren eigenen Höhepunkt geahnt und hatte sie geschickt über diese Klippe gebracht, von der es kein Zurück mehr gab, obwohl er selbst so dicht vor dem Zenit seiner Leidenschaft gestanden hatte.

Dann sah Aimery le Sabrenn die Tränen der Emotion in Elenas Augen, und er erhob sich so abrupt, dass er Elena beinahe über den Haufen rannte.

»Mylady Isobel hat das Ziel ihrer Lehrstunde verfehlt«, sagte er mit zusammengebissenen Zähnen. »Es gehört sich nicht, Tränen zu vergießen, Elena. Selbst wenn ich der Mann bin, den du am meisten hasst auf der Welt.«

»Mylord«, stieß sie voller Entsetzen heraus, »ich habe nicht …«

»Es reicht.« Er wollte kein Wort mehr von ihr hören. »Von nun an kannst du dein Vergnügen beim Rest von Isobels Pöbel suchen, was dir offensichtlich besser gefällt.« Er richtete seine Kleidung und hatte im nächsten Augenblick das Zimmer verlassen.

Elena stieß einen Schluchzer aus, der ihren Körper erschütterte. Sie hielt sich an den Beinen des Stuhls fest, von dem ihr Herr gerade so abrupt aufgesprungen war. Sie versuchte verzweifelt, ihre Tränen zurückzuhalten. Er hatte sie missverstanden. Sie musste ihm hinterherlaufen.

Sie hörte Morwith leise sagen. »Ach, du Schreck. Du musst wirklich noch eine Menge lernen, was? Im Kloster haben sie dir nicht viel beigebracht.«

Elena drehte sich erschöpft um. Pierre lag schlafend auf dem Boden. Morwith betrachtete sie mit einem seltsamen Glitzern in den blassblauen Augen.

»War ich denn so schlecht?«, flüsterte Elena, immer noch schluchzend.

Morwith hatte die Stirn gerunzelt. In Wirklichkeit war sie eifersüchtig auf die feine natürliche Art des Sachsenmädchens und auf die Wirkung, die sie damit auf den Bretonen gehabt hatte.

Aber das würde sie dem Mädchen natürlich nicht

sagen, denn Morwith wollte Aimery für sich haben, und sie sah eine Möglichkeit, diese Situation für sich auszunutzen. »Nein, du warst nicht schlecht«, gab die Rothaarige widerwillig zu, »jedenfalls nicht für dein erstes Mal. Aber es würde mich sehr überraschen, wenn er noch einmal zu dir käme. Weißt du was? Ich kann dir das beibringen, was dir noch fehlt.«

Pierre wälzte sich im Schlaf auf die andere Seite und ließ ein paar Schnarchlaute hören.

Elena ging verdrießlich hinüber zum Bett und warf sich den Sklavenkittel über. Ihr war schwer ums Herz. Sie wollte unbedingt raus aus diesem Zimmer mit der stickigen Luft und den hässlichen Erinnerungen.

»Danke, Morwith«, sagte sie. »Vielleicht komme ich auf dein Angebot zurück.«

Sie ging zu ihrem eigenen kleinen Zimmer und warf sich aufs Bett, allein mit ihrer Verzweiflung.

Im großen, mit Sparren versehenen Saal, hell beleuchtet von rauchigen Wachskerzen in eisernen Wandhaltern, näherte sich das Abendessen dem Ende entgegen. Ritter, Krieger, Verwalter und Aufseher entspannten sich geräuschvoll am großen Tisch, der mitten im Saal stand, drei Holzplatten auf Böcken. Sie riefen nach mehr Ale, das von Bauernmädchen serviert wurde, erzählten sich zotige Geschichten, nagten an Knochen und tunkten Brot in die Soßenreste.

Vor dem großen Holzfeuer, das immer brannte, Tag und Nacht, lagen einige zottelige Jagdhunde auf den frisch gestreuten Binsen und nagten an den Knochenresten, die ihnen hingeworfen wurden.

Nur am hohen Tisch am Kopfende des Saals ging es weniger fröhlich her. Aimery le Sabrenn hatte eine gefährliche Laune, und selbst seine Freunde, die ergebenen Ritter, die in den frühen Tagen die Schlachten in Frankreich und Sizilien mit ihm geschlagen hatten, waren auf der Hut.

Einer nach dem anderen zog sich zurück, der eine wollte nach den Pferden sehen, der andere nach den Rüstungen. Die meisten aber zogen die Gesellschaft der Krieger vor, da wurden beim Würfelspiel alte Geschichten erzählt.

Aimery ließ sie gehen, nachdem er seinem Sergeant noch ein paar knappe Anweisungen gegeben hatte, wie er die Nachtwache verstärkt haben wollte. Dann schenkte er sich mehr Wein ein und starrte wieder auf die glimmenden Holzscheite des Feuers. Selbst als sein Lieblingsjagdhund zu ihm trottete und mit der Nase gegen seine Hand stieß, nahm Aimery ihn kaum zur Kenntnis, und sein Gesicht blieb unbewegt und hart.

Er war besessen von dem Sachsenmädchen. Mit welcher Lust Isobel ihm erzählt hatte, wie sehr Elena die erste Lehrstunde genossen hatte! Aimery hätte noch damit leben können, dass Hamet sie gehabt hatte, aber sich vorzustellen, dass Elena auch mit diesem ungehobelten Leibeigenen Pierre ... Nein, das war zu viel.

Warum hatte er gehofft, dass sie anders sein würde? War es wegen gestern Nacht, als sie sich ihm so süß in ihrem Zimmer hingegeben hatte? Ein neuer Stich der Bitterkeit quälte ihn. Vielleicht war sie nicht einmal Jungfrau gewesen. In der Nacht, als er tief in sie eingedrungen war, hätte er schwören wollen, dass sie vorher keinen Mann gekannt hatte. Aber vielleicht war sie ja ganz besonders gerissen.

Wie Madelin.

Vielleicht war das einer der Tricks, die sie gelernt hatte, während sie die Rebellen bediente, die sich in diesem Rattennest von Kloster getroffen hatten – so unschuldig ausschauen, als wäre es das erste Mal.

Selbst am Nachmittag in Isobels schwülem Gemach, als das Mädchen ihn in den Mund genommen hatte, war sie ihm herrlich unschuldig erschienen, so sanft und zärtlich und liebevoll. Und er hatte geglaubt, nie größere Lust empfunden zu haben.

Nun, er sollte im Nachhinein froh sein, dass die Tränen des Widerwillens sie noch rechtzeitig verraten hatten. Sie hatte sie nicht mehr zurückhalten können.

Aimery hatte keinen Zweifel, dass sie selbst das höchste Plateau der Lust erreicht hatte, aber als sie dann wieder bei Sinnen gewesen war und sich erinnert hatte, mit wem sie es zu tun hatte, war es ihr nicht mehr möglich gewesen, ihre wahren Empfindungen zu verheimlichen.

Er war ihr Feind, der Feind ihres Volkes, und er hatte ein entstelltes Gesicht. Er hatte geglaubt, sich daran gewöhnt zu haben, aber er hatte sich getäuscht.

Madelin. Madelin, das sächsische Luder, das seinen Bruder getötet hatte, war auch für seine Narbe und für seine verbitterte Seele verantwortlich.

Er trank noch einen Schluck Wein und ließ den Erinnerungen ihren Lauf. Die Flammen des Feuers hatten sich gelegt, ein Holzscheit brach auseinander, und die Funken stoben. Der Lärm seiner Krieger schien plötzlich weit entfernt zu sein.

Madelin, die junge Witwe eines sächsischen Tuchhändlers, lebte in einem Haus in York, während die Brüder Hugh und Aimery le Sabrenn in der dortigen Garnison unter dem Kommando des William Fitz Osbern lagerten. Hugh, der sich in Madelin verliebt hatte, war in einem Scharmützel mit sächsischen Rebellen verwundet worden und lag im Lazarett auf der Burg York. An diesem Abend bat er seinen älteren Bruder, nach Gudrumgate zu reiten, wo Madelin lebte, um ihr von seinem Missgeschick zu berichten.

Madelins Zofe, die ihn in der Dunkelheit vielleicht

mit seinem Bruder verwechselte, schickte ihn geradenwegs die Treppe hoch zu Madelins Gemach. Als Aimery die Tür öffnete und das Gemach betrat, bemerkte er seinen Fehler, aber da war es schon zu spät.

Madelin, die goldblonde Hexe, lag auf dem Bett. Auf dem kleinen Tisch daneben stand eine brennende Kerze. Es war ein kleines, schäbiges Gemach, doch das bemerkte Aimery nicht. Er hatte nur Augen für sie.

Sie wartete auf seinen Bruder. Sie lag halb aufgerichtet da, gestützt von den Kissen, das Leintuch berührte gerade noch die Hüften. Sonst war sie nackt. Das Kerzenlicht verwandelte ihre blasse, glatte Haut zu Gold. Die flackernde Flamme beleuchtete ihre festen, strotzenden Brüste. Ihre Augen schimmerten violett. Die vollen Lippen waren feucht und leicht geöffnet.

»Willkommen, Aimery le Sabrenn«, sagte sie mit verführerischer Stimme.

Aimery fühlte, wie die Hitze in ihm aufstieg, und sagte harsch: »Mylady, das ist ein Missverständnis … Ich komme mit einer Entschuldigung meines jüngeren Bruders Hugh.«

Sie setzte sich aufrecht hin, und das Leintuch fiel noch ein wenig tiefer. Er konnte die glatte Haut eines Schenkels sehen.

»Kein Missverständnis«, sagte sie leise. »Ich habe auf Euch gewartet, Aimery le Sabrenn, seit ich Euch gesehen habe, als Ihr in York eingeritten seid.«

Aimery wurde übel, als er sich daran erinnerte, wie schnell er seinen Bruder verraten hatte.

Sie schlug das Leintuch zur Seite, die sächsische Hexe, und nahm die Knie auseinander. Er konnte die völlig unbehaarte Spalte ihres Geschlechts sehen. Und während sie ihn noch mit diesen violetten Augen anschaute, legte sie eine Hand auf ihre vollen Brüste und liebkoste sie so lange, bis ihre dunkelroten Nippel anschwollen und steif wurden.

Mit der anderen Hand glitt sie zwischen ihre Schenkel und begann, sich selbst zu streicheln. Sie stieß kleine lustvolle Laute aus, und dabei ließ sie den Mann, der an der Tür ihres Gemachs stand, nicht aus den Augen.

»Aimery«, murmelte sie. »Oh, Aimery.«

Aimery war kein Heiliger. Beim ersten Anblick der schamlosen Frau hatte sich sein Penis erhoben und rieb gegen den breiten Gurt um seinen Wams.

Er befreite sein Glied mit abrupten, ruckartigen Bewegungen, zog ihre gespreizten Beine zum Bettrand und nahm sie stehend. Madelin schien fast ohnmächtig vor Lust zu werden, als er den steifen Schaft in ihr versenkte.

Sie stieß schrille, langgezogene Schreie aus. »Oh, Aimery«, flüsterte sie, »davon habe ich geträumt, seit ich Euch das erste Mal gesehen habe.«

Sie schlang die geschmeidigen Beine um seine Hüften und zog ihn dicht an sich heran. Aimery trieb den harten Penis tief in ihr heißes, pulsierendes Fleisch und erreichte einen raschen Höhepunkt, der seinen Körper kräftig durchschüttelte, während sie sich unter ihm zuckend und schreiend aufbäumte.

Umschlungen lagen sie auf dem Bett, glitschig vom Schweiß. Aimery zog sich dann aus ihr zurück und sagte, dass dies nie wieder zwischen ihnen geschehen durfte. Sie schaute zu ihm hoch, blickte ihn mit diesen wunderbaren violetten Augen an und nickte.

»Natürlich«, murmelte sie. »Was immer Ihr sagt, Aimery le Sabrenn.«

Dann kniete sie sich über ihn, rutschte vorsichtig an seinem Körper entlang, bis die vollen Brüste über seinen abgeschlafften Penis streichelten, der sich sofort wieder zu regen begann. Sie bückte sich tief, drückte seine Hoden und nahm sie nacheinander in den Mund, bis der Phallus sich in ihrer Hand aufrichtete.

»Nehmt mich so, Aimery«, flüsterte sie und drehte sich um, stützte sich auf alle viere. »Ich will Euren wunderbaren Schaft noch einmal spüren. Ja, oh, ja …«

Aimery hatte das Haus in Gudrumgate zwei Stunden später verlassen und sich verderbt und verzaubert gefühlt. Er hatte seinem Bruder mitgeteilt, dass er die Nachricht von seiner Verwundung überbracht hatte, aber seit jener Nacht war das Vertrauen zwischen ihnen nicht mehr da.

Ja, er erinnerte sich an jede Einzelheit, als er jetzt im großen Saal saß, umgeben von seinen Männern und doch allein.

Seit Madelin hatte er alle sächsischen Frauen zu hassen begonnen, aber mehr noch hasste er sich selbst, weil er seinen Bruder betrogen hatte.

Sein Becher war leer und der Krug daneben auch. Er rief nach mehr Wein, und als der Krug neben ihn auf den Tisch gestellt wurde, blickte Aimery auf und sah, dass Hamet ihn gebracht hatte. Beim Abendessen hatte Hamet gefehlt, und Aimery hatte angenommen, dass sein Diener sich schämte, weil er es in der Abwesenheit seines Herrn mit dem sächsischen Mädchen getrieben hatte.

Hamet schenkte Wein in den Becher und wollte sich mit dem Krug wieder abwenden, aber Aimery hielt ihn mit einer knappen Handbewegung auf. »Lass mir den Krug hier. Ich schenke selbst nach.«

Hamet zögerte einen Augenblick, dann ließ er sich langsam auf die Bank an die Seite seines Herrn nieder. »Ich glaube«, sagte der stämmige Sarazene in einer weichen Stimme, »dass Ihr vielleicht schon genug habt, Mylord.«

In Aimerys Gesicht zuckte es. »Das werde ich wohl

beurteilen, schätze ich. Wo bist du den ganzen Abend gewesen, Hamet? Musstest dich wohl von den Ausschweifungen des Nachmittags ausruhen, was?«

Hamets Gesicht verdunkelte sich, als er den verbitterten Ton seines Herrn hörte. »Mylord? Ich war mit einigen Kriegern auf einem Erkundungsritt. Wir sind aufgebrochen, ehe Ihr zurückgekehrt seid. Es hatte Berichte über Rebellen in Flußnähe gegeben. Wir fanden keine Sachsen, aber wir haben Hufabdrücke gesehen, ziemlich viele. Wenn Mylord sich in der Lage sieht, sollten wir die Wachen in der Nacht verstärken.«

Aimery winkte ab. »Schon geschehen, mein Freund. Aber wenn du mich meidest, weil du dich wegen des sächsischen Mädchens schämst, das du am Nachmittag ...«

Hamet senkte den Blick und betrachtete seine Hände. »Dann hat Lady Isobel es Euch erzählt«, sagte er leise. »Es tut mir leid, Mylord, dass ich für eine kurze Zeit meine Dienste vernachlässigt habe. Aber das Mädchen hat mich abgelenkt. Sie war lüstern und bereit – ich schwöre, in ein paar Minuten war es vorbei.«

Aimery spürte, wie der Zorn in ihm aufstieg. Lüstern und bereit – verdammt! Seine Hände ballten sich zu Fäusten. Wenn Hamet nicht seit so vielen Jahren sein Freund wäre, hätte er ihn in diesem Augenblick auf die Binsen geschlagen.

»Es scheint«, sagte Aimery mit einer Stimme, die sich wie splitterndes Eis anhörte, »dass sie uns letzte Nacht alle hinters Licht geführt hat. Entweder sie hat rasch gelernt, oder ihre Unschuld war nur vorgetäuscht.«

Hamet hob den Kopf. Seine dunklen Augen schauten verwirrt. »Mylord? Letzte Nacht? Ich schwöre Euch, ich habe die rothaarige Sächsin gestern Abend nicht gesehen.«

Jetzt war es an dem Bretonen, überrascht zu sein. »Eine Rothaarige? Diese Episode vom Nachmittag – ich dachte, sie hätte mit Elena, dem Klostermädchen, zu tun …«

Hamets dichte Brauen glätteten sich vor Erleichterung. »Aber nein, Mylord! Die Sächsin, von der ich sprach, war die Rothaarige. Morwith heißt sie. Ihr erinnert Euch an sie. Auf unserem Weg hierhin habe ich sie in die Kate des Holzfällers gebracht.« Er hüstelte verlegen. »Gegen Mittag traf ich sie in einem Vorratslager. Sie erkannte mich und …«

Aimery le Sabrenn sah ihn seltsam an. »Und das blonde Mädchen, diese Elena, die vergangene Nacht in meinem Gemach war … Willst du mir sagen, dass du heute nichts mit ihr zu tun gehabt hast?«

Wieder räusperte sich Hamet verlegen, ehe er antwortete. »Mylord, Lady Isobel hatte Vorkehrungen getroffen, um Morwith und mich für unser Fehlverhalten zu bestrafen. Das Mädchen, von dem Ihr sprecht, wurde hereingebracht, um der Bestrafung beizuwohnen. Aber sie hat nicht an der Bestrafung selbst teilgenommen.«

»War sie aus freien Stücken da?«

»Ich glaube nicht, Mylord.« Dann fügte er rasch hinzu, als er den düsteren Ausdruck auf dem Gesicht seines Herrn sah: »Aber ich habe nicht gesehen, dass sie auf irgendeine Weise Schaden erlitt oder von jemandem auch nur berührt wurde. Sie sollte nur Zeugin unserer Bestrafung sein, nehme ich an.«

Fluchend erhob sich Aimery. Der Weinkrug krachte zu Boden und zerbarst, weil der Bretone in seiner Hast gegen die Tischplatte gestoßen hatte. Im nächsten Moment war er in Richtung Treppe verschwunden.

Hamet war völlig verdutzt. Wehmütig starrte er auf die Weinpfütze zu seinen Füßen.

Elena saß in der Dunkelheit auf dem Rand ihres kleinen Betts und dachte voller Sehnsucht an Aimery. Nach jeder Begegnung mit dem bretonischen Lord brauchte sie ihn mehr. Und dann musste sie erkennen, dass er sie nicht mochte.

Sie wrang die Hände in ihrem Schoß und zwang sich, kühl und ruhig nachzudenken. In der Nacht würde sie versuchen, aus der Festung zu fliehen. Sie glaubte, es nicht ertragen zu können, Lord Aimery noch einmal zu sehen. Sie wollte nicht wieder seinen Zorn heraufbeschwören. Sie musste fliehen, ehe er sie zerstören konnte.

Langsam öffnete sich die Tür zu ihrem Zimmer. Vor Angst war ihre Kehle trocken. Elena sprang auf die Füße.

Aimery!

9. Kapitel

Der Bretone schloss die Tür hinter sich, blieb stehen und betrachtete Elena. Sie stand neben dem Bett und zitterte. Er starrte sie mit seinen eigenartigen silbrigen Augen an, sein hartes Gesicht war gespannt, der geschwungene Mund gepresst. Ihr Herz hämmerte gegen die Rippen, weil er sie so wütend ansah.

Aimery sagte mit leiser, aber bedrohlich klingender Stimme: »Also, Elena, jetzt erzählst du mir, was genau heute Nachmittag geschehen ist.«

Elena befeuchtete ihre trockenen Lippen. Irgendwie schaffte sie es, eine Antwort zu stammeln, und dabei zwang sie sich, in sein hartes Gesicht zu sehen.

»Lady Isobel hat mich zu sich bestellt. Ich ... ich arbeitete mit den anderen auf dem Hof, wir haben das Linnen gebleicht ...«

Aimery stieß einen Fluch aus. »Du hast Linnen gebleicht?«

Er sah jetzt sogar noch wütender aus. Elena, verängstigt und verwirrt, antwortete trotzig: »Ja, Mylord. Ich habe den ganzen Morgen in der Küche gearbeitet, und am Nachmittag habe ich beim Waschen geholfen, wie Ihr befohlen habt! Oder war es nicht Euer Wille?«

Aimery sagte leise, immer noch bedrohlich: »Fahre fort. Du wurdest zu Lady Isobel bestellt. Und dann?«

Elena biss sich auf die Lippen. Eine sanfte Röte färbte ihre Wangen. »Sie waren dabei, ihn zu bestrafen«, flüsterte sie. »Hamet, Euren Diener. Isobel und Morwith bestraften ihn. Und dann wurde auch Morwith bestraft ...«

Aimery fragte ruhig: »Und du hast bei der Bestrafung mitgemacht?«

»Ich … ich musste Morwith ans Bett festbinden.« Ihre Stimme war kaum zu hören. Dann fügte sie mit leichtem Trotz hinzu: »Lady Isobel hat mir gesagt, auch das sei Euer Wille, Mylord.«

»Und der Liebesgürtel, den du getragen hast? Hast du ihn freiwillig angelegt?«

»Ja, schon. Weil Ihr es so wolltet. Oder nicht?«

Aimery fuhr sich müde mit einer Hand durch sein dichtes Haar. »Und du hast so große Angst vor mir, dass du ergeben alles mit dir machen lässt, was Isobel dir sagt?«

»Nein … keine Angst, Mylord«, flüsterte Elena.

Eine vibrierende Stille hing in der Luft des dunklen Zimmers. Aimery wurde mit einem Mal gewahr, wie erschöpft er war. Das Mädchen stand in der Dunkelheit wie eine Flamme vor ihm, blass und golden, es strahlte eine Schönheit aus und eine stille Kraft, die ihm trotzte, die allem und allen trotzte.

»Lady Isobel hat am Nachmittag gesagt, dass du bereitwillig mitgemacht hättest. Dass du die anderen aufgefordert hättest, dir Lust zu verschaffen. Entsprach das der Wahrheit?«

Elena wurde bleich, und Aimery fiel auf, wie sie verzweifelt die kleinen Hände zu Fäusten ballte. »Nein, Mylord!«

»Und warum, zum Teufel, hast du ihr nicht widersprochen?«

Elena blickte zu ihm auf, und er sah ihre dunkelblauen Augen mit einer Emotion brennen, die er nicht deuten konnte.

»Wie hätte ich das tun können, Mylord? Man hatte mir doch gesagt, dass Lady Isobel nur Eure Befehle ausführt.«

Seine Befehle. Das Mädchen hatte Recht. Er hatte angeordnet, unter den Neuankömmlingen eine hilflose sächsische Sklavin auszusuchen, die er nehmen, erniedrigen und vernichten konnte. Seine Vergeltung für Madelin. Seine eigene Seele, verfinstert vom Hass, wollte sich an einer Unschuld rächen.

Mit einem Ausdruck von dumpfer Verzweiflung wandte sich Aimery le Sabrenn zur Tür. »Elena, ich werde Anweisung geben, dass du nicht mehr in der Küche arbeiten musst. Und wenn du willst, kannst du morgen die Festung verlassen. Du bist keine Sklavin mehr. Du bist frei.«

Ihre unglaublich blauen Augen wurden groß und größer bei seinen Worten. Sie starrte ihn an und flüsterte: »Mylord, wie Ihr es wollt.«

Aimery, der eine völlig andere Reaktion von ihr erwartet hatte, drehte sich noch einmal zu ihr um, die Hand schon an der Tür.

»Noch ein Letztes. Am Nachmittag in Isobels Zimmer. Ich möchte dich wissen lassen, dass ich dich nicht erniedrigen wollte.«

Elena sah ihn fragend an. »Mich erniedrigen?«

»Deine Tränen«, sagte er. »Ich wollte dir nicht solchen Kummer bereiten.«

Sie trat einen Schritt auf ihn zu. »Mylord, diese Tränen ... sie waren nicht Ausdruck meines Kummers. Ich weinte, weil ich mich nicht in der Lage sah, meine Gefühle für Euch auszudrücken ...«

Aimery sah sie voller Erwartung an. Er wagte kaum zu atmen. »Und welche Gefühle sind das?«

Elena atmete tief durch. »Mein ganzes Leben lang«, begann sie leise, »bin ich eine Gefangene. Im Kloster war ich nicht unglücklich, und ich wurde auch nicht schlecht behandelt. Trotzdem war ich eine Art Gefangene, denn ich hatte nicht die Wahl, irgendwohin zu gehen. Hier, in Eurer Festung, bin ich wieder gefangen. Und jetzt bietet Ihr mir die Freiheit an. Aber« – ihre klare Stimme sank zu einem leisen Flüstern – »ich möchte nicht gehen, Mylord. Ich möchte nichts anderes, als Euch zu gehören. Ich werde stets alles tun, was Ihr mir sagt.«

Mit zwei langen Schritten hatte Aimery le Sabrenn den Abstand zwischen ihnen überwunden und nahm ihre schlanke Gestalt in seine Arme. Sie schaute stumm zu ihm auf, ihr zierliches Gesicht leuchtete blass, und ihre Augen strahlten vor hilfloser Liebe.

»Elena«, murmelte er. Seine kräftigen Hände hielten ihre Schultern fest. »Oh, Elena, heute Nachmittag habe ich geglaubt, dass du mich hasst. Ich dachte, du empfindest nichts als Abscheu vor mir.«

Sie hob eine Hand und strich über sein dichtes Haar. Mit einem schlanken Finger glitt sie über seine weiße Narbe. »Mylord«, sagte sie, »im Kloster habe ich oft geträumt. Ihr seid es, von dem ich geträumt habe.«

Langsam hob sie ihren Sklavenkittel an und zog ihn über den Kopf. Aimery starrte wie gebannt auf ihre grazile Gestalt, die jetzt vor ihm auf die Knie sank. Elena griff unter sein Wams und suchte die Schnüre seines Beinkleids. Während die Finger tätig waren, schaute sie ihn unentwegt mit strahlendem Gesicht an. »Ich bin Euer willfähriger Sklave, Mylord«, flüsterte sie. »Befehlt mir – ich bin Euer.«

Sein Penis war schon dick, hing aber noch am linken Schenkel hinab. Sie beugte sich vor und fuhr mit der Zungenspitze am Schaft entlang, bis er sich zu einer mächtigen Erektion erhoben hatte, die hungrig auf ihren feuchten, warmen Mund zuzuckte. Aimery stöhnte vor Lust. Sie hörte es und jubelte. Sie hätte ihn gern in sich gespürt, aber sie war seine Sklavin.

Behutsam schob er ihren Kopf zurück. Sie blickte verwundert hoch zu ihm. »Mache ich es Euch nicht gut genug, Herr? Ich weiß, ich habe noch viel zu lernen ...«

Er lachte rauchig. »Caran, du bist exquisit. Mehr, als

ein Mann verlangen kann. Aber ich will dir auch Lust bereiten. Komm, ich zeige es dir.«

Langsam sank er auf die Knie. Seine Schultern stützten sich gegen die Wand. Er zog den Wams über den Kopf, und Elena schaute gebannt auf seinen muskulösen Oberkörper. Er küsste sie zärtlich auf den Mund, und sie schlang die Arme um ihn, hielt sich an seinem Rücken fest und streichelte seine Haut. Sie fuhr mit den Fingern über die alten Narben seines Kriegerkörpers und spürte das Pochen seines Penis gegen ihren Leib.

»Öffne dich für mich, Elena«, raunte er, »knie dich über mich, ich werde dich halten. Spreiz deine Schenkel, dann schlüpfe ich wie Butter in dich hinein, ja, so … ah …«

Keuchend folge Elena seinen Anweisungen und grätschte über seine kräftigen Oberschenkel. Er glitt mit der Spitze in sie hinein, schob nach, behutsam zuerst, dann kräftiger, wobei er darauf achtete, dass er ihr mit seiner ungestümen Erektion keine Schmerzen zufügte.

Elena warf den Kopf in den Nacken und stöhnte vor Lust. Sie rieb ihre kleinen Brüste gegen seinen harten Oberkörper. Den ganzen Tag lang hatte sie sich nach diesem Augenblick gesehnt, und jetzt erlebte sie ihn, sie spürte, wie sein starker Penis in sie hineinglitt und sie ausfüllte.

Sie entdeckte rasch, wenn sie sich anhob, bis der Schaft fast draußen war, und sich dann langsam wieder sinken ließ und ihn mit ihren inneren Muskeln umspannte, dann stöhnte Aimery tief aus der Kehle, und sein Gesicht verdunkelte sich vor Leidenschaft. Ihre eigene Ekstase stieg so schnell an, dass sie nicht mehr richtig durchatmen konnte, sie hechelte in kurzen, glücklichen Zügen.

Dann glitten Aimerys Finger zu ihrem kleinen

Lustknopf und streichelten sanft darüber. Sie stieß kleine spitze Schreie aus und wand sich vor Lust, sie schloss die Augen und ritt ihn immer schneller, wobei ihre gereizten Nippel sich an den Haaren seines Brustkorbs rieben.

Sie explodierte in einem Wirbel aus leuchtenden Farben, die sich hinter ihren geschlossenen Augen untereinander zu einem einzigartigen Gebilde vermischten. Ohne ihr Dazutun klammerten sich ihre inneren Wände an den heißen Schaft in ihr, der sie so köstlich ausfüllte.

Aimery hielt sie fest, während sie sich auf ihm wand, und pumpte mit den Hüften bis zu seiner eigenen zuckenden Erleichterung, die Elena noch einmal kräftig durchschüttelte, ehe sie sich kraftlos gegen seinen Oberkörper fallen ließ. Sie murmelte seinen Namen und genoss diesen Moment des absoluten Glücks. Seine Lippen küssten sie auf die zerzausten blonden Haare.

Dann, plötzlich, ertönte irgendwo in der Dunkelheit vor der Festung ein Horn. Es war ein schriller Ton, der da ausgestoßen wurde, aber Elena, deren Sinne vom Nachklang ihrer Leidenschaft eingelullt waren, hörte ihn kaum. Doch dann wurde sie in die Wirklichkeit zurückgerufen, als Aimery sich von der Wand drückte und angestrengt lauschte.

Das Horn erklang wieder, es scholl noch lauter, als ob es näher gekommen wäre, fast unter dem Fenster ihres Zimmers. Elena, noch benommen von dem Liebeserlebnis, protestierte murmelnd, als Aimery sie behutsam aber resolut anhob und aufs kalte kleine Bett legte. Dann zog er sich rasch wieder an.

»Caran, ich muss gehen. Keine Zeit zum Erklären.«

Elena lag zitternd da. Plötzlich war ihr kalt geworden. »Was hat das Horn zu bedeuten, Aimery?«

Er schnallte das Schwertgehenk um. »Das ist

Alarm. Es kann bedeuten, dass die Sachsen angreifen.« Er bückte sich und küsste sie auf die Stirn. »Warte auf mich, Kleines. Ich komme zurück.«

Dann war er weg. Elena lag zitternd auf dem Bett. Voller düsterer Vorahnungen zog sie das Leintuch vom Bett und legte es sich um die Schultern, dann trippelte sie mit nackten Füßen zum kleinen Fenster.

Der Hof war zu hektischem Leben erwacht. Männer mit Fackeln und Laternen liefen durcheinander, riefen knappe Befehle und ließen sich Pferde und Rüstungen bringen. Die großen Tore in den Palisaden waren schon geöffnet. Der erste Trupp saß im Sattel, bereit, in die Nacht hinaus zu reiten und sich dem Feind zu stellen.

Und der Feind würden die Sachsen sein, ihr Volk. Elena zitterte, aber nicht nur vor Kälte.

Aimery stürzte die Treppe hinunter in den großen Saal, wo helle Aufregung herrschte. Sein treuer Knappe stand bereit und hielt Rüstung und Schwert seines Herrn. Hamet band sich sein Schwertgehenk um.

»Kundschafter, die wir am Abend ausgesandt haben, entdeckten eine große Bande sächsischer Rebellen, die von Osten durch die Wälder streifen«, berichtete Hamet. »Offenbar planen sie, Thoresfield zu umzingeln und einen Überraschungsangriff zu starten.«

Aimery nickte und schritt zum Tor. »Zwanzig Mann sollen zurückbleiben, um die Festung zu verteidigen«, ordnete er an.

Ein Krieger rannte ihm entgegen und blieb keuchend vor dem Bretonen stehen. »Sir, wir haben Gerüchte gehört, dass die Sklaven diese Nacht eine Massenflucht planen, um zu den Rebellen zu stoßen.«

Aimery knirschte mit den Zähnen. »Dann treibt sie alle zusammen, schließt sie sicher ein und lasst sie hinter Schloss und Riegel, bis wir zurückkommen.«

Der Krieger bestätigte den Befehl und rannte zurück. Aimery ging zu den Ställen, wo sein schweres schwarzes Schlachtross auf ihn wartete. Er sprang in den Sattel und preschte mit erhobenem Schwert und einem lauten Schrei vor. Er führte seine Krieger durch die weit geöffneten Tore. Der Boden bebte unter den Hufen, und die Waffen glitzerten im Schein der rauchigen Fackeln.

Isobel sah sie davonreiten. Ihr Herz brannte vom Gift der Eifersucht. Sie wusste, dass Aimery im Zimmer des Sachsenmädchens gewesen war, als es den Alarm gegeben hatte. Alys hatte es ihr gesagt.

Jetzt war die Zeit für ihre Vergeltung gekommen. Es war höchste Zeit, sich endgültig von dem Mädchen zu befreien, das ihr gefährlich werden konnte.

Auch Elena sah, wie Aimery le Sabrenn an der Spitze seiner Krieger aus der Festung stürmte. Reglos blickte sie durchs Fenster, bis die Männer in die Dunkelheit der Nacht verschwanden. Eine lange Zeit konnte sie noch die flackernden Flammen der Fackeln sehen. Die Männer mussten den Fluss durchqueren, ehe sie in den dichten Wald eindrangen.

Zitternd wandte sich Elena vom Fenster ab, warf das Leintuch aufs Bett und schlüpfte in den Sklavenkittel.

Es hämmerte laut gegen ihre Tür. Mit klopfendem Herzen öffnete sie. Zwei stämmige Diener drängten herein, packten sie und drehten ihre Arme auf den Rücken. Dann schoben sie Elena aus dem Zimmer.

»Nein, nein!« Sie versuchte, sich aus den harten Griffen zu befreien. »Das muss ein Irrtum sein!«

»Kein Irrtum«, knurrte einer der Männer. »Alle Sachsenrebellen müssen hinter Schloss und Riegel, bis Lord Aimery zurückkehrt. Willst du mir sagen, dass du keine Sächsin bist?«

»Doch, bin ich, aber ...«

»Alle Sachsen«, wiederholte der Mann. Schließlich hatte ihm Lady Isobel eben erst den Auftrag erteilt, und sie hatte eigens auf die kleine Sächsin im hinteren Zimmer hingewiesen. Sie sollte mit den anderen Frauen ins Verlies geworfen werden.

Die Männer zerrten ihre Gefangene die Treppe hinunter und dann über eine gewundene Passage zu den Steinkellern der Festung. Sie öffneten einen dicken Verschlag und schubsten Elena ein paar Stufen hinunter. Sie stürzte und landete auf dem strohbedeckten Boden.

Hinter sich hörte Elena, wie der Verschlag mit einem Eisenriegel verrammelt wurde.

Ihr Kopf schmerzte vom Sturz. Sie rappelte sich mühsam auf und öffnete die Augen. Um sie herum waren Leute. Elena hörte Flüstern und Weinen und Stöhnen.

»Hier, nimm davon etwas«, sagte eine freundliche Stimme dicht an ihrem Ohr. »Es ist nur abgestandenes Wasser, aber das ist alles, was wir hier unten haben.«

Elena sah auf und erkannte das volle, hübsche Gesicht von Joan, einer der Sklavinnen, die sie in der Küche kennen gelernt hatte.

»D ... danke«, stammelte Elena und nahm den Holzbecher in ihre zitternden Hände. Dann versuchte sie, sich in die Schatten zu verziehen, aber Joan rutschte auf den Knien hinter ihr her und betrachtete sie voller Neugier.

»Ah«, sagte sie, »du bist das neue Mädchen. Du

hast heute Morgen in der Küche gearbeitet, nicht wahr? Ich habe dich beim Hühnchenrupfen gesehen, aber so etwas hast du bestimmt noch nie in deinem Leben gemacht. Du bist plötzlich verschwunden – was ist mit dir geschehen?«

Die anderen, alle blonde Sachsenfrauen, hatten jetzt einen Kreis um sie gebildet und starrten die Neue an. Eine von ihnen gluckste heiser. »Vielleicht hat Aimery le Sabrenn sie in seine Kammer getragen.«

Elena hielt die Luft an. Ob sie etwas wussten?

»Was? Die da?«, rief eine andere Frau und schüttelte lachend den Kopf mit ihren langen blonden Zöpfen. »Diese kleine Streunerin? Das ist doch die aus dem Kloster, nicht wahr? Was hat sie dem Lord schon zu bieten? Sie hat doch keine Ahnung, was man mit einem Mann anfangen kann. Also, wenn er mich genommen hätte ...« Sie flüsterte etwas ins Ohr einer anderen Frau, und die beiden bogen sich vor Lachen.

Elena errötete, duckte sich und presste ihre Hände fest im Schoß zusammen.

»Diese Rothaarige«, ließ sich eine andere Frau vernehmen, »sie heißt Morwith, sie prahlt damit, dass sie es mit Aimery auf dem Marsch getrieben hat.«

»Ah, sie glaubst, sie sei was Besseres, diese Morwith«, schimpfte eine andere, die sich im Stroh auf den Rücken gelegt hatte. »Die lügt doch, wenn sie den Mund aufmacht. Aber warum ist sie nicht hier bei uns? Schließlich ist sie auch eine Sklavin.«

»Ob sie nun lügt oder nicht, sie hat jede Einzelheit beschrieben«, sagte die eine Frau, und als sie fortfuhr, senkte sie die Stimme. »Offenbar ist unser Lord gut bestückt. Sie hat gesagt, dass er nicht nur mit seinem Schwert gut umgehen kann.« Sie lachte grölend. »Oh, was ich nicht alles für eine Stunde bei ihm geben würde!«

»Hör auf damit, ich ertrage es nicht mehr länger«,

klagte eine andere Frau seufzend. »Gytha, wie kannst du von solchen geilen Dingen reden, wenn wir hier unten eingepfercht und nur unter uns sind?«

Dann wandte sie sich an Elena. »Und was ist mit dir, kleines Klostermädchen? Ich habe gesehen, wie du eben rot geworden bist. Aber du weißt wahrscheinlich nicht einmal, wovon wir reden, was?«

»Ja, erzähle uns vom Leben im Kloster«, forderte Gytha von Elena. »Hast du wach in deinem Bettchen gelegen und von einem Ritter geträumt, der dich aus deiner Einsamkeit erlöst?«

»Oder«, flüsterte eine andere Frau und rieb ihre Hüfte gegen Elenas, »hast du dich mit deinen Freundinnen amüsiert? Und dabei gedacht, es wäre ein Mann?«

Plötzlich waren sie alle da, kicherten, rieben, streichelten. Eine Hand hob Elenas grauen Kittel an, andere Hände folgten, der Stoff zerriss, und die kleinen weißen Brüste waren den gierigen Blicken ausgesetzt.

»Nein«, flehte Elena, »ich bitte euch ...« Sie war schamrot geworden.

Aber niemand hörte auf sie. Die Frau, die Gytha hieß, beugte sich flink über sie und nahm einen rosigen Nippel in ihren Mund, der unter ihrer Zunge rasch steif und hart wurde. »Stell dir vor«, flüsterte sie gierig, »dass es Lord Aimery ist, der dich verwöhnt. Oh, ja, kleine Nonne, er wird jeden Augenblick mit seinem dicken Glied in dich eindringen, in dein kleines heißes Nest zwischen deinen Schenkeln ...«

Elena spürte die wilde Lust, die in ihr aufstieg, als sie nur den Namen des geliebten Mannes hörte. Gytha ahnte die Erregung des Mädchens und griff zwischen Elenas Schenkeln, die von zwei anderen Frauen gespreizt wurden. Elena keuchte auf, als flinke Finger an den geheimen Falten ihres Geschlechts spielten, die Labien öffneten und auf und ab rieben. Sie versuchte sich aus dem Griff zu wehren, aber sie hatte keine Chance, es gab kein Entkommen für sie. Gythas kundige Finger drängten in sie hinein, und Elena stieß kleine leise Stöhnlaute aus.

Gytha lächelte zufrieden und rieb gegen die geschwollene Klitoris. »Unsere kleine Nonne ist mehr als bereit«, verkündete Gytha den anderen Frauen. »Habt ihr das so im Kloster gemacht? Kommt, Frauen, wir zeigen ihr, dass wir das auch können.«

Sofort beugten sich zwei Köpfe über Elenas Brüste und saugten an den empfindlichen Nippeln. Dunkle Lust durchflutete Elena, ihr Körper wand sich hin und her. Sie fürchtete sich davor, dass sie einen Höhepunkt herausschrie und die anderen sich über sie lustig machten.

»Aufhören!«, zischte Gytha. »Da kommt jemand.«

Sie ließen von Elena ab, die sich in die Schatten wälzte und den zerrissenen Kittel über der Brust zusammenhielt. Ihr Körper schmerzte vor unerfülltem Verlangen. Die anderen Frauen hatten sich auch auf ihre Plätze an der kalten Steinmauer gelegt.

Man hörte den Riegel knirschend zurückgleiten, und alle Frauen hielten den Atem an. Die Tür öffnete sich, und das Licht einer Fackel auf dem Treppenabsatz flutete herein und blendete die Frauen. Ein Krieger näherte sich vorsichtig. Er trug einen Steinkrug mit Wasser in der einen Hand, in der anderen eine Holzplatte mit Roggenbroten.

Plötzlich rannte eine Frau geduckt zur Tür und warf sie krachend zu. Jetzt wurden sie wieder von Dunkelheit umhüllt. Jemand stellte dem Krieger ein Bein, er stolperte und stürzte auf den Strohboden. Wasser und Brot flogen in alle vier Ecken des Raums. Zwei Frauen knieten sich auf die Handgelenke des Mannes, zwei andere setzten sich auf seine Schenkel und auf seine Hüften.

Der Krieger wollte wütend protestieren, aber Gytha hatte bereits den scharfen Dolch aus seinem Gürtel gezogen und hielt ihn an seinen Hals.

»Bleib ganz ruhig, Soldat«, sagte Gytha kehlig. »Ich glaube, auf dich haben wir gewartet.«

Der französische Soldat, jung und gut aussehend, verstand kaum ein Wort sächsisch, aber er ahnte den Sinn von Gythas Aufforderung und blieb reglos liegen.

Dann hob eine der Frauen auf seinen Schenkeln ihr zerlumptes Kleid an und zog es sich über den Kopf. Der Franzose schaute wie hypnotisiert zu und schluckte schwer. Er spürte, wie sich sein Phallus aufrichtete. Diese sächsischen Hexen, dachte er. Was hatten sie mit ihm vor?

Eine andere Frau kniete lachend neben ihm, langte unter sein Lederwams und machte sich an den Schnüren seiner Hose zu schaffen. Mit sicherem Geschick befreite sie seine Genitalien und rieb an dem Schaft entlang, der sich bereits versteift hatte. Instinktiv wehrte sich der Soldat gegen die Frauen, aber da spürte er, wie sein eigener Dolch seinen Hals ritzte. Er verging fast vor Angst.

»Wie heißt du?«, flüsterte ihm jemand zu. Als er nicht sofort antwortete, kam die Frage drängender. »Dein Name, Soldat!«

»Henri«, murmelte er.

»Nun denn, Henri«, sagte die Stimme neben ihm, »dann schau jetzt gut zu.«

Die Frau, die sich den Kittel ausgezogen hatte, beugte sich vor und rutschte an ihm entlang, bis ihre vollen Brüste über seine Lenden streiften. Sein Penis zuckte und richtete sich auf, was die umstehenden Frauen mit einem freudigen Glucksen belohnten. Sie starrten auf seinen Unterleib und leckten sich erwartungsvoll über die Lippen.

»Wer zuerst?«, fragte eine.

»Wir wechseln uns ab«, beschloss Gytha. »Ist das nicht fair, Soldat?«

Die nackte Frau, die seinen Penis zwischen ihre Brüste genommen hatte, bewegte sich rasch hoch, bis sie über seinen Hüften hockte, dann fädelte sie sich geschickt ein. Sie schloss vor Entzücken die Augen und ließ sich langsam auf den harten Schaft hinab. Sie kostete das Gefühl aus, ehe sie sich anhob, um sich gleich darauf wieder sinken zu lassen.

Die anderen schauten neidisch zu. Gytha murmelte: »Wir müssen das ausnutzen, wer weiß, wie lange er uns zur Verfügung steht. Dieser Soldat wird sich seinen Sold redlich verdient haben, wenn wir mit ihm fertig sind.«

Sie zog sich den Kittel über den Kopf, fuhr sich mit den Händen über ihre Brüste und drückte sie leicht. Dann ging sie über dem Kopf des Franzosen in die Hocke, bis sie seinen Mund auf ihrem Geschlecht spürte.

»Ruhig! Da kommt jemand!«

Gytha sprang stöhnend auf, und die Frau wälzte sich maulend von Henri und ließ sich ins Stroh fallen. Henri kam langsam auf die Beine und zog seine Hose hoch, während die Frauen rasch ihre Kittel überwarfen und sich zu den anderen in die Schatten der Mauer stellten.

Es war Elena, als müsste jeder ihr Herz pochen hören. Sie hatte gebannt zugeschaut. Ihr eigener Körper befand sich noch in Aufruhr. Oh, wenn doch nur Lord Aimery bei ihr wäre.

Die rostigen Scharniere knirschten, als die Tür langsam aufgezogen wurde. Der Schein einer Laterne fiel ins dunkle Verlies.

Ein Wachhauptmann stand in der Tür, das Schwert gezogen, ein boshaftes Grinsen im Gesicht.

»Henri!« brüllte er. »Sie suchen dich schon seit einer halben Stunde! Du bist mit der Wache dran, oder hast du das vergessen? Du hast Glück, dass sich jemand daran erinnerte, was deine letzte Aufgabe war – nämlich den Schlampen hier unten Brot und Wasser zu bringen.«

Der junge Soldat Henri verzog keine Miene, als er sagte: »Ich stolperte und bin die Treppe hinuntergefallen, Sir.« Er wies auf das aufgewühlte Stroh und auf das verschüttete Wasser. »Ich bin auf den Kopf gefallen, Sir. Die Frauen hier ... haben sich sehr um mich bemüht.«

Jemand unterdrückte ein Kichern. Der Hauptmann hob seine Laterne und sah misstrauisch in die Schatten. Alle hielten seinem Blick stand. Henri bückte sich und hob seinen Dolch auf.

»Ein bisschen Bewegung, Mann«, knurrte der Hauptmann. »Und dann ab zum Tor.«

Henri hastete davon. Der Hauptmann schaute sich an der Tür noch einmal um und musterte die Frauen. Verdammte Sachsen, fluchte er stumm. Auf der anderen Seite sahen sie verdammt attraktiv aus. Die Luft roch stickig und ... nach Moschus, als ob sie hier unten ...

Er schüttelte den Kopf, folgte Henri aus der Zelle und verriegelte die Tür.

Sobald sie wieder in der Dunkelheit unter sich waren, klappten die Frauen vor Lachen zusammen und hielten sich den Bauch. Sie suchten die Brote und teilten sie untereinander auf, dann verschlangen sie gierig ihre Mahlzeit.

Joan ließ sich hören. »Ich frage mich, wie lange sie uns hier unten einschließen wollen.«

Gytha meinte: »Ich habe gehört, wie sie gerufen

haben, alle Sklaven sollten hinter Schloss und Riegel, bis Aimery le Sabrenn zurück ist.«

»Vielleicht«, murmelte eine Stimme aus der Dunkelheit, »wird Lord Aimery selbst uns besuchen ...«

»Dann würden wir ihn auch überwältigen«, rief eine andere Frau aufgeregt. »Oh, wann immer ich ihn sehe, überläuft es mich heiß und kalt. Dieses brutale Gesicht, die tiefe Stimme und dieser männliche Körper! Ich sage euch, was ich alles mit ihm anstellen würde, wenn er in unsere Zelle käme ...«

Gytha sagte scharf: »Wenn du nur einen Funken Verstand hast, dann hältst du dich von ihm fern.«

Elena, die neben Joan kniete, hörte fast auf zu atmen. »Warum?«, flüsterte sie.

»Weil ich, kleines Klostermädchen, eine Menge Geschichten gehört habe. Über den Bretonen.« Sie sah sich in dem kleinen Kreis um, musterte die jungen Gesichter, deren Augen auf sie gerichtet waren. »Ich bin schon länger hier als ihr. Ich habe Geschichten über die Vergnügungen gehört, die der Bretone liebt.« Sie schwieg, und niemand sage etwas.

»Unser Lord Aimery hat eine Schwäche für sächsische Mädchen. Er sucht sich eine hübsche Sklavin aus, nimmt sie mit nach oben in sein Gemach, zieht ihr hübsche Kleider an, verwöhnt sie mit feinsten Speisen und dem besten Wein. Und nachts mit exquisiten Freuden.«

»Woher weißt du das alles, Gytha?«, wollte jemand wissen.

»Ich habe es mit eigenen Ohren von der Zofe der Lady Isobel gehört. Sie heißt Alys und lauscht an jeder Tür. Die arme Alys ist so verzweifelt nach einem Mann, dass sie uns jedes Geheimnis verraten würde, wenn wir einen stämmigen Sachsen für sie fänden. Sie hat uns gesagt ...« – sie senkte die Stimme, als hätte sie Angst, belauscht zu werden – »dass der Bretone sich gern ein unschuldiges Sklavenmädchen aussucht und sie mit den schönsten Liebesfreuden verwöhnt. Wenn sie ihm so gut wie hörig ist, wirft er sie wieder zurück aufs Feld oder in die Küche.«

Plötzlich schien es kalt in der Zelle zu sein. »Aber warum?«, fragte eine leise Stimme.

Gytha hob die Schultern. »Ich habe gehört, dass er alle Sachsen hasst, besonders die Frauen. Da muss irgendetwas in seiner Vergangenheit vorgefallen sein, etwas, das sich tief in seine Seele eingebrannt hat.«

Die anderen saßen mit gesenktem Kopf da und verdauten das, was sie gerade erfahren hatten.

Elena war froh über die fast totale Dunkelheit im Verlies. Sie presste ihre Finger in die Handflächen, bis sie sich mit den Nägeln die Haut blutig riss. Nein, sie wollte das nicht glauben. Er hatte sie ›caran‹ genannt. Geliebte. Sie wollte es nicht glauben. Bei ihr war es etwas anderes.

Aber geschah mit ihr nicht genau das, wovon Gytha gesprochen hatte? Der mächtige Bretone hatte schon Besitz von ihrem Körper und ihrer Seele genommen. Und weil das, was Gytha gesagt hatte, der Wahrheit entsprach, saß sie jetzt auch hier unten – auf Aimerys Geheiß.

»Geht es dir gut, Elena?« Joan, die sie beobachtet hatte, legte einen Arm um ihre Schulter. Elena schob ihre zerzausten Haare aus dem Gesicht.

»Ich bin müde, das ist alles.«

»Dann lege dich hin und schlafe«, sagte Joan. »Wir sind Freundinnen, ja?«

Elena nickte und kauerte sich in einer Ecke auf das Stroh. Jemand legte einen Mantel über sie, und sie schlief die ganze Nacht durch.

Mit einem Schreck wachte sie auf. Es war Morgen. Tageslicht flutete durch die offene Tür in ihr Verlies. Elena hörte Lärm und Stimmen. Bewaffnete Wachen standen auf der Treppe und scheuchten die Frauen hinaus.

Elena raffte sich mühsam auf. Joan half ihr und zog sie Richtung Treppe. Aber im letzten Moment packte einer der Wachen die junge Sklavin und stieß sie grob in die Zelle zurück. Elena stolperte und stürzte zu Boden.

»Lasst sie gehen, ihr Ochsen!«, rief Joan wütend. »Kommt sie nicht frei wie wir alle?«

»Diese bleibt hier«, sagte der Wachmann. »Oder willst du dich den Befehlen des Lords widersetzen, Weib?«

Joan wurde aus der Zelle gezerrt, dann wurde die Tür verriegelt, und um Elena war wieder Dunkelheit.

Sie lag in der Ecke, die Arme um ihren Körper geschlungen. »Befehl des Lords«, hatte der Wachmann gesagt.

Gytha hatte Recht, was die Vorliebe des Bretonen für junge Sächsinnen anging, aber ihre Warnung kam für Elena zu spät. Ihre Bestrafung hatte schon begonnen.

10. Kapitel

Es war später Nachmittag, als Lady Isobel de Morency, von Wachen flankiert, auf dem sonnenüberfluteten Festungshof stand. Sie hatte beschlossen, die von ihr genehmigte Bestrafung eines Übeltäters aus nächster Nähe anzusehen.

Der Sergeant wies auf die Stelle, wo ein großer, kräftiger Mann gebückt vor der Stallmauer kniete, schwere Fesseln an den Füßen.

»Das ist er, Mylady. Irgendein Sachse, ein Sklave. Meine Männer haben ihn geschnappt, als er aus der Rüstungskammer fliehen wollte, wo wir ihn mit dem Rest des Abschaums eingesperrt hatten. Ein Spitzel hat uns zum Glück von seinen Absichten informiert. Er wollte fliehen und zur Rebellenarmee stoßen. Er hat den ganzen Tag in Ketten gelegen, hat nichts zu essen und nichts zu trinken bekommen und soll jetzt, mit Eurer gütigen Erlaubnis, ausgepeitscht werden, um ein Exempel zu statuieren. Wir müssen verhindern, dass weitere Gefangene Fluchtversuche unternehmen.«

Isobel nickte, und mit zusammengezogenen Augen musterte sie den Gefangenen, der auf den harten Steinplatten kniete, der prallen Sonne ausgesetzt. Ohne Wasser, um seinen Durst zu löschen. Isobel spürte, wie ihr Puls in der Kehle schlug. Solche Bilder erregten sie.

Dass er ein Sachse war, sah man schon an der auffallenden Farbe seines schulterlangen blonden Haars. Er sah jung und kräftig aus, und auch unter den zerfetzten Breeches schien er muskulös zu sein. Der bronzefarbene Rücken glänzte vom Schweiß.

Isobel befeuchtete ihre Lippen und nahm das Bild des erniedrigten Mannes in sich auf, dessen Spiel von Muskeln und Sehnen ungeheuer lustbringend für sie war.

Sie lächelte vor sich hin. Plötzlich war das Leben auf der Festung gar nicht mehr langweilig.

Sie schritt langsam über den Hof, und die Wachen folgten ihr. Vor dem Gefangenen, der den Kopf gebeugt hatte, blieb sie stehen. Isobel griff nach der Peitsche des Sergeants und ließ die Lederriemen lässig über die breiten Schultern des Sklaven streifen.

Der Mann schüttelte sich kurz, dann hob er den Kopf und sah trotzig zu ihr hoch.

Isobels Augen weiteten sich, als sie in das markante Gesicht blickte. Ein starkes, kantiges Kinn, auf dem blonde Stoppeln sprossen, ein stolz geschwungener Mund und lebhafte blaue Augen, aus denen eine angeborene Arroganz leuchtete, selbst in dieser hoffnungslosen Ausgangsposition. Er war tatsächlich ein Glücksfall, dachte Isobel.

»Man hat mir gesagt«, begann sie, »dass du weglaufen wolltest. Was für ein Feigling du doch bist. Wie lautet dein Name?«

Der stolze Sachse befeuchtete seine trockenen Lippen und sagte krächzend: »Ich bin kein Feigling, Lady. Und mein Name ist Leofwin.«

»Nun, Leofwin, du weißt vielleicht, dass ich während der Abwesenheit des Lords Aimery le Sabrenn die Angelegenheiten auf der Festung regele. Es gehört zu meinen Pflichten, dich für dein Fehlverhalten zu bestrafen.«

»Euer prächtiger Lord Aimery kann meinetwegen in der Hölle verrotten«, sagte Leofwin der Sachse klar und deutlich.

Die Wachen zu Isobels rechter und linker Seite zischten wütend und machten Anstalten, sich auf den

Gefangenen zu stürzen, aber sie hob nur eine Hand, um sie zurückzuhalten.

»Hüte deine Zunge, mein schöner Sachse«, sagte sie mit scharfer Stimme. »Vergiss nicht, dass ich über die Strenge deiner Strafe entscheide.«

Er sah sie trotzig an. »Ihr könnt tun, was Ihr wollt. Was Neues wird Euch auch nicht einfallen.«

Isobels Augen tanzten. »Oh«, murmelte sie, »du würdest vielleicht überrascht sein. Ich kann mir viele Dinge ausdenken, Leofwin.« Sie wandte sich abrupt an den Sergeant. »Zieht ihm seine Kleider aus.«

Leofwin ruckte den Kopf zur Seite und knirschte mit den Zähnen, als der Sergeant die verdreckten Breeches an den Schenkeln hinunterzog. Sie waren der Rest seiner Sittsamkeit gewesen. Leofwin schloss die Augen, als seine Nacktheit vollkommen war.

Isobel starrte mit Wohlgefallen auf den prallen Beutel seiner Hoden, der aus dem Nest blonder Haare zwischen seinen Beinen hing, und auf den langen Phallus, der auf einem muskulösen Oberschenkel lag. Sie hob die Peitsche und ließ die Lederriemen leicht über seinen Rücken gleiten und dann in die Kerbe zwischen den Backen, die durch seine Fußfesseln weit auseinander gezogen waren.

Leofwin biss sich auf die Unterlippe, um ein Stöhnen zu unterdrücken, und Isobel sah voller Entzücken, wie der Penis langsam lebendig wurde. Die umstehenden Wachen grinsten sich anzüglich an.

Isobel wandte sich wieder an den Sergeant. »Muntert ihn auf«, sagte sie fröhlich. »Unser armer Gast scheint ein wenig zögerlich, uns unterhalten zu wollen.«

Grinsend griff der Sergeant mit der Faust an Leofwins Glied und rieb es ein paar Male auf und ab. Die anderen Männer murmelten anerkennend, als das Glied gewaltig anschwoll und die Eichel aus der

Vorhaut ragte. Die Maße der sächsischen Männlichkeit waren beeindruckend. Der Sergeant ließ von ihm ab.

Leofwin hatte die Augen geschlossen, als wollte er seine Schande nicht sehen. Isobel starrte schluckend auf die gespannten Gesäßmuskeln, die rhythmisch zuckten. Der steife Penis ragte in die Luft.

Isobel sagte: »So, mein stolzer Leofwin, glaubst du immer noch, dass uns nichts Neues einfällt, womit wir dich ein bisschen quälen können?« Sie hob die Kleidung des Mannes auf und drückte sie dem Sergeant in die Hand. »Zieht ihn wieder sittsam an, dann lasst ihn ins Verlies werfen.«

»Aber Mylady, das Mädchen ist noch da, wie Ihr befohlen habt«, wandte der Sergeant ein.

»Ihr habt mich gehört!«, fauchte Isobel wütend.

Elena lag entmutigt in einer Ecke auf dem Stroh und schaute erschrocken auf. Sie hörte Schritte; jemand kam die Treppe herunter. Vielleicht brachte man ihr wieder Wasser und Brot. Oder ob Aimery schon zurück war?

Nein, davon konnte sie sich nichts versprechen. Hatte sie nicht mit eigenen Ohren gehört, dass es Aimery gewesen war, der ihre Einzelhaft angeordnet hatte? Gythas Aussage über die Angewohnheiten des Lords, wie er mit sächsischen Mädchen verfuhr, hatte sie den ganzen Tag verfolgt.

Knirschend wurde der Riegel zurückgezogen. Die Tür flog auf. Das plötzliche Licht blendete Elena. Ein Mann in zerrissenen Breeches, die Arme auf dem Rücken aneinander gekettet, wurde die Treppe hinunter gestoßen und getreten. Er stürzte. Die beiden Wachen zerrten ihn wieder hoch.

Hinter ihnen trug Lady Isobel de Morency eine Fackel, die sie in einen Wandhalter steckte.

Der Gefangene stand wieder auf den Füßen. Er spuckte einem der Wachen ins Gesicht. Elena richtete sich auf und zog sich zurück zur Mauer. Sie erkannte den Mann.

Leofwin. Der sächsische Rebell mit dem stolzen Gesicht und den strahlenden blauen Augen.

Ihre eigenen Augen weiteten sich. Er fing ihren Blick auf und schüttelte kaum merklich den Kopf, als wollte er ihr sagen: Rede nicht, lass sie nicht wissen, dass wir uns kennen.

Isobel, die Hände auf den Hüften, sagte mit unverhohlener Häme: »Wir haben dir einen Freund gebracht, meine kleine Elena. Einer, der deinem Volk angehört. Er kann dir hier unten Gesellschaft leisten. Ihr Sachsen seid es doch gewohnt, im Dreck zu suhlen. Ich nehme an, dieses Verlies ist der reinste Luxus für euch.«

Leofwin riss sich los und schüttelte die Wachen ab, die durch die Zelle flogen. Sie rafften sich wieder auf und zwangen ihn mit Tritten und Schlägen auf die Knie.

Elena konnte die Erniedrigung nicht länger ertragen und rannte auf Isobel zu. »Lasst ihn in Ruhe! Was hat er denn getan? Warum muss er so leiden?«

Statt einer Antwort wandte sich Isobel an die beiden Wachen. »Ihr könnt gehen«, sagte sie.

»Aber Mylady ...«

»Ich werde mit ihnen fertig. Geht.«

Die Wachen gehorchten nur widerwillig und schlossen die schwere Tür hinter sich.

Isobel wandte sich an den knienden Leofwin. »Nun, mein schöner Sachse, es scheint, du hast eine Fürsprecherin gefunden. Sie hat ein weiches Herz, unser Klostermädchen. Nur schade, dass sie eine Schlampe ist.«

Elena wurde bleich. »Nein. Ich bitte Euch ...«

Isobel trat einen Schritt auf sie zu, dabei raschelte ihr Seidenkleid gegen das Stroh auf dem Boden. »Oh, ja, sie ist eine Schlampe. Klostermädchen, erzähle Leofwin, wie du dich dem Bretonen an den Hals geworfen hast, wie du ihn schon in der ersten Nacht in dein Zimmer gelassen hast, wie du vor Lust gestöhnt hast – nun, komm schon, erzähle es deinem Landsmann.«

Leofwin blickte Elena ins Gesicht. »Schon gut, Elena, ich weiß, dass sie lügt.«

Elena senkte den Kopf. Ihr war übel.

Isobel kicherte zufrieden. »Keine Lügen, mein stolzer Leofwin! Himmel, sie konnte es kaum erwarten, stimmt es, Elena? Zeige ihm deinen schönen Körper, mit dem du Lord Aimery so gekonnt verführt hast.«

»Nein«, flüsterte Elena. »Nein …«

Isobel trat an den knienden Leofwin heran, und Elena sah, dass die Lady eine kleine Peitsche in der Hand hielt, die sie leicht über den gebeugten, muskulösen Rücken des Gefangenen streicheln ließ.

»Zeige ihm deinen Körper, Elena. Sonst wird er es büßen müssen, das verspreche ich dir.«

Während ihr Herz vor Scham pochte, zog Elena den Sklavenkittel über den Kopf. Reglos stand sie in der kalten Zelle, den Kopf gesenkt, die Wangen gerötet. Das Licht der Fackel flackerte auf ihrer sanften Haut, auf den hoch angesetzten kleinen Brüsten, auf dem kleinen Dreieck der blonden Härchen zwischen den Schenkeln.

Mit dem Griff ihrer Peitsche hob Isobel das Kinn Leofwins an, damit er gezwungen war, die nackte Elena anzusehen. »Ist sie nicht schön? Wie schade, dass Lord Aimery ihrer so rasch überdrüssig geworden ist, aber es gibt ja noch so viele dieser willfährigen sächsischen Dirnen.«

Leofwin schaute hin, aber es war, als würden seine

Augen nichts sehen. Sein Ausdruck war stumpf, als er entschlossen sagte: »Ich beteilige mich nicht an Euren verderbten Spielchen, Lady.«

»Nein?« Isobel lachte und hockte sich neben ihn aufs Stroh. »Nun, mein stolzer Sachse, was haben wir denn da?«

Sie griff in den Schritt des Gefangenen, fuhr mit der Hand über den derben Stoff der Hose und tauchte mit einer Hand in die Öffnung hinein.

Zwischen den Schenkeln regte sich der Penis wieder, als Isobel ihn verführerisch streichelte. Der Sachse stöhnte auf, wütend über sein schwaches Fleisch.

Isobel fuhr fort, ihn zu reiben, bis der Schaft dick und steif aus der Öffnung ragte. »So stark«, murmelte Isobel heiser, während sie noch einmal mit den Fingerspitzen über die sanfte Haut des Penis strich. »Ich wünschte, ich hätte Zeit, mich richtig daran zu erfreuen.«

Elena hob den Kopf. Lady Isobel wollte gehen? Würde dann diese Erniedrigung für sie beide vorbei sein?

Isobel erhob sich langsam und sah den Hoffnungsfunken in den Augen des nackten Mädchens. »Du aber, meine liebe Elena«, sagte sie mit süßer Stimme, »hast alle Zeit der Welt. Er gehört dir. Er ist mein Geschenk an dich. Und du wirst ausreichend davon Gebrauch machen, ja?«

Elena erwiderte zornig: »Nichts werde ich tun.«

Isobel hob ihre dunklen Augenbrauen. »Immer noch trotzig, meine Liebe?«, höhnte sie und sah hinunter zu Leofwins immer noch steifem Penis. Versonnen ließ sie die Peitsche über die samtene Spitze gleiten. Leofwin zuckte lustvoll, ohne sich dagegen wehren zu können.

»Wenn du dich nicht an meine Anweisungen hältst, Elena«, sagte Isobel, »dann wird dieser Mann bestraft.

Von mir persönlich.« Elena senkte gepeinigt den Kopf. »Gehorcht ihr aber meinen Befehlen, werdet ihr entsprechend belohnt. Ist das denn zu viel verlangt? Ein bisschen Spaß, den ihr beide dabei haben werdet?«

Sie ging zur Treppe und blieb vor der Tür noch einmal stehen. »Glaubt nicht, mich täuschen zu können. Ich habe sehr zuverlässige Möglichkeiten herauszufinden, ob mein Befehl befolgt wurde oder nicht.«

Dann war sie weg, und die schwere Tür krachte hinter ihr ins Schloss.

Elena sank auf die Knie und schlang den Kittel um sich. Leofwin musste sie verabscheuen. Genauso, wie sie sich selbst verabscheute.

Isobel stieg rasch die Steintreppe hoch und schritt durch einen dunklen Gang, der hinter dem großen Saal verlief. Sie begegnete niemandem. Die Festung schien in Aimerys Abwesenheit wie verwaist zu sein. Mit einem Schlüssel öffnete sie eine versteckte Tür am Ende des Gangs und betrat einen kleinen Raum. Sehr gut. Alys hatte alles vorbereitet.

Das Zimmer war geschmackvoll eingerichtet; Seidentücher bedeckten die nackten Steinwände, Binsenmatten den Boden. Neben dem niedrigen Bett stand eine mit kunstvollen Schnitzereien versehene Kommode. Es gab keine Fenster, aber in zwei Wandhaltern brannten Wachskerzen.

Isobel kniete sich an einer bestimmten Stelle auf den Boden und hob die Binsenmatte ein wenig an.

In einem Fußbodenbrett gab es ein Astloch, durch das man in den Raum darunter blicken konnte. Durch die Fackel, die Isobel im Verlies zurückgelassen hatte, wurde die Szene gut beleuchtet: Isobel befand sich genau über der Zelle, in der Leofwin und das störrische Mädchen eingesperrt waren. Wie jungfräulich Elena mit ihrer mädchenhaften Figur und den wunderschönen langen blonden Haaren doch aussah! Wieso war Aimery so vernarrt in sie?

Ein anderer Gedanke schoss Isobel durch den Kopf. Was würde der Bretone mit ihr anstellen, wenn er erfuhr, wie sie das Mädchen behandelt hatte?

Sie runzelte die Stirn, verärgert über sich und ihre wankelmütigen Gedanken. Sie betrachtete Leofwin, und sie spürte, wie ihr Herz aufging, als sie sein stolzes Gesicht sah und den kräftigen Oberkörper, der im flackernden Licht glänzte. Später würde sie ihn vielleicht intimer kennen lernen.

Aber zuerst wollte sie erleben, wie sich die Dinge da unten entwickelten.

Elena kniete immer noch auf dem Stroh und schaute jetzt zu Leofwin hoch. »Leofwin«, sagte sie leise, »ich würde alles tun, um dir die Bestrafung zu ersparen. Aber ich muss dir vorher gestehen, dass alles, was Lady Isobel gesagt hat, der Wahrheit entspricht. Ich kann keine Entschuldigung vorbringen. Ich … ich kann verstehen, dass du mich verachtest … dass du mich nicht anfassen willst …«

Sie versuchte, mit fester Stimme zu sprechen, aber zuletzt brach sie leise schluchzend ab.

Leofwin, der schweigend zugehört hatte, sagte heiser: »Elena, komm her.«

Verwirrt bewegte sie sich langsam auf ihn zu. Sie kniete jetzt neben ihm und schaute ihm ins Gesicht.

Leofwin atmete tief durch und sog den Anblick ihrer fast nackten Schönheit in sich auf. Das goldblonde Haar umrahmte ihr liebliches, unschuldiges Gesicht. In den dunkelblauen Augen lag tiefer Schmerz. Aber selbst in dieser tristen Umgebung erkannte er, dass Elena das schönste Mädchen war, das er je getroffen hatte.

Mit weicher Stimme sagte er: »Elena, du bist schön, und dein Körper sehnt sich nach Erfüllung – nach der Erfüllung, die nur ein Mann dir geben kann. Das ist nichts Schlechtes. Aber weißt du, dass Aimery le Sabrenn einen ganz persönlichen Grund hat, um alle sächsischen Frauen zu hassen?«

Sie nickte, und der Schmerz in ihrem Blick wurde noch größer. »Ich weiß es, Leofwin, aber ich weiß nicht warum. Ich habe gehört, dass König William selbst daran gelegen ist, Frieden zwischen den Normannen und den Sachsen zu schaffen. Warum hasst uns Lord Aimery so sehr?«

»Ich habe gehört, dass er einmal von einer schönen sächsischen Frau, die er geliebt hat, verraten worden ist. Verraten an die Sachsen. Er konnte dem Hinterhalt entkommen, aber aus diesem Überfall hat er die Narbe behalten. Das wird der Grund für seine brutale Rache sein.«

Sie versuchte, ruhig und vernünftig zu sein, aber er sah die Tränen der Verzweiflung in ihren Augen.

»Oh, Elena, dass du so leiden musst«, stöhnte Leofwin plötzlich. »Komm her und küss mich.«

Auch sie stöhnte auf, warf die Arme um seinen Hals und fuhr mit den Händen durch seine dichte blonde Mähne. Er drückte seine heißen Lippen auf ihre Wange, dann auf ihre Lippen. Sein Mund verschlang sie, seine Zunge stieß und drang ein, und Elena klammerte sich immer fester an ihn.

Ihr zerrissener Kittel glitt von ihren Schultern, und ihre kleinen Brüste rieben über Leofwins muskulösen Oberkörper. Sein Atem kam abgehackt und stoßweise. Er zerrte an den Ketten, die seine Hände auf den Rücken fesselten. Elena sah seinen stummen Kampf. Sie bückte sich und küsste die gespannten Muskeln seiner Schultern, ehe sie mit dem Mund über seine harten kleinen Brustwarzen glitt.

»Schau mal, Elena«, brachte er ächzend heraus, »schau mal, was du mit mir anrichtest ...«

Sie folgte seinem Blick und sah, wie sein dick geschwollener Penis sich aus seinen zerfetzten Breeches erhob. Mit einem leisen Stöhnen fuhr sie mit einer Hand hinunter und strich behutsam über die gespannte Haut. Der Schaft streckte sich lüstern unter ihren Fingern.

Elena spürte ihre eigene Erregung und wie sie sich nach diesem stolzen, schönen Sachsen sehnte. Sie fühlte das Blut durch ihre Adern schießen, fühlte ein starkes Ziehen in ihrem Schoß. Ja, sie wollte diesen Mann, wollte das Verlangen stillen, das ihren Körper entflammt hatte.

Ihre Hand fuhr an dem Schaft auf und ab. Sie richtete den Oberkörper auf und drückte ihre kleinen Brüste in Leofwins gierigen Mund.

Er leckte hungrig und badete ihre erhitzten Nippel mit seinem kühlenden Speichel, dann saugte er sie tief in den Mund. Elena warf vor Lust den Kopf in den Nacken, hielt aber das Kosen seines pochenden Schafts bei.

»Oh, Leofwin, bitte ...«

»Dreh dich um«, murmelte er heiser. »Dreh dich um, meine sächsische Prinzessin. Auf deine Knie. Ja, so ist es richtig ...«

Sie präsentierte ihm ihre Rückseite, und Leofwin seufzte laut beim Anblick ihrer wunderbar gerundeten Backen. Im Licht der Fackel konnte er die geschwollenen Labien sehen, das feuchte rosige Fleisch, das sich, hungrig nach ihm, öffnete. Er verengte die Augen und lehnte sich vor. Sein steifer Penis suchte gierig die Öffnung.

Die Ketten erschwerten seine Bewegungen, aber

Elena stieß ihm ihre Hüften entgegen, heftig erregt von den leichten Berührungen des pochenden Schafts gegen ihre Labien. Leofwin, dessen Glied unbeherrscht zuckte, zielte genau und schob sich zwischen ihre Schenkel, rieb mit der Gliedspitze gegen die rosigen Falten ihres Geschlechts, fand die Öffnung und hörte Elenas erleichtertes Aufseufzen.

Er zwang sich, gleichmäßig zu atmen und stieß die starre Rute zwischen ihre seidigen Lippen und tiefer in die heiße Passage. Er war versucht, kraftvoll und bis zum Anschlag zuzustoßen, aber er war besorgt, ihr Schmerzen zuzufügen, deshalb ging er voller Behutsamkeit vor.

Elena zitterte vor köstlicher Lust. Sie hockte auf allen vieren, die geschwollenen Brüste schwangen frei. Eine Wange lag auf ihrem Arm, und sie stieß leise langgezogene Laute aus, wenn der stämmige Sachse tief in sie hineinglitt. Ihr ganzer Körper stand in Flammen.

Sein Schaft füllte sie aus, streichelte sie, rieb an wunderbar empfindlichen Stellen und trieb sie der absoluten Wonne entgegen.

Sie spürte die Hitzewellen, die in ihrem Körper wallten, und begleitete jedes Zustoßen Leofwins mit einem lüsternen Stöhnen. »Bitte, Leofwin«, ächzte sie, »ich kann nicht mehr …«

Die Fackel flackerte rauchig an der Wand. Elena schloss die Augen. Ihr Körper zitterte von diesen exquisiten Gefühlen. Sie hörte Leofwins harsches Atmen und stellte sich das Bild vor, das sie nicht sehen konnte – er kniete hinter ihr, die Hände auf den Rücken gefesselt, und bediente sie mit seinem dicken Schaft, trieb ihn rhythmisch in sie hinein, in ihren saftigen, erhitzten Leib. Sie war ganz nah dran, und doch, und doch …

»Streichle dich selbst, meine Prinzessin«, murmelte

Leofwin heiser in ihr Ohr. »Deine süße kleine Knospe, sie will gestreichelt werden.«

Wie in Trance tat sie, was er gesagt hatte, und ein Schock fuhr durch ihren Körper, als sie das erste Mal den kleinen heißen Knopf am Eingang ihres Geschlechts berührte. Leofwin verharrte in seiner Bewegung, als ob er wollte, dass sie die Berührung voll auskostete. Ihr Körper wurde von einem heftigen Zittern geschüttelt. Behutsam strich sie noch einmal mit der Fingerkuppe über die zuckende Knospe, und wieder bebte ihr Körper. Jetzt rieb sie kräftig gegen den Kitzler.

»Bist du bereit?«, murmelte Leofwin leise.

»Oh, ja, Leofwin. Komm, bitte ...«

Er gluckste vor Lust. »Also gut, Prinzessin, du wirst es bekommen. Alles.«

Er stieß in sie hinein, tief und genüsslich, und Elena spürte ihr Blut in Wallung. Sie schrie auf, drückte mit dem Po gegen seinen anstürmenden Schaft, als wollte sie ihn noch tiefer in sich spüren. Sie keuchte gierig und ruckte gegen ihn, während sie nicht aufhörte, ihre heiße Knospe zu reiben. Die köstlichen Gefühle in ihr steigerten sich noch.

Ihre inneren Muskeln umklammerten den pochenden Schaft, und dann spürte sie, wie die Gefühle explodierten und sie mit einem konvulsivischem Zucken überzogen. Sie schrie auf, warf den Kopf in den Nacken und wurde von einem Orgasmus überspült, der ihr alle Kraft raubte.

Leofwin wurde durch ihre Ekstase zu dem Punkt gebracht, von dem aus es keine Rückkehr gibt. Er konnte nicht mehr an sich halten, stieß prustend ihren Namen aus, zuckte kräftig in ihrem Leib und brach hechelnd über ihr zusammen.

Beide kullerten erschöpft ins Stroh, und dabei glitt er aus ihr heraus.

In diesem Augenblick, als Elena völlig erschöpft auf dem Boden lag, die Augen geschlossen, fühlte sie einen dunklen Schatten über sich. In ihrem Kopf sah sie das vertraute Narbengesicht, das sie liebevoll anschaute, und eine tiefe Stimme schien sie zu rufen.

Die Fackel flackerte ein letztes Mal, ehe sie verlöschte. Elena wusste in diesem Moment, dass Aimery le Sabrenn sie für immer zu seiner Sklavin gemacht hatte.

11. Kapitel

Mit einem Ausruf der Ungeduld rollte sich Isobel von ihrem Guckloch weg und hockte keuchend auf dem Boden. Sie schob die Binsenmatte wieder über das Astloch in ihrem kleinen geheimen Zimmer und fuhr sich mit einer Hand über das erhitzte Gesicht. Was sie gesehen hatte – der stämmige, angekettete Sachse hatte Aimerys jungfräuliches Klostermädchen genommen -, hatte sie unglaublich erregt. Jetzt musste sie jemanden haben. Jetzt und sofort.

Vor der Tür hörte sie ein unterdrücktes Husten. Sie hob die Augenbrauen. Spionierte ihr jemand nach? Rasch schritt sie durchs Zimmer und riss die Tür auf.

Pierre stolperte ins Zimmer.

Isobel gluckste leise. Natürlich. Pierre, der ihr folgte wie ein Hündchen. Sie hatte ihn ein wenig vernachlässigt, aber das würde sie jetzt wiedergutmachen.

Sie verschloss die Tür und genoss die heißen Blicke, mit denen Pierre sie verfolgte, als sie sich langsam aufs Bett legte. Sie sah Pierre an, während sie die seidenen Röcke bis zu den Hüften hob und die Schenkel öffnete.

»Siehst du, wie sehr ich dich brauche, Pierre? Komm ganz nah und schau nach.«

Pierre hatte sich schon entkleidet und warf sich ungestüm aufs Bett. Er tauchte zwischen Isobels Schenkel, ein heißes Glitzern in den Augen. Er wusste, was seine Lady brauchte. Er streichelte über die weißen Innenseiten ihrer Schenkel, glitt mit den Händen höher, zog die Labien auseinander und wunderte sich, wie geschwollen und feucht sie waren.

Im nächsten Augenblick zuckte Isobel hoch. Sie

bewegte sich so heftig, dass sie Pierre fast vom Bett geworfen hätte.

Jemand klopfte an die Tür. Zwar leise, aber doch drängend. Dann hörte Isobel die Stimme ihres Dienstmädchens Alys.

»Mylady, Mylady Isobel«, rief sie leise. »Kundschafter sind eingetroffen. Sie sagen, Lord Aimery wird frühestens morgen nach Thoresfield zurückkehren. Ich dachte, Ihr solltet das wissen.«

Isobel stand vom Bett auf und richtete ihre Kleidung. Mit zitternden Fingern schnürte sie das Mieder, dann ging sie zur Tür und zog sie wütend auf.

»Verdammt, Alys«, zischte sie giftig, »musst du mir überall folgen? Gehe und bereite mein Bad vor, und lege ein frisches Kleid bereit. Und kein Wort über das hier zu irgendjemandem, hast du verstanden? Sonst prügele ich dich zu Tode.«

Alys, die an der Herrin vorbei ins Zimmer geschaut und Pierre grinsend auf dem Bett hatte liegen sehen, drehte sich herum und verschwand, das Gesicht von unterdrückter Wut gerötet.

Eines Tages würde Mylady zu weit gehen. Eines Tages, schwor sich Alys, würde sie es satt sein, die Spionin ihrer Herrin zu sein. Dann würde es interessant zu beobachten sein, wie sich die Dinge auf Thoresfield entwickelten …

Elena saß auf dem Bettrand im kleinen Gemach in der Festung – genau das Zimmer, in dem der Bretone die erste Nacht mit ihr verbracht hatte. Es war beinahe dunkel, aber Alys hatte Wachskerzen angezündet. Ein Krug süßen Weins stand auf dem Tisch, zusammen mit einem würzigen Hähnchen, das man ihr mit Brot und Weintrauben zum Abendessen gebracht hatte.

Sie wusste nicht mehr, was sie denken sollte.

Sie hatte eine weitere Nacht im Verlies zugebracht, Leofwin hatte an ihrer Seite geschlafen, und während des folgenden Tages hatten sie sich ihr Leben erzählt.

Sie hatte sich auf eine weitere Nacht in Gefangenschaft eingerichtet, als zwei Wachen vor einer Stunde die Treppe heruntergekommen waren. Sie hatten sie auf ihr Zimmer geführt. Es war ihr kaum Zeit geblieben, sich von Leofwin zu verabschieden, aber er hatte ihr noch rasch in ihrer Sprache zugeflüstert: »Ich fliehe bald von hier, und du wirst mit mir kommen.«

Wehmütig hatte sie ihn angeschaut. Wenn sie doch nur fliehen könnte! Aber sie war eine wirkliche Gefangene, eine Gefangene des Herzens. Das mochte sie ihm nicht sagen, obwohl sie vermutete, dass er es wusste. Seit ihrem ersten Liebesakt hatte er nicht mehr versucht, sich ihr zu nähern.

Sie hatte ihn tapfer angelächelt und war dann den Wachen gefolgt. Den ganzen Weg entlang überlegte sie, was jetzt mit ihr geschehen würde.

In ihren kühnsten Träumen hätte sie nicht richtig geraten. Statt neuer Erniedrigungen war sie plötzlich wieder vom Luxus umgeben, genau wie an jenem ersten Abend auf der Festung. Alys half ihr beim Bad, rieb sie mit duftenden Ölen ein und kleidete sie in feinste Seide. Ihr Kleid war in zartem Blau, es hatte lange Ärmel und einen weiten Rock, der ihre schmalen Hüften besonders betonte. Die Taille wurde durch einen silbernen Gürtel hervorgehoben, der fast bis zum Boden reichte. Schließlich half Alys ihr noch in rote Lederschuhe, die mit kleinen Knöpfen an den Seiten geschlossen wurden.

Dann kümmerte sich Alys um Elenas frisch gewaschene Haare. Sie bürstete sie liebevoll und band sie im Nacken mit einer breiten Schleife zusammen.

Elena, benommen und ratlos, starrte sich in dem Silberspiegel an, den Alys ihr schweigend vorhielt.

»Warum, Alys?«, murmelte Elena leise. »Warum plötzlich diese eleganten Sachen?«

»Ich tue nur meine Pflicht«, sagte Alys kurz angebunden, dann wandte sie sich ab und wollte das Zimmer verlassen.

Sie wurde von ihrem Vorhaben abgelenkt, als draußen der Lärm begann. Männer schrien, bellten Befehle, und dann hörte man auch schon das Klappern der Pferdehufe auf dem Hof.

Elena spürte, wie ihr Herz im Hals schlug. Sie sah Alys fragend an. »Was hat das zu bedeuten?«

Alys war an der Tür stehen geblieben. »Lord Aimery und seine Männer kehren zurück.«

»Hat er ... hat er die Rebellen besiegt?«

»Das tut er doch immer.« Alys wollte die Tür schon öffnen, drückte sie dann aber wieder zu. Zögernd schaute sie Elena an. »Lady, Ihr solltet von hier verschwinden, so lange Ihr noch könnt. Ihr seid zu anständig für einen solchen Ort, zu gut und zu anständig ...« Es sah aus, als wollte sie noch etwas hinzufügen, aber dann presste sie die Lippen fest aufeinander und hastete hinaus.

Elena meinte, ihr Herz müsste zerspringen. Sie lief zum kleinen Fenster und schaute hinaus.

Im Hintergrund lag der Wald im Dunkeln. Aber die Festung und der Hof wurden von vielen Lichtern beleuchtet. Die Nachtluft wehte kalt gegen Elenas erhitzte Wangen. Reiter zügelten ihre Pferde und trotteten umher, und die Knappen hasteten von einem zum anderen und führten Befehle aus. Das kalte Silberlicht des Monds beschien harte Normannengesichter und brach sich glitzernd auf Kettenhemden und Schwertern. Stallknechte nahmen die Pferde der siegreichen Ritter an sich.

Elena lehnte sich weiter aus dem kleinen Fenster und hoffte, wenigstens einen kurzen Blick auf Aimery le Sabrenn werfen zu können. Vielleicht war ihre Gefangenschaft im Verlies ein Irrtum gewesen ...

Die Tür wurde langsam geöffnet, und Isobel de Morency trat ein. Da wusste Elena, dass all ihre törichten Hoffnungen vergebens waren.

Isobel, ihre Feindin, drückte die Tür hinter sich zu und lächelte. Es war kein freundliches Lächeln. Sie war auffallend elegant gekleidet und trug ein wunderschönes Seidenkleid in Krapprosa mit golddurchwirkten Fäden. Ihr schwarzes Haar lag unter einem hauchdünnen weißen Schleier, der auf dem Kopf von einem goldenen Reif gehalten wurde. Ihre schräg gestellten grünen Augen glitzerten vor unterdrückter Erregung.

Elena wusste, dass diese Frau sie hasste. Sie stand reglos da, mit dem Rücken zum Fenster, und wartete.

Isobel sagte: »Nun, mein kleines Klostermädchen, du weißt also, dass Lord Aimery zurückgekehrt ist.«

Elena senkte leicht den Kopf, um Isobels Annahme zu bestätigen, dann nahm sie wieder ihre trotzige Haltung ein, die Hände an den Seiten zu kleinen Fäusten geballt.

»Nun«, fuhr Isobel fort, »das Spiel beginnt von neuem. Aber vorher noch ein Wort der Warnung. Es wäre mir lieb, sehr lieb sogar, wenn Lord Aimery nichts von deiner Zeit unten im Verlies erführe. Ich habe dich nämlich nur zu deiner eigenen Sicherheit einsperren lassen. Als Sächsin hättest du sonst mit Vergeltungsmaßnahmen der anderen Bewohner der Festung erdulden müssen.«

Elenas Herz schlug immer schneller. Ihr Blick sah die Bosheit in Isobels Augen. Ihre Einkerkerung war also nicht der Befehl Aimerys gewesen! Er hatte nichts davon gewusst. Wieder schlug die Hoffnung in ihr hohe Wellen.

Isobel trat an den Tisch, auf dem Elenas Abendessen stand. Sie griff nach einer in Honig eingelegten Weintraube, legte sie auf die Zunge und leckte sich die Finger einzeln ab. »Aber«, fuhr sie fort, »wenn es dir in deinen törichten Kopf kommen sollte, meine liebe Elena, dich bei Aimery zu beschweren, müsste ich dem Lord natürlich über dein leidenschaftliches Paaren mit dem Gefangenen Leofwin erzählen. Es war ein animalischer Akt, findest du nicht auch? Und es hat dir wirklich riesigen Spaß gemacht.«

Elena errötete. Woher wusste Isobel so genau Bescheid über den Liebesakt mit Leofwin? Die grausame Französin spielte mit ihr, sie manipulierte sie, und wieder einmal fühlte sich Elena ihr gegenüber völlig hilflos. Sie bemühte sich um eine feste Stimme, als sie sagte: »Ihr wisst so gut wie ich, Mylady, dass ich Eure Anweisung nur befolgt habe, um dem Mann Leofwin die Bestrafung zu ersparen, die Ihr ihm angedroht habt.«

Isobel lachte und nahm eine weitere Weintraube. »Wer kann das schon bezeugen, meine Liebe? Meinst du, dein Wort zählt? Es hört sich eher nach einer mickrigen Entschuldigung für eine vulgäre Kopulation an. Glaubst du etwa, Lord Aimery würde dir Glauben schenken?«

Elena ließ sich gegen den Fenstersims fallen, die Augen weit und dunkel in ihrem weißen Gesicht. Isobel lachte und labte sich am Unbehagen des jungen Mädchens.

»Heute Abend, Elena, wird das Spiel mit subtileren Mitteln fortgeführt. Und vergiss nicht – es kann nur eine Gewinnerin geben.«

Sie wandte sich um und ging.

Draußen auf dem Gang schwand das Lächeln aus Isobels Gesicht. Zum ersten Mal seit Madelin war sie ernsthaft besorgt um ihre Stellung.

Das Mädchen war atemberaubend schön, und

außerdem war sie tapfer. Isobel hätte sie gern noch eine weitere Nacht im dunklen Verlies gelassen, aber sie fürchtete Aimerys Zorn zu sehr. Im Augenblick war es klüger, ihn nicht zu reizen. Deshalb hatte sie Elena wieder in die Festung verlegt, und das Mädchen in wahrhaft luxuriöse Kleider gesteckt.

Jetzt dachte Isobel darüber nach, wann wohl die beste Zeit war, Aimery davon zu erzählen, wie sein unschuldiges Klostermädchen, in das er so vernarrt war, auf dem dreckigen Stroh der Zelle bei einem sehr ausdauernden sächsischen Rebellen gelegen hatte.

Isobel wusste, dass Aimery immer auf sexuelle Erleichterung versessen war, wenn er von einer Schlacht zurückkehrte. Er würde angespannt sein, verstaubt und verschwitzt, und nach bester Unterhaltung verlangen.

Isobel würde für ihn bereit sein.

Aimery le Sabrenn schritt an der Spitze seiner Männer in den großen Saal. Seine Rüstung glänzte im Schein der Laternen, und als er seinen Helm abnahm, sah man, dass der Schweiß seine blonden Haare dunkel gefärbt hatte.

Der Boden war mit würzig duftenden Binsen ausgelegt worden. Die Sklaven waren dabei, den Tisch fürs Mahl zu richten, aber beim Eintreffen des Lords stellten sie sich in eine Reihe und zollten ihm ehrerbietig Tribut. Geschichten über die jüngste Schlacht gegen die sächsischen Rebellen machten schon seit dem Morgen die Runde, in ihrem Mittelpunkt standen die Kraft und der Wagemut des Aimery le Sabrenn.

Hamet, wie stets an der Seite seines Herrn, fragte: »Mylord, soll ich Wein bringen lassen?«

Aimery zögerte. »Später. Aber sieh, dass die Männer nicht zu kurz kommen. Man soll ihnen auftragen, was sie wollen. Ich werde mich zuerst umziehen.«

Hamet nickte und schaute dem Lord nach, wie er zur Treppe ging, die zu den Schlafgemächern führte. Aimery zeigte keine äußeren Zeichen von Müdigkeit, obwohl er zwei Tage und zwei Nächte lang im Sattel gesessen und eines der blutigsten Scharmützel geschlagen hatte, die der Sarazene je miterlebt hatte.

Zwei Tage und zwei Nächte, während Aimery mit seinen Männern durch die Wälder gezogen war, hatte er an das Mädchen gedacht. Er roch den Duft ihrer Haare, rief sich das Gefühl ihrer sanften Haut in Erinnerung. Er sah sie vor sich, wie sie vor ihm auf die Knie gesunken war und geflüstert hatte: »Ihr seid alles, wovon ich je geträumt habe, Mylord.« Worte, denen kleine spitze Schreie der Lust gefolgt waren. Sie war so unschuldig und doch so spontan, so impulsiv. Wild und sinnlich – alles, was sich ein Mann erträumen konnte.

Wenn Isobel sich an seine Anweisungen gehalten hatte, war das Mädchen während seiner Abwesenheit gut versorgt gewesen. Er spürte schon das Ziehen in seinen Lenden. Später, versprach er sich. Später.

Er ging auf sein Gemach zu, entschlossen, seinen Knappen rufen zu lassen, der ihm aus der Rüstung helfen würde, und dann hinunter zu seinen Männern zu gehen, um mit ihnen zu schlemmen und zu feiern. Aber auf dem Weg dahin sah er einen dünnen Lichtschein unter der Tür des Zimmers, in dem die kleine Sächsin untergebracht war. Er blieb stehen und drückte leise die Tür auf.

Elena, die nach Isobels Besuch in stummer Verzweiflung zusammengerollt auf dem Bett lag, fuhr hoch. Der Bretone stand im Schatten der offenen Tür, sein hartes, ausgezehrtes Gesicht ausdruckslos.

Elenas Gedanken überschlugen sich. Was hatte

Isobel ihm erzählt? Hatte sie etwas über Leofwin gesagt? Elena schwirrten die vielen Geschichten durch den Kopf, die die Frauen im Verlies über diesen Lord Aimery erzählt hatten. Dass er sie benutzte und zerstören wollte, weil er einen unmenschlichen Hass auf alle sächsischen Frauen hatte. Zitternd kauerte Elena auf dem schmalen Bett.

Er sagte nur »caran«, streckte seine Arme aus und zog Elena an sich.

Er küsste sie hungrig auf den Mund, und dabei streichelten seine Hände über ihr Gesicht, die Brüste und die Hüften. Elena mochte es kaum glauben, sie schlang die Arme um seine breiten Schultern und wuschelte mit den Händen in seinen dichten Haaren. Ja, er liebte sie immer noch. Nichts hatte sich verändert – alles, was man ihr erzählt hatte, war falsch.

Ungeduldig schnürte er ihr Kleid auf und streifte es von ihren Schultern, dann schob er das dünne Seidenhemd ebenfalls hinunter. Kaum waren ihre Brüste entblößt, beugte er den Kopf und nahm sie abwechselnd in den gierigen Mund. Elena schüttelte sich vor Verlangen. Ihr nackter Körper rieb sich an seinem kalten Kettenhemd.

Aimery fluchte über seinen gepanzerten Körper und begann hastig, die Rüstung abzulegen und das lange Leinenhemd, das er darunter trug. Er hob Elena hoch und wiegte sie in seinen Armen, ehe er sie sanft aufs Bett legte.

Elena betrachtete ihn ausgiebig. Ihr Herz hämmerte wie verrückt, als sie seinen muskelbepackten Torso sah, der im Kerzenschein golden glänzte. Er war so stark, so männlich schön. Er setzte sich auf den Bettrand und zog seine verstaubten Stiefel und das Beinkleid aus. Sie lehnte sich gegen seinen Rücken und streichelte über seine Schultern.

Ein Lachen drang aus seiner trockenen Kehle. »Ah,

caran. Siehst du, wie du auf mich wirkst?« Er nahm ihre zierliche Hand in seine vom Schwertgriff mit Schwielen belegte Hand und fuhr damit über die Innenseiten seiner Schenkel bis hinauf zu seinem pochenden Penis.

Elena keuchte, als sie das Zucken des Schafts unter ihren zitternden Fingern spürte. Sie biss sich auf die Unterlippe und streichelte über die seidige Haut der Innenseiten seiner Schenkel und höher über den faltigen Beutel seiner Hoden, schließlich am pulsierenden Phallus entlang, von dem eine fast furchterregende Kraft auszugehen schien.

So gern sie sich auch mit dem Stück wundersamer Natur seines Schafts beschäftigte, lieber hätte sie ihn jetzt schon in sich gespürt. Instinktiv beugte sie sich tief hinab und fuhr mit der Zunge über die geschwollene glänzende Eichel, während eine Hand über seine Testikel streichelte.

Aimery stöhnte laut und knetete ihre Brüste. Er nahm ihre Nippel zwischen Daumen und Zeigefinger und drückte leicht zu. »Ah, Kleines, du hast schnell gelernt. Dein Mund ist so süß. Aber jetzt bin ich an der Reihe.«

Mit einer flüssigen Bewegung nahm er ihren willfährigen Körper und breitete ihn auf dem Bett aus, während er zwischen ihre gespreizten Schenkel tauchte. Er beugte den Kopf und begann, die weichen, feuchten Falten ihres Geschlechts mit der Zunge zu teilen.

Elena zog ihre Knie an und strich durch seine vollen Haare, während seine Zunge eifrig über den kleinen, bebenden Lustknopf leckte und dann tief in den Schlund eindrang. Sie stöhnte ekstatisch, fast am Rand eines unglaublichen Höhepunkts.

Sie riss die Augen weit auf, als er sich plötzlich aufrichtete und sie in seine Arme nahm, ehe er sich neben sie auf den Rücken legte.

»Reite mich jetzt«, flüsterte er. »Nimm mich auf, Elena, dann bin ich gefangen in dir.«

Als er ihr half, sich grätschend über seine Hüften zu heben, erschauerte sie vor köstlicher Erregung, denn ihr wurde plötzlich bewusst, dass sie in dieser Position Macht über ihn hatte. Sie sah sein träges Lächeln, als sich ihre Augen weiteten, denn dies war eine neue, wundervolle Erfahrung, wie sie sich selbst auf dem prächtigen Schaft aufspießte. Die Eichel zwängte sich zwischen die Labien, und sie ließ sich langsam hinab und sah den Kopf zwischen den hungrigen Lippen verschwinden.

Langsam ließ sie sich weiter sinken. Oh, wie erregend das war! Zoll für Zoll des mächtigen Schafts drang in ihren Körper ein und füllte sie aus, weitete sie sogar. Sie wollte sich gern rascher auf ihm niederlassen, aber dann hatte sie Zweifel, dass der Schaft überhaupt in ihre enge Öffnung passte.

Aimery hob seine kräftigen braunen Hände und streichelte ihre Brüste, wobei seine silbrig grauen Augen sie intensiv anstarrten. Er fuhr mit den Daumenballen über ihre harten, rosigen Nippel. Die Lust schoss wie ein Pfeil von den Brüsten direkt in ihren Unterleib, und unwillkürlich begann ihr Becken zu rotieren. Sie stieß einen leisen Schrei aus und ruckte tief auf seinen stämmigen Schaft. Ihre inneren Muskeln spannten sich an und umfingen ihn.

Jetzt hatte er sie ausgefüllt. Ihr ganzes Sein konzentrierte sich auf dieses unvergleichliche Gefühl. Neckend fuhr er fort, ihre Brüste zu reizen, die Nippel zu kneten und zu drücken. Sie war dem Delirium nahe und ging auf seinem wunderbar harten Schaft auf und nieder. Ihre Muskeln spannten sich fester um seinen Penis, und ihre Wonnen steigerten sich bis zur Unerträglichkeit, zur Ekstase.

Er lächelte sanft in ihre verhangenen Augen und

streckte eine Hand zu ihrem Geschlecht aus. Mit dem Daumenballen strich er über ihre gereizte, geschwollene Klitoris.

»Oh ....« Elena warf den Kopf zurück und schrie laut auf. Die Glut loderte in ihr und erfüllte ihr Inneres mit einer alles verzehrenden Hitze aus.

Das Gesicht des Bretonen spannte sich, er packte sie an den Hüften und pumpte rhythmisch in Elena hinein, bis er sich genau in dem Augenblick verströmte, in dem Elena von einem wilden Orgasmus gepackt und geschüttelt wurde.

Sie sackte auf seinen Oberkörper und wartete ab, bis die Wellen der Erregung abgeklungen waren.

Eine Kerze verlöschte mit einem leisen Zischen. Elena hörte plötzlich das ausgelassene Feiern der Krieger unten im großen Saal. Es war eine andere Welt als die hier oben in ihrem kleinen Gemach, aber es war eine Welt, in die Aimery gehörte.

Ein dunkler Schatten legte sich über ihre Augen. Sie hob den Kopf und schaute auf Aimery hinunter. Sie schob seine zerzausten Haare aus der Stirn und streichelte liebevoll über die Narbe auf seiner Wange.

»So möchte ich dich in Erinnerung behalten«, sagte sie leise.

Er nahm ihren Finger und nagte daran. »Du redest, caran, als ob wir uns bald wieder trennen müssten«, sagte er weich. »Hast du wieder so eine Vorahnung?«

Er wiegte sie in seinen Armen. Elena spürte seine Wärme und versuchte, ihre Furcht niederzukämpfen. Sie sagte sich, dass alle ihre Zweifel ein Alptraum waren – dies hier war die Wirklichkeit.

Erschöpft nach zwei Nächten ohne Schlaf, wurde Aimerys Atem immer flacher, und dann war er eingenickt, aber seine Arme hielten Elena immer noch fest umschlungen.

12. Kapitel

Es war Alys, die Lady Isobel in einem unbeabsichtigten Nebensatz mitteilte, dass Aimery le Sabrenn das Mahl nicht mit seinen Männern eingenommen hatte. Isobel, die in ihrem Gemach voller Ungeduld auf und ab schritt, wirbelte herum und fauchte die unglückliche Magd an: »Wo ist er denn, du Närrin?«

Alys, das pockennarbige Gesicht voller Angst, weil sie ihren Fehler zu spät bemerkt hatte, wich unwillkürlich zurück zur Tür. »Er … er ist bei dem Sachsenmädchen, Mylady. Er ist nach seiner Rückkehr gleich zu ihr gegangen, das ist schon länger als eine Stunde her.«

Isobel trat auf sie zu und schlug ihre Magd ins Gesicht. »Du lügst! Verdammte Hexe, du denkst dir das nur aus!«

Alys schluchzte. »Ncin, Mylady, ich schwöre es! Unten im Saal wissen es alle. Hamet hat ihnen gesagt, sie sollen ohne Mylord mit dem Mahl beginnen.«

»Raus mit dir«, schrie Isobel. »Du hast schon zu viel gesagt. Ich will dich so schnell nicht mehr sehen. Nein, halt! Eine Sache kannst du noch erledigen. Finde heraus, wo sich Morwith aufhält. Und dann soll sie sofort zu mir kommen.«

Isobel, die vor unkontrollierbarer Wut zitterte, wartete, bis die Alys' Schritte draußen auf dem Flur nicht mehr zu hören waren. Statt seinen Sieg über die Sachsen mit seinen Männern zu feiern, hatte Aimery sich in das Zimmer der sächsischen Schlampe geschlichen, trieb es mit ihr, brachte sie mit seinem unvergleichlichen Stab zum Höhepunkt der Lust.

Wie geschmolzenes Eisen, das darauf wartete, in

Form gebracht zu werden, steigerte sich auch Isobels Zorn zur Weißglut, ehe er abkühlte und verhärtete. Leise schlich sie sich über die Hintertreppe hinunter, jene Treppe, die das Dienstpersonal benutzte, um heißes Wasser und Essen in die oberen Räume der Festung zu bringen. Sie schlich sich zum Verlies, in dem der sächsische Rebell Leofwin immer noch gefangen gehalten wurde.

Sie ahnte nicht, dass Alys, deren Wange vom heftigen Schlag noch brannte, jeden von Isobels Schritten beobachtete.

Obwohl Hamet es gewesen war, der verkündet hatte, das Essen könnte ohne den Lord beginnen, fehlte auch er bei Tisch. Er hatte sich seiner Rüstung entledigt, sich gereinigt und frische Kleidung angelegt. Dann war er hinaus zu den Ställen gegangen, um nach den Pferden zu sehen.

Er wusste, ohne dass es ihm jemand sagen musste, dass sein Herr schnurstracks ins Gemach des schönen jungen Sachsenmädchens gegangen war. Instinktiv sorgte sich Hamet, denn er wusste, dass Lady Isobel die neue Favoritin Aimerys abgrundtief hasste. Sie würde nicht ruhen, bis Elena vernichtet war.

Er schritt langsam über den Hof und sah nach, ob die Wachen auf ihren Posten waren. Dann hörte er ein Kichern in den Schatten, und er fuhr blitzschnell herum, das Schwert in der Hand.

Es war die rothaarige Sächsin namens Morwith, die ihn im Schatten der Stallwand beobachtete.

»Es ist nicht Euer Schwert, Hamet, mein Herr, nach dem mir gelüstet«, murmelte sie mit verführerischer Stimme.

Hamet grinste, trat auf sie zu und nahm sie in seine kräftigen Arme.

Alys hörte das leise Keuchen und das Rascheln von Kleidern, als sie sich den Ställen näherte. Sie hielt den Atem an und schaute um die Ecke. Das kalte Mondlicht schien auf die beiden Gestalten, die es miteinander trieben.

Hamet hielt Morwith in seinen starken Armen, während die Frau sich mit den Schultern an der Stallwand abdrückte und die Beine um die Hüften des Sarazenen schlang. Er stieß eifrig in sie hinein, das Gesicht zwischen ihren Brüsten geborgen.

Bei jedem Anlauf zu einem neuen Stoß konnte Alys das mächtige Glied Hamets sehen. Ihre Wangen erröteten vor Erregung. Oh, ja, diese Morwith konnte sich glücklich schätzen, während sie, Alys, nur davon träumen konnte, so etwas mal zu erleben.

Sie drückte sich in die Schatten und schlüpfte ihre Hand zwischen die Falten ihrer Kleider. Sie war feucht und verzweifelt, und während sie ihre Finger spürte, stellte sie sich vor, dass es der Sarazene war, der sie beglückte.

Sie sah und hörte, wie die beiden ihren Orgasmus erlebten, und auch sie selbst fand zu ihrer einsamen Erleichterung, der bald darauf die Enttäuschung folgte. Sie wollte einen Mann in sich spüren, den harten starken Schaft eines Mannes. Sie ließ ihre Röcke fallen und wartete, bis die beiden zu Atem gekommen waren und sich wieder hergerichtet hatten.

Diese Morwith war nichts anderes als eine Schlampe. Alys hatte gehört – und jeder in der Festung schien es zu wissen -, dass sie eine ganze Nacht mit drei Wachen verbracht hatte. Deshalb war sie auch nicht zu den anderen Sklaven ins Verlies geworfen worden. Weil sie ein hübsches Gesicht und eine füllige Figur hatte, dachte Alys seufzend, wurde sie von den Männern umschwirrt wie der Honigtopf von den Fliegen.

Mit schlurfenden Füßen trat Alys aus den Schatten. »He, du, Morwith! Mylady Isobel will dich sehen«, rief sie laut.

Morwith fuhr herum. »Spionierst du mir schon wieder nach?«, fragte sie dreist. »Nun ja, wenn es dir keiner besorgt, kannst du ja wenigstens zuschauen, Alys.«

Abrupt wandte sich Alys ab und ging zurück, ohne sich darum zu kümmern, ob die Rothaarige ihr folgte oder nicht.

Sie hatte alles vorbereitet, um ihre Pläne zu verwirklichen. Lady Isobel trat, mit sich selbst zufrieden, aus ihrem Gemach und schaute vom Laufgang hinunter in den großen Saal, der von vielen Kerzen beleuchtet wurde.

Das Fest zur Feier des Sieges gegen die sächsischen Rebellen war in vollem Gange. Die Diener brachten Platte auf Platte aus der Küche; es gab Wildschwein mit Kerbel, Wild und Geflügel, alles köstlich gewürzt. Und dazu schweren Wein sowie Ale für die durstigen Männer.

Mit einiger Verbitterung sah Isobel, dass Aimery le Sabrenn inzwischen bei seinen Männern war und mit ihnen feierte. Er saß am erhöhten Tisch, umgeben von seinen Vertrauten. Er sah wie der geborene Anführer aus, wie er jetzt aufstand und auf das Wohl von König William von England anstieß. Ja, Aimery war ein Mann, den man verehren musste.

Ein Mann, der gerade bei der kleinen Sachsenschlampe gelegen hatte.

Isobels lange Fingernägel gruben sich in das Fleisch ihrer weichen Handflächen, während sie beobachtend und wartend in den Schatten stand. Ihre Geduld wurde auf eine harte Probe gestellt. Aimery war mit dem Essen fertig, aber er blieb sitzen, plauderte mit den anderen an seinem Tisch und sprach üppig dem Wein zu.

Hatte sie ihn nicht kennen gelernt, als er ein armer, landhungriger Söldner gewesen war? Hatte sie ihm nicht geholfen, das zu werden, was er heute war? Und doch hielt er es nicht einmal für nötig, nach gewonnener Schlacht zu ihr zu kommen, seiner Lady.

Das Gift der Eifersucht tobte in ihren Adern. Schließlich trat sie aus den Schatten, schwebte den Laufgang entlang und ging dann die Treppe hinunter. Die rote Seide ihres Kleids raschelte. Sobald die Männer sie sahen, verstummten die Gespräche, und alle starrten sie ehrfürchtig an. Sie wenigstens wussten, wie schön und begehrenswert sie war, auch wenn der Bretone sie ignorierte.

Sie schluckte ihre Wut hinunter und schritt stolz zum erhöhten Tisch. »Mylord«, sagte sie mit ihrer klaren, melodischen Stimme, »ich bitte Euch um einen Moment Eurer Zeit.«

Stille. Dann fragte Aimery: »Jetzt? Hier?«

Isobel schluckte. »Unter vier Augen, wenn es möglich ist, Mylord.«

Aimery zögerte. Sein Gesicht war ausdruckslos, dann deutete sein Kopf eine Verbeugung an, während er sagte: »Meine Zeit gehört dir, Mylady Isobel.«

Lügner, schrie es in ihr. Aber sie blieb äußerlich ruhig, und sie schaffte sogar ein Lächeln, ehe sie sich umdrehte und die Treppe hochging. Aimery folgte ihr.

Isobels Gemach kam ihm dunkel und stickig vor nach der Luftigkeit des großen Saals. Ihm wurde plötzlich bewusst, dass er mehr als genug dem Wein zugesprochen hatte, und er brauchte eine Weile, um sich in der schummrigen Atmosphäre des Gemachs zurechtzufinden. Es brannte nur eine Kerze in einem silbernen Halter.

Isobel legte eine Hand sanft auf seinen Unterarm. Aimery sog den Duft ihres Parfums ein, und auf einmal wusste er, dass eine Gefahr auf ihn wartete.

Dann sah er sie. In der dunklen Ecke. Die Rothaarige, die Morwith hieß, kauerte auf allen vieren da, und hinter ihr kniete ein stämmiger blonder Sachse, der sie kräftig durchzog. Seine Hände waren auf dem Rücken gefesselt. Morwith stöhnte lustvoll und stieß ihre Backen ruckartig dem blonden Mann entgegen, der seinen Penis tief in sie versenkte.

Aimerys Gesicht verdüsterte sich, er wollte sich zur Tür wenden, denn ihm war nicht nach Isobels Abwechslungen zumute. Nicht heute Abend. Aber Isobel verstellte ihm rasch den Weg, und ein seltsames Glitzern leuchtete in ihren grünen Augen. »Wartet, Mylord! Das ist nur ein Teil der Geschichte …«

»Das glaube ich gern«, antwortete Aimery eisig. »Aber entschuldigt mich, Lady, mir steht nicht der Sinn nach Euren Unterhaltungen.«

Isobels Augen wurden klein und dunkel. »Auch dann nicht, wenn ich Euch sage, dass genau diese Szene gestern von Eurem kleinen Sachsenmädchen und einem sächsischen Gefangenen vorgelebt wurde?«

Aimery spürte, wie das Blut aus seinem Gesicht wich. »Verdammt, Lady, jetzt ist es aber genug! Lasst mich vorbei. Eure Spiele amüsieren mich nicht mehr.«

Isobels Augen versprühten Gift. »Es ist die Wahrheit! Seid Ihr nicht bereit, ihr ins Auge zu sehen? Ich habe sie selbst gesehen, musste mit ansehen, wie der sächsische Abschaum es miteinander trieb – genau wie diese beiden da. Es ist die Wahrheit, warum fragt Ihr sie nicht selbst? Bringt die kleine Schlampe doch her, dann könnt Ihr sie fragen.«

Aimery spürte, wie die Galle in ihm hochstieg. Madelin. Genau wie Madelin.

»Fragt sie«, raunte Isobel in sein Ohr. »Zwingt sie, dieses Paar zu beobachten, dann möchte ich sehen, ob sie es noch leugnen kann. Und noch etwas, Mylord. Der Mann, mit dem sie es so lüstern getrieben hat, ist ein sächsischer Rebell, ein Verräter. Sie ist eine Gefahr für Euch und Eure Männer. Sie schmiedet ein Komplott gegen Euch.«

Madelin und Elena. Elena und Madelin. Die Vergangenheit bohrte sich in Aimerys weingetränkte Gehirnwindungen. Er hatte eine leidenschaftliche Nacht mit Madelin erlebt, als die Sachsen angriffen und ihn gefangen nahmen, genau wie sie es mit ihren Landsleuten abgesprochen hatte.

Die Hexe hatte hoch über ihm gestanden, nackt und noch feucht von seinen Säften, als ihre sächsischen Freunde kamen und ihn zu Boden schlugen. Sie fesselten und traten ihn. Und Madelin hatte dort gestanden, breitbeinig, ein Lächeln auf dem wunderschönen Gesicht, ein langes Schwert in der Hand.

»Du hast wirklich geglaubt, dass ich dich liebe, was, Bretone?« Voller Häme hatte sie den Kopf geschüttelt. »So stolz, dass du dich hast täuschen lassen.« Dann hatte sie ihm mit der Schwertspitze das Gesicht aufgeschlitzt. »Bringt ihn weg.«

Der ohnmächtige Zorn über Madelins Verrat tobte in seinem Körper. »Also gut«, sagte er mit aufeinander gepressten Zähnen. »Bring sie her.«

Er setzte sich auf den Stuhl und wartete. Das Paar auf dem Bett trieb dem Höhepunkt entgegen, aber er hatte keine Blicke dafür. Er wusste, dass er schon zu viel Wein getrunken hatte, aber er griff nach dem Krug auf dem Tisch und schenkte sich einen Becher ein. Er trank ihn leer, als hoffte er, sich damit betäuben zu können.

Elena schlief und träumte von Aimery, als Isobel das kleine Zimmer betrat. Das sanfte Lächeln erstarb auf Elenas Gesicht, als sie sah, wer sie wachrüttelte.

»Der Lord will dich sehen, Schlampe«, fauchte Isobel, und ein triumphierendes Glitzern leuchtete in ihren grünen Augen. »Geh schon, er wartet in meinem Gemach.«

Elena zitterte vor einer ungewissen Furcht. Sie warf sich rasch etwas über und ging aus dem Zimmer. Isobel sah ihr nach, dann trat sie an das Bett des Mädchens und schob etwas zwischen die Laken.

Elena betrat Isobels Gemach – ein Zimmer, das sie hasste – und sah Aimery auf dem Stuhl sitzen. Der Ausdruck seiner kalten grauen Augen genügte, um sie vor Verzweiflung zittern zu lassen. Isobel stand schon hinter ihr und schloss die Tür. Erst jetzt sah Elena das Paar in der Ecke.

Morwith, die Rothaarige, mit einem großen blonden Sklaven, der nur zerrissene Breeches trug und dessen Hände auf den Rücken gefesselt waren.

»Leofwin!«, stieß Elena hervor und presste die Hände vor ihren Mund.

Isobels triumphierendes Glucksen verriet Elena, welchen Fehler sie begangen hatte. Der Sachse drehte sich um und sah sie grinsend an. Er hatte Ähnlichkeit mit Leofwin, aber er war es nicht. Elena spürte, wie eine Übelkeit in ihr aufstieg. Aimery sagte nichts, aber er starrte sie immer noch mit kalten, unergründlichen Augen an.

Isobel sagte begeistert: »Ah, du hast also die kleine Szene wiedererkannt, die ich zur Unterhaltung des Lords nachgestellt habe. Du hast ihn für Leofwin gehalten, diesen Sachsen, der es gerade so wild mit Morwith getrieben hat? Nun, das ist verständlich – die blonde Mähne, die auf den Rücken gefesselten Hände, die zerrissenen Breeches. Denn gestern erst hast du vor ihm auf dem Boden gelegen, ebenso befriedigt wie jetzt Morwith …«

Elena trat einen Schritt vor und wrang verzweifelt die Hände. »Nein, nein …«

Isobel zischte: »Du wagst es, das zu leugnen? Du willst abstreiten, dass du es in der Abwesenheit des Lords Aimery mit dem sächsischen Rebellen wollüstig getrieben hast?«

Elena ließ in bitterer Verzweiflung den Kopf sinken. Die langen blonden Haare verdeckten ihre blassen Wangen. Sie hatte verloren. Isobel hatte sie besiegt.

Endlich sprach Aimery, und seine Stimme war wie spitzer Stahl, der ihr Herz traf. »Du kannst nur darauf hoffen«, sagte er, »dass du mich überzeugst, dazu gezwungen worden zu sein.«

Elena war gebrochen. Sie schüttelte langsam den Kopf. Nein, sie war nicht gezwungen worden. Jedenfalls nicht im landläufigen Sinn. Isobel hatte ihr gesagt, Leofwin würde bestraft, wenn Elena nicht gehorchte – aber wie wollte sie das beweisen?

Sie schluckte den bohrenden Schmerz, der sie zu würgen begann, und sagte leise: »Nein, Mylord, ich wurde nicht gezwungen.«

Die Stille hing schwer im stickigen Raum. Selbst Morwith und ihr Partner, den Isobel wegen seiner Ähnlichkeit mit Leofwin ausgewählt hatte, trauten sich kaum zu atmen. Sie verhielten sich still und warteten ab.

Isobel, die ihren Erfolg schon auf der Zunge schmecken konnte, sagte rasch: »Noch etwas, Mylord Aimery – schlechte Nachrichten, fürchte ich. Ich habe eben erst erfahren, dass der Gefangene, von dem die Rede ist, der sächsische Rebell Leofwin, aus seiner Zelle geflohen ist. Während Ihr mit Euren Männern den Sieg gefeiert habt, ist jemand zum Verlies geschlichen und hat ihn freigelassen.« Sie legte eine Pause ein und fügte dann hinzu: »Ich bin sicher, dass Ihr den Schlüssel zur Zelle des Rebellen im Zimmer des Klostermädchens finden werdet.«

Aimery sprang auf, während Elena sich zu Isobel umdrehte, Entsetzen in den dunkelblauen Augen. »Nein, nein, das ist eine Lüge!«

Aimery packte Elenas Schultern und riss sie herum, damit sie ihn anschauen musste. Seine weiß umrandete Narbe ließ sein Gesicht boshaft und unbarmherzig aussehen. »Sei vorsichtig, Elena. Dieser Leofwin ist ein gefährlicher Anführer der Rebellen. Wenn das stimmt, was Isobel sagt ...«

»Es ist nicht wahr«, flüsterte sie und starrte in sein verbittertes Gesicht. »Sie lügt, ich schwöre es! Wie könnt Ihr der Lady glauben?«

»Warum kommt Ihr nicht mit mir, Mylord?«, fragte Isobel und öffnete schon die Tür.

Aimery folgte ihr und zerrte Elena hinter sich her. Sein eiserner Griff um ihr Handgelenk schmerzte.

Isobel zog die Tür von Elenas Zimmer auf und drehte sich um, weil sie sicher gehen wollte, dass Aimery alles genau sehen konnte. Dann zog sie das Laken auf Elenas Bett zurück. Dort lag ein großer schwarzer Schlüssel.

»Das ist der Schlüssel zum Verlies«, sagte Isobel, hob ihn auf und schüttelte traurig den Kopf. »Braucht Ihr noch weitere Beweise, Mylord?«

Aimery schleuderte Elena aus dem Handgelenk aufs Bett, sein Gesicht eine wütende Maske. Elena blieb still liegen und konnte kaum atmen, als wäre die Luft aus ihren Lungen gepresst worden.

»Ihr könnt mir ihr anstellen, was Ihr wollt, Isobel«, sagte Aimery le Sabrenn. »Sie gehört Euch.«

Das Mondlicht schien sanft auf den verlassenen Hof, auf die dunklen Getreidekammern und die niedrigen Dächer der Ställe, in denen die Pferde rastlos wieherten.

Elena nahm einen tiefen Atemzug und sah einem kleinen Strohhalm nach, der von einer warmen Brise hochgehoben wurde und ein paar Takte in der Luft tanzte. Wenn sie sich auf den anmutigen Tanz des Strohhalms konzentrierte, dachte Elena, konnte sie vielleicht das Ungeheuerliche verdrängen, was mit ihr geschehen sollte.

Vor etwa einer Stunde hatten zwei von Isobels Wachen sie mit dem Rücken an den Palisadenzaun gebunden. Vorher war sie auf Isobels Geheiß hin entkleidet worden, und dabei hatte Isobel mit heißem Triumph in den Augen zugeschaut. Hoffentlich erstickt sie an ihrem Triumph, wünschte sich Elena.

Es war auch Isobel, die angeordnet hatte, die Arme der zitternden Gefangenen über den Kopf zu heben, damit die Brüste hoch hervorstanden. Die rosigen Nippel versteiften sich von den sanften Küssen der Abendbrise. Und es war auch Isobel gewesen, die darauf bestanden hatte, Elenas Schenkel zu spreizen, ehe die Lederriemen um ihre Fußgelenke gelegt wurden. Und so stand Elena voller Scham am Palisadenzaun, nackt, den Blicken aller ausgesetzt. Die Gaffer konnten sogar das rosige Fleisch sehen, das zwischen ihren Beinen hervorlugte.

Sie gehört Euch, hatte Aimery zu Isobel gesagt. Seine Worte, voller Verachtung gesprochen, klangen noch in Elenas Ohren nach. Zuerst hatte sie sich zu wehren versucht, als die Wachen sie gefesselt hatten, aber dann hatte sie bald eingesehen, dass sie ihre Lage nur noch verschlimmerte. Einer der Männer nutzte jede Gelegenheit, mit seinen schwieligen Händen über ihr entblößtes Dreieck zu fahren, und dabei hatte er leise gestöhnt. Elena hatte die Augen fest geschlossen und wäre am liebsten vor Scham gestorben.

Isobel beobachtete die Erniedrigung ihrer Feindin mit lauter Freude. »Du kannst mich um Vergebung bitten, Sachsenmädchen«, sagte sie. »Wenn du mir versprichst, auf den Knien zu mir zu rutschen, könnte ich mich vielleicht dazu herablassen, dir diese Schmach zu ersparen.«

Elena schüttelte den Kopf. »Niemals!«, flüsterte sie. »Ihr wisst genau, dass ich den Sachsen nicht befreit habe. Ich sehe Euch lieber in der Hölle, als dass ich Euch um Vergebung bitte für etwas, was ich nicht getan habe.«

Isobels Gesicht verhärtete sich und leuchtete im sanften Mondlicht wie Elfenbein. Sie wandte sich an die Wachen. »Ich will nicht, dass dem Mädchen was angetan wird«, sagte sie knapp. »Sonst ...« Sie ließ offen, was sonst mit den Wachen passieren würde, wandte sich ab und ging mit triumphierenden Schritten zurück zur Festung. Zu Aimery.

Elena sah ihr nach und hasste sie voller Inbrunst. Es war besser, diesen Hass zu fühlen als diese entsetzliche Leere, die sie empfand, sobald sie an Aimery dachte.

Sie zerrte an ihren Hand- und Fußfesseln, als sie Männer aus der Dunkelheit treten sah, die zwischen den einzelnen Gebäuden lag. Es hatte sich wohl herumgesprochen, was es am Palisadenzaun zu bestaunen gab.

Ihre nackte Haut brannte. Ihre entblößten Brüste pochten, die rosigen Nippel prickelten in der kühlen Luft. Und zwischen ihren Schenkeln pulsierte der Schmerz der Scham.

Sie hielt den Kopf hoch, aber zur Seite. Sie wollte niemanden ansehen müssen. Doch den lauten Kommentaren der neugierigen Männer war sie hilflos ausgeliefert, davor konnte sie sich nicht schützen. Die Wachen flankierten sie und grinsten in Erwartung der Dinge, die da kommen sollten.

»He, seht euch ruhig aus der Nähe an, was wir hier haben, Leute«, rief einer der Wachen den Männern zu, die in einiger Entfernung stehen geblieben waren. »Was gebt ihr uns für einen Blick aus der Nähe? Sie ist eine feine Sklavin, sage ich euch.« Er griff mit einer Hand an Elenas Brüste und zwickte ihre Nippel. »Seht nur diese schönen Dinger«, fuhr er fort und rieb mit dem Daumen über die Brustwarzen. »Die waren sogar dem Lord Aimery gut genug.«

Jemand schob sich aus den Schatten vor, aber die andere Wache stellte sich ihm in den Weg und schickte ihn zurück.

»Nicht anfassen«, rief er. »Aber ihr könnt euch satt sehen an unserer kleinen Schönheit.«

Benommen vor Scham hatte Elena die Augen fest geschlossen. Sie konnte die gierigen, geilen Blicke der Kerle nicht mehr ertragen. Diese Erniedrigung war schlimmer als körperliche Züchtigung.

Dann wurde es plötzlich still. Die Männer im Dunkeln verdrückten sich leise, als sich eine stämmige Gestalt näherte.

»Was soll denn dieser Aufruhr?«

Elena erkannte die Stimme sofort und riss die Augen weit auf. Hamet, der Sarazene. Ob Aimery ihn geschickt hatte?

Noch während dieser Gedanke in ihr spukte, wusste ihr Verstand schon, dass sie träumte.

Hamet stieß die wenigen Männer, die noch geblieben waren, zurück auf den Hof und drohte ihnen Prügel und Kerker an, wenn sie nicht sofort an ihren Platz gingen. Dann trat Hamet zu ihr, sein Gesicht voller Sorge. »Elena, was ist geschehen?«

»Es ... das ist eine Anordnung von Lady Isobel,

Sir«, stotterte einer der Wachen. »Diese Schlampe hat einem sächsischen Rebellen zur Flucht verholfen, und Lord Aimery selbst hat ihre Bestrafung angeordnet. Aber ihr ist nicht wirklich Harm geschehen, Sir.«

»Dann sieh zu, dass das auch so bleibt«, sagte Hamet gefährlich leise. Er zog seinen wollenen Umhang von den Schultern und schlang ihn um Elenas zierliche, zitternde Gestalt. Sie hob den Blick und sah ihn dankbar an.

»Ich habe nicht die Macht, eine Anweisung des Lords zurückzunehmen«, sagte Hamet, »und auch Lady Isobels Anweisungen nicht. Aber« – er wandte sich wieder an die Wachen – »wenn ihr noch einmal diesen Pöbel an sie heranlasst, oder wenn ihr das Mädchen selbst anrührt, werde ich mich persönlich um euch kümmern. Habt ihr verstanden?«

»Sir!« Die Wachen salutierten respektvoll. Hamet drehte sich um und ging widerwillig zurück zum großen Saal.

Elena sackte in ihren Fesseln ein und begann zu dösen. Wenn sie an Aimery dachte, wurde daraus ein Alptraum. Wie konnte er ihr das antun? Wie konnte er zulassen, dass dies Schreckliche mit ihr geschah?

Es begann früh zu dämmern. Über den dunklen Gipfeln des Waldes erhob sich der neue Tag in rosigen und goldenen Streifen. Alys drückte sich gegen die Außenmauer der Küche und gab vor, heißes Wasser für die Herrin zu holen.

Sie hatte alles gesehen und gehört, und sie hielt es nicht länger aus. Die Art, wie Lady Isobel sie behandelte. Die Art, wie sich die rothaarige Hexe Morwith über sie lustig machte. Und jetzt ließen sie das süße, unschuldige Mädchen Elena so unerträglich leiden.

Alys blickte über den Hof und schüttelte sich. Es war kalt im frühen grauen Licht des Tages. Das Mädchen stand immer noch gefesselt am Palisadenzaun, den Kopf gesenkt, aber mit dem Umhang des Sarazenen bedeckt. Zweimal hatten die Wachen während der Nacht gewechselt, jetzt standen zwei junge, gähnende Wachen neben dem Mädchen, müde und gelangweilt, weil sie sich an dem Mädchen nicht vergreifen durften. Hamets Warnung war ihnen von den Kameraden deutlich genug eingetrichtert worden.

Dieser Hamet mochte zwar ein Heide sein, dachte Alys, aber er war der einzig anständige Mensch weit und breit.

Sie hob das Bündel in ihren Armen hoch und schritt entschlossen über den Hof. Dies war der richtige Zeitpunkt. Sie wusste, dass bei Tagesanbruch die großen Tore im Zaun geöffnet wurden, weil dann die Kundschafter ausritten.

Die Wachen sahen Alys neugierig aber auch wachsam entgegen. Sie war bekannt dafür, dass sie ihrer Herrin die eine oder andere Begebenheit steckte, die besser unbekannt geblieben wäre.

»Ihr sollt sie freilassen«, sagte Alys knapp. »Und dann könnt ihr gehen.«

»Aber …«

»Schnell, verdammt! Oder soll ich Lady Isobel berichten, dass ihr an ihren Befehlen zweifelt? Bindet sie sofort los und lasst sie gehen.«

Sie taten es mit einem unguten Gefühl. Das Mädchen knickte ein, als die Gelenke losgebunden wurden. Sie lehnte sich gegen den Zaun, das kleine Gesicht war bleich und eingefallen. Die Wachen standen zögerlich da, aber Alys fuhr sie an: »Haut schon ab!« Sie blickte ihnen nach, bis sie um die Ecke bogen, dann wandte sich Alys an Elena.

»Das ist deine Chance zur Flucht«, zischte sie dem Mädchen zu und drückte ihr das Bündel in die Arme. »Du gehörst nicht an so einen schlimmen Ort der Sünde. Hier, ich habe dir ein paar Kleider und ein bisschen zu essen eingepackt. Du musst zum Wald laufen, da bist du am sichersten. Schnell, denn sie schließen bald wieder die Tore!«

Elena nahm das Bündel, aber sie sah benommen und verunsichert aus. Ihre Blicke gingen voller Sehnsucht hinüber zur Festung.

Gott helfe ihr, dachte Alys, aber das süße Ding ist immer noch in den Bretonen verliebt. Nach allem, was er ihr angetan hat …

»Nun geh schon«, sagte sie eindringlich. »Begreifst du denn nicht, dass Isobel niemals zulassen wird, dass du ihr den Bretonen wegschnappst? Du stehst zwischen den beiden, und gemeinsam werden sie dich vernichten.«

Als ob sie aus einem langen Traum aufwachte, griff Elena das Bündel und atmete tief durch. Der Atemzug schüttelte ihren zierlichen Körper. Sie warf einen letzten dankbaren Blick auf Alys, dann hastete sie durchs Tor, ohne sich noch einmal umzuschauen.

Alys sah ihr lange nach. Die ersten blassen Strahlen der Sonne kündeten sich über dem Wald an und warfen ihr Licht über den großen Hof. Sie war zufrieden mit dem, was sie getan hatte, aber sie wusste auch, dass sie viel mehr hätte tun müssen.

Sie hätte Lord Aimery die Sache mit dem Schlüssel erzählen sollen. Und er hätte wissen müssen, wer den sächsischen Rebellen in Wirklichkeit freigelassen hatte.

Aber Alys traute sich nicht. Noch nicht. Sie hatte zu große Angst vor Lady Isobel.

13. Kapitel

Das schrille Geschrei der Waldvögel weckte Elena, als sie hoch über ihrem Kopf flügelschlagend aufstiegen. Das konnte nur eins bedeuten: Jemand näherte sich.

Elena sprang auf. Es war später Nachmittag, und die Sonne war immer noch heiß, wo sie schräg durch die Lücken im Blattwerk fiel. Elena hatte nicht einschlafen wollen, aber das weiche Gras am Ufer des kleinen Bachlaufs war zu verführerisch gewesen, und aus dem beabsichtigten kurzen Ausruhen war ein langer Erschöpfungsschlaf geworden.

Den ganzen Tag war sie tiefer in den Wald hineingelaufen, nur von dem instinktiven Wunsch getrieben, möglichst viele Meilen zwischen sich und Aimery le Sabrenn zu legen. Jetzt wusste sie nicht mehr, wo sie war oder in welche Richtung sie sich gehalten hatte.

Sie lauschte. Da waren Stimmen, männliche Stimmen. Schritte drangen durch das dichte Unterholz.

Sie kauerte hinter dem Stamm einer dicken Eiche und spürte, wie wild ihr Herz hämmerte. Sie wusste, dass ihr Gefahr drohte. Räuber! Vogelfreie! Oder hatte Isobel de Morency ihre Krieger ausgeschickt, um Elena zu töten?

Sie presste sich eng an den Stamm und sah drei junge Männer in ihr Blickfeld treten. Sie unterhielten sich lachend und blieben am Bach stehen, bückten sich und schöpften Wasser. Einen kurzen Augenblick lang hoffte Elena, dass sie vorbeigehen würden, ohne sie zu bemerken.

Aber dann richtete sich einer von ihnen auf, drehte sich um und zeigte mit ausgestrecktem Finger auf die Eiche. »Da, schaut mal, ein Mädchen!«

Sie versuchte wegzulaufen, aber in ihrem erschöpften Zustand war sie keine Gegnerin für die leichtfüßigen Männer. Sie fingen sie ein, packten sie an den Handgelenken, starrten sie verdutzt an und stellten Fragen über Fragen.

»Wer bist du?«

»Wohin gehst du?«

»Wieso läufst du allein durch den Wald?«

Allmählich begriff sie, dass sie es mit Sachsen zu tun hatte, mit Angehörigen ihres eigenen Volks. Plötzlich sprudelte es aus ihr heraus: »Bitte, könnt ihr mir sagen, wo ich Leofwin finde? Kennt ihr ihn?«

Der Name schien wie Zauber zu wirken. Der junge Mann, der sie an den Handgelenken gepackt hatte, ließ sie los und schaute sie verwundert an.

»Leofwin?«, wiederholte einer der anderen. Freundlichkeit stand in seinem gebräunten Gesicht. »Du kennst ihn? Mädchen, wenn du eine Freundin von ihm bist, dann bist du auch unsere Freundin. Komm mit uns.«

Sie nahmen Rücksicht auf Elenas müde Glieder und passten sich ihrem Gang an. Die drei jungen Sachsen führten sie über gewundene Pfade durch den dichten Wald, bis sie schließlich eine sonnenbesprenkelte Lichtung zwischen stattlichen Eichen erreichten. Der Bach, dem sie gefolgt waren, floss an der Lichtung entlang und bildete kurz dahinter einen großen, von hohen Farnen gesäumten Teich.

Im Schatten der Bäume standen einige niedrige Hütten, die mit Grasnarben bedeckt waren und sich kaum vom dichten Unterholz unterschieden. Vor einer dieser Hütten rührte eine junge Frau in einem Kessel, der über einem Feuer hing. Sie blickte fragend auf, als die Männer Elena auf die Lichtung führten.

»Das ist dein Zuhause«, sagte der junge Mann, der sie zuerst angesprochen hatte. Er wies stolz auf die

Lichtung, als wäre sie das Anwesen eines Nobelherrn. »Mein Name ist Gyrth – später stelle ich dir die anderen vor. Aber zuerst musst du etwas essen und dich ausruhen.«

Die junge Frau, ein wenig füllig und mit einem sympathischen Gesicht, brachte eine Holzschüssel mit Geschnetzeltem vom Kaninchen und lächelte Elena scheu an.

Es schmeckte köstlich, und Elena fiel erst jetzt ein, wie lange sie nichts mehr gegessen hatte. Sie fühlte sich in Sicherheit und war mit sich selbst in Frieden – so lange sie nicht an Aimery denken musste.

Was machte er gerade? Dachte er an sie?

Sie stellte die Holzschüssel ab und war plötzlich nicht mehr hungrig. Die anderen traten mit ihren Essensschüsseln hinzu und bildeten einen Halbkreis um Elena.

»Kommst du von weit her?« Freya, so hieß die junge Frau, reichte ihr einen Becher klaren Wassers aus dem Bach. »Vergib mir meine Neugier, aber du siehst so zerbrechlich aus und so müde. Keine Lady sollte auf sich allein gestellt durch die Wälder ziehen.«

Elena zögerte. Sie wusste, dass sie ihnen nicht alles erzählen konnte. »Ich … ich bin in einem Kloster gewesen«, sagte sie. »Das Kloster ist überfallen worden, und mich haben die Normannen mitgenommen. Auf Thoresfield hielten sie mich als Leibeigene.« Ihre Hände um den Holzbecher verkrampften. »Leofwin war gut zu mir. Deshalb dachte ich, er könnte mir vielleicht noch einmal helfen.«

»Du bist also von Thoresfield geflohen«, stellte Freya fest und beugte sich vor. »Als Leofwin gestern Abend zu uns stieß, hat er gesagt, Thoresfield sei ein Ort des Bösen. Er will wieder hin, um es dem Erdboden gleichzumachen und den bretonischen Lord zu töten. Hast du sehr gelitten?«

»Lass sie in Frieden, Weib«, rief Gyrth schneidend. Er hatte die Tränen gesehen, die plötzlich in Elenas blaue Augen schossen. »Ist es nicht genug zu wissen, dass sie die Gefangene des Bretonen war?«

Elena senkte beschämt den Kopf. »Wenn ihr und Leofwin mir nur Obdach gewährt«, flüsterte sie, »bis ich was anderes gefunden habe …«

»Woher wissen wir, dass sie kein Spitzel ist?«, fragte eine gehässige Stimme. »Vielleicht hat der Bretone sie geschickt, um Leofwin aufzuspüren. Bestimmt sind die normannischen Krieger schon unterwegs zu uns.«

Elena sah verwirrt auf. Eine junge Frau war zu ihnen getreten, sie stand am Ende des Halbkreises und hatte die Hände in die Hüften gestemmt. Sie war von lebhafter Schönheit, hatte ein sonnengebräuntes, elfengleiches Gesicht und trug die silbrig-blonden Haare so kurz wie ein Krieger. Sie war mit einem Männerwams bekleidet, der die Rundungen ihrer schlanken Figur bestenfalls ahnen ließ.

Murmelnde Proteste der anderen waren die Reaktion auf ihre herausfordernden Bemerkungen.

»Lass sie in Ruhe, Sahild«, sagte Gyrth kurz angebunden. »Leofwin wird bald hier sein, dann wissen wir, ob sie die ist, für die sie sich ausgibt.«

»Ich habe jedenfalls meine Zweifel, Gyrth. Mir kommt sie wie ein Spitzel vor.«

Elena sank in sich zusammen, als sie das Gift in der Stimme Sahilds hörte und den bösen Ausdruck ihrer blauen Augen sah. Freya griff Elenas Hände und hielt sie wütend hoch. »Hier, schau doch! Siehst du die Abschürfungen an beiden Gelenken des armen Mädchens? Elena ist gefesselt und geschlagen worden. Glaubst du, dass der Bretone so seine Spitzel behandelt?«

Sahild funkelte sie an. »Ich habe euch jedenfalls gewarnt. Denkt daran, wenn nachher die Krieger des

Normannen uns umzingelt haben!« Dann verschwand sie flink zwischen den Bäumen.

Freya legte einen Arm um Elenas zitternde Schultern. »Hör nicht auf das, was sie sagt. Sahild hat bei Neuankömmlingen immer ein schlechtes Gefühl. Weißt du, wir haben alle unter der Knute der Normannen gelitten, und wir schätzen unser Refugium hier.« Sie fuhr mit ihren Fingern sanft über Elenas Handgelenke. »Du armes Ding. Du musst viel gelitten haben. Leofwin wird sich freuen, dass du uns gefunden hast.«

»Wird Leofwin bald zurück sein?« War es ihre Einbildung, oder zuckten sie alle zusammen, als sie diese Frage stellte?

»Bald«, sagte Freya dann. »Sehr bald.«

Nach dem Essen half Elena beim Aufräumen. Sahild tauchte nicht wieder auf, was Elena nur Recht war. Sie ging mit Freya zum Bach, um Teller und Schüsseln zu spülen. Als sie zurück zur Lichtung kamen, nutzten die Männer die letzten Sonnenstrahlen aus, um mit Pfeil und Bogen zu üben. Elena ließ sich auf einen moosbewachsenen Stein fallen und schaute ihnen zu.

Sie erwiesen sich als wahre Meister mit ihren Waffen. Obwohl sie lachten und scherzten, waren sie ungeheuer konzentriert, wenn sie an der Reihe waren. Zwei der Männer hatten eine so verblüffende Ähnlichkeit, dass Elena den einen vom anderen nicht unterscheiden konnte. Sie mussten Brüder sein, entschied sie. Kantige, gebräunte Gesichter, lange blonde Haare, kräftige schlanke Körper.

Einer der Brüder blickte zu ihr und grinste. Er hob einen Arm und winkte. Elena lächelte scheu zurück.

»Lass bloß die Hände von ihm, Klostermädchen«, zischte eine Stimme an ihrer Schulter.

Elena zuckte zusammen. Sahild stand hinter ihr. Sie

trat jetzt vor sie und ließ sich auf die Knie nieder, Bosheit in den Augen. »Wenn du einen Mann haben willst, hättest du bei Aimery le Sabrenn bleiben sollen. Es heißt, als Liebhaber sei er unerreicht. Wie schade, dass du nicht gewartet hast, um das herauszufinden.«

Elena hielt die Luft an, als der Name Aimerys fiel. Dann sagte sie mit fester Stimme: »Es gefällt dir nicht, dass ich hier bin. Das tut mir leid, denn ich möchte mich mit jedem gut vertragen. Leofwin ist mein Freund.«

Sahilds Mund verzog sich zu einem tückischen Grinsen. »Dann kannst du uns helfen, den Bretonen zu töten«, sagte sie leise. »Das wird dir doch gefallen, nicht wahr? Ich meine, du musst ihn doch hassen.« Ohne eine Antwort abzuwarten, rannte sie quer über die Lichtung und schloss sich dem Bogenschießen der Männer an.

Elena beobachtete sie, wie betäubt von der Giftigkeit der jungen Frau. Aber noch bevor sie weiter darüber nachdenken konnte, trat Gyrth zu ihr. Er hatte die Szene mit Sahild aus einiger Entfernung beobachtet, setzte sich jetzt neben Elena und hielt den Bogen auf den Knien.

»Ich bin raus aus dem Spiel«, sagte er traurig. »Was dagegen, wenn ich dir Gesellschaft leiste?«

Elena war noch benommen von Sahilds seltsamem Verhalten. Sie zwang sich zu einem Lächeln. »Natürlich nicht. Mir ist nicht klar, wie ihr einen Sieger ermittelt – ihr scheint alle gleich gut zu sein. Auch die beiden, die sich so ähnlich sehen.«

»Du meinst die Zwillinge. Wulf und Osric. Und diese beiden sind unsere besten Bogenschützen. Sahild kann es aber auch mit jedem Mann aufnehmen.« Er blinzelte in die Sonne. »Aber wir müssen noch besser werden. Weißt du, viele sagen, wir hätten die Schlacht bei Hastings verloren, weil William die besseren Bogenschützen hatte, die Bretonen und Flamen. Sie haben hoch über unseren Schutzwall geschossen und dabei König Harold tödlich getroffen. Aber eines Tages werden wir die Franzosen aus unserem Land vertreiben.«

Elena erinnerte sich plötzlich an die Nacht, als Aimery le Sabrenn mit seinen Männern in die schwarze Nacht geritten war, um Rebellen wie diese zu jagen. Wie konnten Leofwin, Gyrth und die anderen Männer glauben, die bestens ausgerüsteten Krieger von König William zu besiegen? Ein kalter Schauer lief über ihren Rücken, und sie schüttelte sich.

Gyrth legte eine Hand auf ihre Schulter. »Warum ruhst du dich nicht eine Weile aus? Du bist immer noch erschöpft. Und Elena – höre nicht auf das, was Sahild sagt. Sie spricht nicht für alle anderen, musst du wissen.«

Elena nickte und versuchte ein Lächeln. »Wo sind die anderen Frauen?«

Er hob die Schultern. »Du hast schon alle kennen gelernt. Freya und Sahild.«

»Und Leofwin? Wann wird er zurück sein?«

Er zögerte, ähnlich wie Freya, als sie ihr diese Frage gestellt hatte. Wieder hatte Elena das Gefühl, dass es ein Geheimnis um Leofwins Rückkehr gab.

»Du wirst ihn bald sehen«, sagte Gyrth schließlich. »Jetzt musst du dich ausruhen. Ich hole Freya, damit sie sich um dich kümmert.«

Elena spürte ihre Müdigkeit. Freya führte sie zu einer freien Hütte. Sie sehnte sich danach, sich auf das Strohlager in der Ecke zu legen, aber vorher wollte sie hinunter zum Bach gehen, um sich den Staub des Tages vom Körper zu waschen.

Die Sonne verschwand gerade hinter den Bäumen, als sie die Böschung hinunter zum Bachlauf ging.

Mitten im Schritt hielt sie inne. Weiter bachabwärts,

wo das Wasser sich zu einem tiefen Teich verbreiterte, badeten schon zwei Menschen. Eine Frau und ein Mann. Die Frau war Sahild, erkannte Elena.

Als sie sich aus dem Wasser erhoben und lachend zum Ufer wateten, sah Elena, dass es sich bei dem Mann um einen der Zwillinge handelte. Ob er derjenige war, der sie angelächelt hatte? Dann trat er weiter aus dem Wasser, und Elena spürte, wie ihr die Röte in die Wangen schoss – er war gewaltig erigiert, und das sonnengebräunte Mädchen mit den blonden Stoppelhaaren rieb fröhlich an seinem Penis, flüsterte etwas in sein Ohr und rieb ihre kleinen spitzen Brüste gegen seinen muskelbepackten Oberkörper.

Mit einem heiseren Lachen hob der Mann die junge Frau in seine Arme und trug sie auf das grasbewachsene Ufer gegenüber. Er packte ihre schlanken, jungenhaften Backen, kniete sich zwischen die gespreizten Beine und ließ die pulsierende Erektion sanft in sie eindringen. Er stöhnte laut auf, und Sahild schlang Beine und Arme um ihn.

Elena hielt keuchend die Luft an, als der zweite Bruder aus den Schatten trat und dem Paar lächelnd zusah. Auch er war nackt. Er ließ sich neben sie nieder, streichelte seinen Penis und wartete geduldig.

Elena wandte den Blick ab und hastete bachaufwärts, um sich zu waschen. Sie klatschte sich das kühle Wasser gegen die brennenden Wangen. Es dauerte eine Weile, ehe sie sich wieder gefasst hatte und schnell zur Hütte lief, die Freya ihr zugewiesen hatte. Sie kuschelte sich auf ihr Strohlager, schloss die Augen und war bald eingeschlafen.

Mit dem Schlaf kamen die Träume. Sie sah einen gesichtslosen Krieger, der hilflos und gefesselt mitten auf der Lichtung lag. Aber statt der sonnigen, freundlichen und friedvollen Waldidylle, die sie heute erlebt hatte, war es in ihrem Traum eine düstere Szene, die

Äste der Bäume schienen wie mit knorrigen Fingern nach der Gestalt zu greifen.

Der gefesselte Krieger war von fanatischen Figuren umgeben, die Messer in den Händen trugen und offenbar bereit waren, sie in den Leib des Kriegers zu stoßen. Elena wollte aufschreien, aber ihre Kehle war vor Angst zugeschnürt. Sie rannte zu dem hilflosen Mann und warf sich über ihn, um ihn vor den Messern zu schützen. Er wandte den Kopf, und seine silbrig-grauen Augen blickten voller Hass.

»Aimery«, flüsterte sie gepeinigt, »oh, Aimery ...«

Sie wachte auf. Es war stockfinster in der kleinen Hütte. Ihr Herz raste wild, und ihre Augen waren nass von den Tränen, die sie im Traum geweint hatte. Sie richtete sich auf und barg ihr brennendes Gesicht in beide Hände.

In diesem Augenblick öffnete sich leise die Tür zur Hütte, und Freya trat ein. »Ah, du bist wach«, sagte sie, »das trifft sich gut.« Sie hörte sich aufgeregt an.

Elena sprang auf die Füße. »Ist Leofwin da?«

»Ja ...« Wieder fiel Elena das Zögern in Freyas Stimme auf. »Du musst mir folgen.«

Die Lichtung lag verlassen da. Es war eine warme, schwüle Nacht, und Elena kam es so vor, als würde die Luft um so drückender, je tiefer sie in den Wald hineingingen. Hoch über ihnen schrie eine Eule, und Elena zuckte erschrocken.

Zuerst sah sie den Ring aus Feuer. Es waren kleine flackernde Feuer, die sie zwischen den Bäumen erkennen konnte. Dann sah sie die Menschen.

Sie saßen mit verschränkten Beinen in einem Kreis um die Feuer herum, und ihre Köpfe waren gebeugt wie zu einem Gebet. Aber sie beteten nicht, sie murmelten eine Art Singsang mit Wörtern, die Elena nicht kannte. Die Menschen schienen sich in einer anderen Welt zu befinden.

Es lief Elena kalt den Rücken hinunter, als ihr die Unwirklichkeit der Szene bewusst wurde. Waren dies die fröhlichen Menschen, mit denen sie vor ein paar Stunden auf der Lichtung gesessen hatte? Ja, sie waren alle da. Gyrth, Freya, Sahild, die Zwillinge und andere Männer.

Aber jetzt, in dieser geheimnisvollen mondbeschienenen Schneise, eingerahmt von uralten knorrigen Eichen, schienen sie sich völlig verändert zu haben. In der Mitte des Rings befand sich ein gewaltiger flacher Stein, kalt und grau und ominös.

Elena wirbelte herum und wollte fliehen. Ihre Kehle war trocken vor Furcht. Plötzlich hatte sie begriffen. Die Nonnen hatten über die alte Religion geflüstert, über die heidnischen Götter Britanniens, die in den dichten, abgeschiedenen Wäldern und in den unzugänglichen Hügeln des Nordens überlebt hätten.

Übelkeit stieg in ihr hoch, als sie sich an Gerüchte von Riten und Zauber, von grausamen Priestern und noch grausameren Menschenopfern erinnerte.

Freyas Hand klammerte sich fest um Elenas Handgelenk, was ihr die Flucht unmöglich machte. »Setz dich hier neben mich«, sagte Freya mit leiser, hypnotischer Stimme. »Und hab keine Angst. Vergiss nicht, Leofwin wird bald hier sein.«

Hilflos sank Elena im Kreis auf die Knie. Wohin sollte sie auch laufen? Das leise Stimmengemurmel dröhnte in ihrem Kopf. Jemand beugte sich vor und warf Bündel getrockneter Kräuter in die kleinen Feuer. Der stechende Geruch erinnerte sie an Weihrauch, süß und schwer.

Aus den Augenwinkeln nahm sie wahr, dass Sahild sie mit kalten Blicken bedachte, und wieder empfand Elena diese unbestimmte Furcht. Aber Freya strich ihr beruhigend über die Hand, und Elena spürte, wie sehr diese freundliche Geste half.

Jemand ließ eine randvolle Schüssel kreisen. Elena trank gehorsam. Es war dicker, honigsüßer Met. Sie spürte die Wirkung fast sofort, der Met wärmte ihre Glieder.

Neugierig betrachtete sie die Schüssel. Sie schien aus Silber gefertigt zu sein und hatte seltsame Einkerbungen: Ein Bullenkopf, mehrere Vögel, Räder mit Speichen und die ungelenke Gravur eines kleinen Mannes mit einem gewaltigen Penis, der bis zu seiner Schulter reichte.

Elenas Augen weiteten sich beim Anblick der obszönen Darstellung, und doch konnte sie den Blick nicht davon wenden, bis ihr jemand sanft die Schüssel aus der Hand nahm. Sie sah, dass einer der Zwillinge sie hintergründig anlächelte.

Irgendetwas würde bald geschehen, das spürte sie, und verwundert stellte sie fest, dass sie es kaum erwarten konnte. Sie fühlte sich erregt. Das Bild des kleinen Mannes mit seinem gewaltigen Glied schien in der Dunkelheit hämisch vor ihren Augen zu tanzen, und dann bemerkte Elena, dass sie heiß und feucht und geschwollen war. Ihre kleine Lustknospe vibrierte hungrig.

Ein hoch aufgeschossener Mann trat leise hinter einer dicken Eiche hervor. Die knienden Menschen hörten auf, ihren Singsang zu murmeln, und mit einem Mal war es unheimlich still geworden. Der Mann trug einen langen schwarzen Umhang, und Elena sah verwundert, dass eine Maske sein Gesicht verdeckte; es war eine finstere Maske mit kleinen Löchern für die Augen.

Elena erschauerte vor namenloser Furcht, als der Mann mit tiefer Stimme rief: »Die Zeit ist gekommen.«

Kannte sie die Stimme? Sie klang verzerrt hinter der mundlosen Maske, und Elenas Sinne waren vom Rauch und vom Met benebelt.

Aufregendes Gemurmel setzte ein, aber mit einer schlichten Handbewegung schaffte der Maskenmann wieder absolute Ruhe. »Wer ist die Auserwählte?«

Das Schweigen hielt an, und Elena spürte angstvolle Schauer über ihren Rücken laufen. Dann erhob sich Freya. Ihr hübsches Gesicht sah seltsam gespannt aus, ihre Augen glitzerten unnatürlich hell. »Hier, Meister«, flüsterte sie. »Ich bin es. Ich bin als Erste dran.«

»Und wen hast du dir von den Männern ausgesucht?«

»Die Brüder, Mylord. Wulf und Osric.«

Die jungen Männer mit ihren geschmeidigen, muskulösen Körpern und den langen sonnengebleichten Haaren richteten sich auf und blickten gebannt auf Freya. Sie schienen in einer Art Trance zu sein, dachte Elena, die selbst wie benommen auf die beiden kräftigen Körper starrte.

Eine leichte Brise huschte durch die Bäume und trieb den süßen Rauch aller Feuer über die ganze Lichtung.

»Rufe deine Männer, Freya«, sagte der große maskierte Mann mit seiner tiefen Stimme, »und bereite dich für das letzte Opfer vor.«

Opfer! Oh, weh, dachte Elena. Alle Schreckensgeschichten von Menschenopfern schossen ihr durch den Kopf. Von Pfählungen und von Menschen, die lebendig begraben wurden. Sie hielt es nicht länger aus und sprang auf die Füße.

»Ich ... ich muss gehen«, stammelte sie verwirrt. »Ich habe hier nichts zu suchen.«

Sahild blickte auf und lachte gehässig. »Das kleine Klostermädchen hält nichts von unserer Feier. Habe ich es euch nicht gesagt?«

Aber die Männer zu beiden Seiten Elenas zogen sie sanft wieder auf den Boden. »Bleib«, flüsterten sie ihr zu. »Du hast nichts zu befürchten. Du wirst nur Angenehmes sehen und erleben. Bleib und schau zu.«

Sie gaben ihr wieder Met zu trinken. Der Zwerg mit dem großen Phallus grinste sie an, als wollte er sich über sie lustig machen. Elena spürte die wohlige Wärme des Mets, die sich in ihren Adern ausbreitete.

Als sie wieder aufschaute, wurde Freya von den beiden Brüdern flankiert. Sie zogen sie langsam aus. Als sie nackt war, verneigten sie sich vor ihr. Elena schaute gebannt zu. Ihre Kehle war trocken. Sie hatte geglaubt, dass Freya und Gyrth ein Paar waren. Und Wulf und Osric hatte sie am Abend mit Sahild zusammen gesehen. Aber Gyrth lächelte nur, und auch Sahild schien alles andere als betroffen zu sein.

Behutsam streichelten die Zwillinge die nackte Frau. Sie küssten jede Stelle ihrer Haut. Einer der Brüder nahm die Schüssel mit dem Met und träufelte ihn über Freyas volle Brüste, dann leckten sie beide die dicke Flüssigkeit auf, während sie unentwegt über Freyas Leib streichelten.

Freya stand, so lange sie es aushalten konnte, fast reglos da, die Augen halb geschlossen. Dann sank sie seufzend auf die Knie und presste die Augen fest zu. Rasch entledigten sich die Männer ihrer Kleidung. Ihre Glieder ragten starr in die Höhe und berührten Freyas helle Haare. Dann nahmen sie Freya in ihre Arme und trugen sie behutsam hinüber zum kalten, geheimnisvollen Stein.

Elena spürte den ziehenden Druck, der sich in ihrem Schoß aufbaute. Ihre Brüste schwollen an und pochten; kleine Zungen des Verlangens stießen in ihren Unterleib und entflammten ihren Körper. Sie befeuchtete die Lippen und verfolgte die erotische Szene auf der mondbeschienenen Lichtung.

Freya wand sich auf dem flachen grauen Stein. Wulf stand auf der Höhe ihres Kopfes, er beugte sich zu ihr und küsste sie, stieß die Zunge tief in ihren Mund. Sein geschwollener Penis strich über Freyas Brüste.

Osric nahm Freyas Beine und öffnete sie behutsam und weit, und alle konnten die nass glänzenden Falten sehen, die aus dem goldenen Vlies hervorlugten.

»Bitte«, murmelte Freya mit einem langgezogenen Stöhnen, »oh, bitte ...«

Osric umschloss seinen dicken Penis mit der rechten Hand und fuhr mit der Spitze zwischen die geschwollenen Labien. Er drang nicht in sie ein, rieb nur auf und ab und verweilte ein paar Momente mit der Eichel auf ihrer aufgerichteten Klitoris. Die Berührung des steifen Glieds trieb Freya fast in den Wahnsinn, sie stöhnte laut und wand sich hin und her, bäumte sich auf und stieß blind mit den Hüften zu.

Der Maskenmann trat vor und nickte den Zwillingen zu. »Genug. Sie ist bereit.«

Die Zwillinge traten gehorsam zur Seite, während der Maskenmann seinen Platz vor dem Stein einnahm. Er hob Freyas Schenkel leicht an und beugte ihre Knie. Er zog die junge Frau auf sich zu, bis ihre fülligen Backen auf dem Rand des Steins lagen. Dann teilte er seinen Umhang, und sein gewaltiger Phallus kam zum Vorschein, er stand aufrecht und zuckte, als hätte er sein eigenes Leben.

Wulf und Osric flankierten Freya und beugten sich über ihre Brüste, streichelten und zwickten sie, nahmen je einen Nippel in den Mund und saugten ihn tief ein.

Der Maskenmann griff seinen Penis, rieb ihn leicht und setzte die Spitze an die heiße Vulva, ehe er mit einem kräftigen Stoß in Freya hineinstieß.

Elena spürte immer stärker, wie die Erregung durch ihren Körper pulsierte. Ihre geheime Stelle war nass und glitschig. Sie sah, wie der Maskenmann sich weit aus Freya zurückzog, um sich dann wieder tief in sie zu versenken.

Freya war außer sich vor Lust, und ihr Höhepunkt kam schnell. Der gesichtslose Mann stieß immer noch zu, auch als Freyas Körper längst von heftigem Schütteln gepackt wurde. Die Zwillinge stöhnten auf und schossen ihre Milch über Freyas Brüste, und dann ergoss sich der Maskenmann in ihr und hüllte sich wieder in den schwarzen Umhang.

»Das erste Opfer«, sagte er, die Stimme noch etwas außer Atem. »Wer ist das nächste?«

Elena war so erregt, dass es schmerzte. Ihr Blut floss wie flüssiges Feuer durch ihre Adern. Ihre Brüste sehnten sich danach, berührt zu werden, und ihr Geschlecht war geschwollen und nass.

»Wer?«, wiederholte der Maskenmann wieder. Sie konnte seine Augen durch die kleinen Öffnungen nicht sehen, aber sie wusste, dass er sie anschaute.

Sahild erhob sich eifrig, aber der Maskenmann schüttelte den Kopf und schaute immer noch auf Elena. Wulf und Osric gingen auf ein kurzes Nicken des Maskenmannes auf Elena zu.

Elena erhob sich zitternd. »Ja«, stieß sie hervor, »oh, ja, ich bin das nächste Opfer.«

14. Kapitel

Es war ein Fest der Sinne für Elena, voller ungestümer Erotik und Sinnlichkeit. Sie verging in einer Woge der Lust, die über ihr zusammenschlug, und als der Maskenmann keuchend seinen Orgasmus herausschrie, wusste sie, dass sie dieses Erlebnis nie vergessen würde.

Elena ließ sich kraftlos auf den kalten Stein sinken. Sie nahm die heißen, hungrigen Blicke der anderen wahr, die noch im Kreis um die kleinen Feuer saßen. Die Zwillinge streichelten sie sanft und hoben sie dann in eine sitzende Haltung. Elena schaute blinzelnd in die flackernden Feuer.

Der Maskenmann stand vor ihr. Wer war dieser Mann, der sie auf diese wunderbare schamlose Weise genommen hatte? Sein Umhang bedeckte wieder seinen kräftigen Körper. Sie schaute auf seine Maske und überlegte, wie sie ihre Frage formulieren sollte, als er mit langsamen Bewegungen die Bronzemaske vom Gesicht zog.

»Leofwin!«

Sanft legte der Sachse den Umhang auch über Elenas Körper und führte sie über die Lichtung zu seiner Hütte. Er legte sie auf sein Strohlager.

»Meine sächsische Prinzessin«, sagte er liebevoll. »Jetzt bist du in Sicherheit.«

So wurde Elena eine der Vogelfreien. In den folgenden Tagen lernte sie, Kaninchenfallen zu stellen und die gefangenen Tiere zu töten und zu häuten; sie flickte die zerrissene Kleidung und half, Brot für alle zu backen. Freya half ihr und war stets freundlich und geduldig. Aber Sahild behielt ihre Feindseligkeit bei, sie beobachtete Elena aus verkniffenen Augen und sprach kaum ein Wort mit ihr.

Nachts schlief Elena in Leofwins Armen. Er war ein sanfter, rücksichtsvoller Liebhaber. Elena war froh, dass es zu keiner Wiederholung der dunklen Riten kam, die sie am ersten Abend erlebt hatte. Sie fühlte sich in Sicherheit, verdrängte die Vergangenheit aus ihren Gedanken und wollte sich auch nicht mehr an Aimery le Sabrenn erinnern.

Dann, an einem frühen Abend, ging sie hinunter zum Teich, um die Hitze des Tages von ihren Gliedern zu waschen. Auf dem Weg dorthin hörte sie es im Gebüsch rascheln. Sie sah einen Mann, der auf dem Boden lag – mit Sahild.

Alle Männer waren an diesem Tag auf die Jagd gegangen – alle bis auf Leofwin, der sich am Vortag den Knöchel verstaucht hatte. Aber was trieb Leofwin da mit Sahild?

Es wurde bald offensichtlich.

Leofwin lag auf dem moosigen Boden, die Augen in Ekstase geschlossen, die Beine weit gespreizt. Sahild kauerte über seinen Hüften; sie hatte Elena den Rücken zugewandt und saugte an dem aufragenden Glied.

Elena empfand Verrat. Hatten sie und Leofwin nicht noch in der Nacht zusammengelegen? Sie wirbelte herum und wäre fast in Wulfs Arme gefallen, der offenbar die ganze Zeit hinter ihr gestanden hatte.

Seine kräftigen Hände hielten sie an den Schultern gepackt. »Warte«, sagte er.

Elenas Hände trommelten gegen seine breite Brust. »Lass mich gehen!«, rief sie wütend. »Verdammt, Wulf, lass mich los!«

Er hielt sie fest und ignorierte ihre heftige Gegenwehr. »Hör zu, Elena«, sagte er leise und eindringlich, »Leofwin liebt dich. Wir alle lieben dich. So leben wir nun mal in den Wäldern. Ist dir das am ersten Abend nicht bewusst geworden?«

Sie hörte auf, sich zu wehren, und starrte in sein Gesicht. Diese erotische Zeremonie an ihrem ersten Abend im Wald. Sie hatte das Erlebnis längst aus ihrem Bewusstsein verdrängt. Das Ritual hatte es nie gegeben.

So leben wir nun mal in den Wäldern, hatte Wulf gesagt. Ihr Herz pochte wie verrückt, als sie zu ihm aufschaute. Er war jung, etwa in ihrem Alter. An jenem ersten Abend hatten er und sein Bruder bei Sahild gelegen, drüben auf der anderen Seite des Bachlaufs. Und natürlich erinnerte sich Elena daran, wie sie von den Zwillingen gestreichelt worden war, während der maskierte Leofwin sie genommen hatte.

Elena war schon erregt vom Anblick Leofwins, dessen Glied immer noch von Sahild verwöhnt wurde. Aber jetzt, als sie in Wulfs gebräuntes Gesicht mit den lachenden blauen Augen sah, raste ihr Puls.

Seine Hände glitten von ihren Schultern zu den Brüsten. Wulf schaute in ihre Augen und strich sanft über die Nippel, bis sie sich unter dem Kleid steil aufstellten. Elena zitterte vor Verlangen nach ihm.

Er lächelte, während seine Handflächen über ihre Brüste rieben. »Du hast mich Wulf genannt«, sagte er leise. »Woher wusstest du, dass ich es bin und nicht mein Bruder?«

Sie war von seinen Blicken beinahe hypnotisiert. »Ich habe die kleine Narbe an deiner Kehle gesehen, sie hat die Form einer Pfeilspitze. Sie ist mir schon am ersten Abend aufgefallen, als wir … ich meine, als …«

»Als Osric und ich dich für Leofwin vorbereitet haben, willst du sagen.« Eine Hand legte sich auf ihren Hintern. Wulf drückte sie fest an sich, und Elena spürte die harte, heiße Erregung zwischen seinen Schenkeln.

»Ja.«

»Und hat es dir nicht gefallen? Wer hat dir mehr Lust bereitet, Osric oder ich?« Er legte den Kopf schief und sah sie herausfordernd an.

Elena musste unwillkürlich lächeln. »Es hat mir gut gefallen, und ihr wart beide wunderbar«, raunte sie, und ihr Herz raste immer schneller.

Wulf lachte auch, und seine Zähne schimmerten weiß in seinem gebräunten Gesicht. »Du hättest sagen müssen: ›Natürlich du, mein geliebter Wulf‹. Du hast falsch geantwortet, und dafür, fürchte ich, muss ich dich bestrafen, süße Elena. Aber alles zu seiner Zeit ...« Er lächelte sie an, und Elena las ein heimliches Versprechen in diesem Lächeln. Ihr wurde bewusst, dass sie keinen Anstoss mehr nahm an Leofwin, der sich mit Sahild vergnügte.

So leben wir in den Wäldern.

Ihr Körper prickelte vor Erregung. Wulf zog sie wieder fest an sich. Sie spürte seinen Atem warm auf ihrer Wange.

Dann lösten sie sich abrupt voneinander, denn sie hörten Schritte und aufgeregte Stimmen, die aus dem Wald drangen. Gyrth und seine Männer kamen von der Jagd zurück.

Widerwillig gingen Wulf und Elena ihnen entgegen. »Wie war die Jagd?«

»Erfolgreich«, rief Gyrth, lachte ausgelassen und klopfte Wulf auf die Schulter. »Ein normannischer Versorgungszug! Wein, Weizen und sogar ein bisschen Gold. Auf dem Weg nach York, aber dort wird es nicht ankommen.«

Er wies stolz auf die beiden Packpferde, die von den anderen Männern entladen wurden. »Wir haben alles mitgebracht, was wir den Tieren zumuten konnten. Das muss gefeiert werden. Wo ist Leofwin?«

»Ich hole ihn«, sagte Wulf diplomatisch und blinzelte Elena zu.

An diesem Abend feierten sie den Beutezug mit köstlichem Wildbraten und Weizenkuchen, den Freya gebacken hatte. Die Männer labten sich am schweren französischen Wein, den sie erbeutet hatten.

Elena nippte nur an ihrem Becher, und doch konnte sie die Wirkung in ihrem Blut schon spüren, das warm durch ihre Adern pochte. Die Männer tranken den Wein wie leichtes Ale und gaben immer wieder zum Besten, wie sie den normannischen Versorgungszug überfallen hatten.

Die Schatten wurden länger, und kleine Fledermäuse segelten über ihre Köpfe hinweg. Es knackte und knisterte im Feuer, und der Geruch des Wildbratens erfüllte die Luft wie ein schweres Parfum.

Sahild trank wie ein Mann. Ihre Augen funkelten neidvoll, als sie den Geschichten der Männer zuhörte. Sie lehnte sich vor und rief: »Ich hätte bei euch sein müssen, Gyrth! Warum hast du mich nicht mitgenommen? Ich hätte sie alle umgebracht.« Sie fuhr sich mit der Zunge über die Lippen.

Die Männer lachten und erzählten von früheren Schlachten und vom Leben, bevor die Normannen ins Land gekommen waren. Elena lag in Leofwins Armen und lauschte gebannt.

Dann richtete sich Sahild auf, die Augen unnatürlich weit. Ihr Wams war von einer Schulter gerutscht und entblößte eine kleine Brust. Sahild beugte sich vor, zog die Knie an und umschlang sie mit den Armen.

»Als ich zuerst in den Wald kam«, sagte sie, »bevor ich euch alle kennen lernte, ist mir etwas sehr Seltsames widerfahren ...«

Wulf, der neben ihr saß, strich über ihre nackte Schulter. »Erzählst du uns jetzt eine wahre Geschichte, oder wird es eine deiner wilden Phantasien sein, mein Schatz?«

Sie schob seine Hand weg. »Nein, hört mir zu! Es geschah im Hochsommer. Ich war seit Tagen im Wald unterwegs und ernährte mich von dem, was ich fand. Ich war müde und hungrig. Dann fand ich den Stein – unseren Stein. Es war kurz nach Mitternacht ...«

Elena spürte ein leichtes Unbehagen. Auf ihren schlanken Armen bildete sich eine Gänsehaut. Was hatte es mit diesem Stein auf sich?

»Es war eine schwüle Nacht«, fuhr Sahild fort. Sie sprach in einem atemlosen Flüstern, und man sah, dass alle an ihren Lippen hingen. »Ich fühlte eine seltsame Unruhe in mir. Ich legte mich auf den kühlen Stein, weil ich hoffte, er würde mir gegen die große Hitze helfen, die immer noch herrschte. Dann wusste ich plötzlich, dass jemand in der Nähe war.«

Männer und Frauen lauschten gebannt. Das schien keine von Sahilds üblichen Phantasie zu sein, zu ernsthaft brachte sie die Geschichte vor.

»Ich sprang vom Stein auf, und ein Mann trat vor. Es war ein großer Mann. Er trug die Bronzemaske eines Bullen mit hohen Hörnern und dunklen Schlitzen für die Augen. Er war mit einem Lederwams bekleidet, und ich konnte seinen breiten Brustkorb und die kräftigen Schultern sehen. Ich erschauerte und blickte zu ihm hoch. Er sah so stark aus, so unglaublich männlich, so geheimnisvoll. Ich wollte weglaufen, aber ich musste feststellen, dass ich mich nicht von der Stelle rühren konnte.

›Wer bist du?‹, flüsterte ich.

Er antwortete nicht. Aber er hob mich hoch und zwang mich dann auf alle viere. Ich hockte auf dem Stein und spürte mein Herz wild schlagen. Dann kniete sich mein Bullenmann hinter mich und riss mir die Kleidung vom Leib. Und dann …« – Sahild schüttelte sich in der Wonne der Erinnerung – »nahm er mich mit einer Leidenschaft, die ich bis dahin noch nicht erlebt hatte. Ich dachte, ich würde sterben vor Lust. Mit seinem Schaft, der jedem Bullen zur Ehre gereicht hätte, füllte er mich bis kurz vorm Platzen aus.«

»Hat er irgendwas gesagt?«, wollte Freya wissen.

»Nein, aber ich hörte ihn knurren und ächzen und keuchen und stöhnen. Er hörte sich hinter mir wie ein wildes Tier an. Und ich selbst schrie, wie ich mich noch nie schreien gehört habe. Selbst heute träume ich noch davon. Ich hätte gern seinen Stab gesehen, er muss unwahrscheinlich dick gewesen sein …«

»Und du hast ihn nicht gesehen?«, warf Freya ein, die Stimme rau, die Kehle trocken.

»Als er gekommen war, rutschte er aus mir hinaus, und ich ließ mich hechelnd auf den Stein sinken, völlig erschöpft. Ich drehte mich dann um, aber er war weg! Verschwunden in der Schwärze des Waldes …«

Ihre Stimme brach ab. Alle starrten immer noch wie gebannt auf Sahild.

Nur Elena schüttelte sich in Leofwins Armen. Die spannende Schilderung hatte sie seltsam berührt. In der einsetzenden Stille wurde der geheimnisvolle Wald um sie herum noch spürbarer. Elena war sich der Gegenwart der alten Zauberkräfte bewusst, die das Leben dieser Menschen beeinflusste.

Freya, die mit offenem Mund und immer größer werdenden Augen zugehört hatte, stieß ein kurzes, verlegenes Lachen aus. »Das hört sich wie eine der Geschichten an, die man sich über Aimery le Sabrenn erzählt«, sagte sie mit erregt klingender Stimme. »Ich habe gehört, dass der Bretone ein ausgezeichneter Liebhaber sein soll.«

Über Elenas Rücken lief ein heißer Schauer, als sie Aimerys Namen hörte. Sie spürte, dass Leofwin ihren Arm drückte, als wollte er sie daran erinnern, dass er da war und sie beschützen würde.

»Schon gut, Prinzessin«, murmelte er in ihr Ohr. »Hier bist du vor ihm sicher.« Dann sagte er laut zu den Frauen: »Wer weiß? Vielleicht könnt ihr das ja bald selbst herausfinden.«

Freya schluckte und starrte Leofwin an. »Was willst du damit sagen?«

Gyrth sagte mit einem triumphierenden Grinsen: »Meine Liebe, wir haben von einem unserer normannischen Gefangenen heute erfahren, dass der Bretone in Kürze nach Lincoln unterwegs sein wird, wo er einen Gesandten des Königs trifft. Wenn wir ihn von seinen Männern weglocken können, gehört er uns.«

Ein beinahe verklärtes Strahlen legte sich auf die Gesichter der Zuhörer. Sahild spielte mit ihrem Dolch. »Wie wird er sterben?«, fragte sie leise.

»Wir wollen das entscheiden, wenn es so weit ist«, sagte Leofwin mit kalter Stimme. »Und wenn wir ihn haben, lassen wir es ihn wissen, wie er sterben wird, damit er viel Zeit hat, sich mit dem Gedanken anzufreunden.«

Elena lag verkrampft in Leofwins Armen. Ihr Gesicht war blutleer. Leofwin bemerkte, dass etwas nicht stimmte, richtete sich auf und sah sie an.

»Was ist mit dir, Elena?«

»Nichts, ich bin nur schrecklich müde. Hast du was dagegen, wenn ich zu Bett gehe?«

Leofwin strich liebevoll über ihren Kopf. »Natürlich nicht. Es ist schon spät. Ich komme bald nach.«

Sahild sah ihr mit verengten Augen nach.

Elena schlief schon, als Leofwin sich zu ihr legte,

aber es war ein unruhiger Schlaf. Sie träumte wieder vom Kreis der dunklen, mordlüsternen Gesichter auf der Lichtung, und in der Mitte des Kreises lag der gefangene Ritter.

»Aimery«, stöhnte sie laut. »Oh, Aimery.«

Leofwin drehte sich im Schlaf und hielt Elena in den Armen, aber er hörte nicht, was sie sagte.

Doch Sahild, die draußen in der Dunkelheit rastlos umherirrte, stand vor der Hütte und hörte deutlich, wie das Klostermädchen den Namen des Bretonen stöhnte. Sahild blieb wie erstarrt stehen und hielt die Luft an.

Eines Abends war Elena unten am Bach, um Wasser zu holen, als sie die Männer zurückkehren hörte. Sie waren schon in der Nacht aufgebrochen – zur Jagd, hatte Leofwin ihr gesagt.

Elena war froh, dass sie vorm Einbruch der Nacht zurück waren, denn sie ängstigte sich immer noch in der Nacht, wenn sie nicht Leofwins Arme um sich spürte.

Es war später Sommer, und die Tage wurden kürzer. Der Mond hing schon über den Baumgipfeln. Ein Ziegenmelker stieß einen unheimlichen Schrei aus. Elena zuckte zusammen. Sie hob den Holzeimer auf und hastete zur Lichtung zurück.

Es schien wieder eine erfolgreiche Jagd gewesen zu sein, denn die Männer waren bester Stimmung. Sie hatten einen Kreis um ihre Beute gebildet.

Leofwin sah Elena zwischen den Bäumen. Er strahlte über das ganze Gesicht, aber Elena bemerkte auch, dass ein kaltes Glitzern in seinen Augen leuchtete, fast grausam.

»Sieh mal, was wir hier haben, Prinzessin«, sagte er leise. »Die Jagdbeute eines wunderbaren Tages.«

Elena, verwirrt von seiner Geheimnistuerei, trat zum Kreis der Männer und starrte auf den Boden.

Ein bewusstloser Mann lag gefesselt im bemoosten Gras. Ein Krieger. Man hatte ihm Kettenhemd und Helm abgenommen. Er lag schlaff und hilflos in seinem Leinenhemd da, die Arme auf dem Rücken gefesselt, die Beine fest zusammengebunden. Elena konnte sein Gesicht nicht sehen, aber sein Haar war dicht und blond und voller Blut.

Sie stieß einen tiefen Schrei aus.

»Erkennst du ihn?«, fragte Leofwin, grimmige Genugtuung in der Stimme. »Aimery, der Bretone! Endlich gehört er uns. Wir haben ihn von seinem Begleitschutz weglocken können. Selbst dann hat er noch einen wilden Kampf gefochten.«

Elena flüsterte: »Ist er … ist er tot?«

Leofwin lachte kurz auf. »Noch nicht. Ich habe den anderen versprochen, dass wir noch alle unseren Spaß mit ihm haben werden, ehe er seinen letzten Atemzug tut.« Er stieß Aimerys Schulter mit der Stiefelspitze an und drückte ihn auf die Seite.

Elena glaubte, ihr Herz würde zerspringen, als sie das vertraute Gesicht mit der weißen Narbe sah. Die Stirn war voll von getrocknetem Blut. Er hatte die Augen geschlossen. Er hatte auch eine Beinwunde davongetragen, aus der immer noch Blut sickerte. Elena presste die Fingernägel in ihre Handballen, um nicht laut aufschreien zu müssen.

Sie bemühte sich verzweifelt um eine feste Stimme, als sie leise sagte: »Der König würde uns ein fettes Lösegeld für ihn geben. Lord Aimery hat ihm einmal in einer Schlacht das Leben gerettet.«

Gyrth grinste kalt. »Keine Sorge, sie werden uns auch Gold für seinen Körper geben. Aber erst, wenn wir unseren Spaß mit ihm gehabt haben.«

»Genau richtig.« Sahild trat vor, ihr Gesicht eine

kalte Maske des Triumphs. »Und Elena wird bestimmt bei seiner Bestrafung mitmachen wollen. Sie wird erleben wollen, wie er uns anfleht, ihn endlich zu töten, nicht wahr, Elena? Habe ich Recht? Das willst du doch?«

Elena spürte, wie ihr übel wurde. Sie konnte den Anblick nicht länger ertragen, sie würde sich jeden Augenblick übergeben müssen. »Ich … ich muss rasch weg«, stammelte sie. »Ich … ich habe unten am Bach was liegen lassen.«

Sie erreichte das Ufer gerade noch rechtzeitig. Sie beugte sich weit vor, und dann schoss es aus ihr heraus. Sie würden Aimery töten, und ihr wurde bewusst, dass sie alles tun würde, um den Lord von Thoresfield zu retten. Sie wusste nur nicht wie.

Als sie zurückkehrte, bleich aber äußerlich ruhig und gefasst, saßen die anderen zusammen, tranken und feierten ihren Triumph. Ihr Lachen klang gehässig und bedrohlich, und alle Gespräche drehten sich nur um Vergeltung. Es kam Elena so vor, als wäre ihre Waldidylle eine Sommerlüge gewesen.

Sie zwang sich, ihren üblichen Platz im Kreis neben Leofwin einzunehmen. Sie fragte leise: »Wo ist er?«

Sahild antwortete voller Verachtung: »Wo er hingehört. An die alte Eiche beim Stein gefesselt. Dort wartet er auf uns. Obwohl es gar nicht nötig gewesen wäre, ihn festzubinden. Mit seiner Beinwunde kommt er nicht weit.«

Leofwin schüttelte den Kopf: »Es ist keine ernsthafte Verletzung. Diese Nacht bleibt er da, wo er ist, und morgen füttern wir ihn gut, damit er wieder zu Kräften kommt. Dann werden wir mit ihm beginnen.«

Die Art, wie er das ankündigte, ließ Elena schaudern. Sie senkte den Kopf, die Augen verhangen. Ihr Entsetzen fiel nicht auf, weil sie die Schüssel mit dem Met an den Mund setzte.

Sahild betrachtete das Klostermädchen geringschätzig. Ja, sie hasste Elena. Sie hatte sich ihnen aufgedrängt, und mit ihren schönen blauen Augen und ihrer femininen Art waren die Männer ihr auf den Leim gegangen. Sie alle waren ganz vernarrt in sie.

Niemand hatte auf Sahild gehört, als sie vor dem Klostermädchen gewarnt hatte. Sie würden auch jetzt nicht auf sie hören, deshalb sagte sie auch nichts. Aber sie, Sahild, hatte gehört, wie Elena den Namen des Bretonen im Schlaf gestöhnt hatte, und sie hatte gesehen, wie sie hinunter zum Fluss gerannt war, um sich auszukotzen, nachdem sie in dem gefangenen Krieger ihren Aimery erkannt hatte.

Sahild wusste, wie sie mit ihr fertig wurde. Sie nahm Freyas Hand. »Du kennst doch auch die Geschichten, die man sich über den Bretonen erzählt.«

Freya nickte eifrig. »Oh, ja.«

»Dann lass uns doch herausfinden, ob sie stimmen«, sagte Sahild grinsend.

15. Kapitel

Aimery bewegte sich und stöhnte auf, als das Bewusstsein wieder einsetzte. In seinem Kopf hämmerte es von dem Schlag, der ihn gefällt hatte wie ein Baum. Er erinnerte sich daran – und verzog das Gesicht über seine eigene Dummheit –, wie die Sachsen, die entlang der Straße nach Lincoln im Hinterhalt gelegen und ihn von seinen Männern weggelockt hatten. Ihr Lockmittel war Hamet gewesen – sie hatten behaupteten, sie hätten Hamet gefangen und würden ihn töten.

Natürlich war es ein Trick gewesen. Er wusste es in dem Moment, in dem sie zu dem Schlag auf seinen Kopf ausholten. Da hatte er nämlich den Sarazenen gesehen, wie er ihm entgegenritt – zu spät.

Aimery versuchte, sein Bein zu bewegen. Es schmerzte höllisch. Ein Schwert hatte die Wunde gerissen. Es war nur eine Fleischwunde, aber sie würde beim Laufen hinderlich sein. Er grinste. Er würde auch mit zwei gesunden Beinen nicht weit laufen in dieser Nacht.

Sie hatten ihn an Hand- und Fußgelenken um einen Baumstamm gefesselt.

Der Stand des Monds verriet ihm, dass Mitternacht schon vorbei war. Auf der Mitte der Lichtung lag ein flacher, breiter Stein, der ihn an heidnische Rituale erinnerte. Dann schloss er die Augen und versuchte, alle Gedanken aus seinem Kopf zu verbannen. Das war eine Fähigkeit, die er sich während der langen Nächte auf dem Schlachtfeld beigebracht hatte. In Ruhe abwarten. Für den Tod bereit sein.

Gedämpftes Kichern rief ihn in die Wirklichkeit

zurück. Er öffnete die Augen und sah verdutzt, dass sich zwei junge Frauen näherten. Die eine war recht drall und hatte ein hübsches Gesicht und krause blonde Haare, die andere war jungenhaft schlank mit einem Elfengesicht. Sie trug die hellen Haare kurz wie ein Krieger.

»Da!«, sagte die Dralle aufgeregt. »Ich habe dir doch gesagt, dass er inzwischen aufgewacht ist.«

Die beiden blieben vor ihm stehen und musterten ihn keck. »Grüße, Bretone«, sagte die mit den kurzen Haaren. »Ich bin Sahild, und das ist Freya. Wir sind gekommen, um dich besser kennen zu lernen.«

Verdammte Sachsenbrut, dachte Aimery.

Nervös fragte Freya: »Was ist, wenn Leofwin herausfindet, dass wir hier sind? Wird er nicht unheimlich wütend sein?«

»Er wird es nie erfahren«, gab Sahild knapp zurück.

Aimery hörte angespannt zu, das Gesicht ausdruckslos. Sie sprachen von Leofwin, dem sächsischen Anführer, dem Elena zur Flucht verholfen hatte. Ihr schönes Gesicht verfolgte ihn immer noch.

Dann zuckte er leicht, denn die Sächsin mit dem Gesicht einer Elfe zog ein verdammt scharfes Messer aus ihrem Gürtel und hielt es ihm an die Kehle.

Sie grinste kalt. Zu Aimerys Überraschung fing sie dann an, seine Kleidung aufzuschneiden, den Wams und das Leinenhemd darunter, dann die Schnüre des Beinkleids, so dass es ihm bis auf die Stiefel rutschte.

Dann stand sie reglos da, hielt das Messer aber immer noch an seine Kehle, während Freya neugierig näher kam, die Augen weit aufgerissen.

»Oh«, rief Freya glücklich, »es trifft zu, was man sich erzählt! Sieh mal, wie schön er ist!«

Mit eifrigen Fingern strich sie über seine Schultern, glitt mit den Fingerkuppen über den bronzefarbenen muskulösen Brustkorb und von dort über den flachen

Bauch bis hinunter zu den seidigen Haaren, die in der Form einer Pfeilspitze bis fast zum Nabel wuchsen. Der Phallus hing lang und dick zwischen den eisenharten Schenkeln.

Aimerys Augen funkelten. »Ich schätze«, sagte er ruhig, »dass es eine lange Zeit her ist, dass ihr einen richtigen Mann gesehen habt.«

Sahild drückte die Messerspitze gegen seinen Hals und ritzte, bis Blut kam. »Ah, du sprichst unsere Sprache?« Sie wandte sich an Freya. »Er beleidigt unsere Männer. Es wird Zeit, dem Bretonen Manieren beizubringen.«

Freya flüsterte erregt: »Was sollen wir denn tun?«

»Wir werden ihn erniedrigen«, sagte Sahild. Sie lächelte, aber Aimery sah, dass es ein gefährliches Lächeln war. Trotzdem spürte er ein leichtes Ziehen in den Lenden.

Dann begannen die beiden sächsischen Weiber sich auszuziehen, und er stöhnte leise.

»Sieh her, Bretone«, flüsterte Sahild und streichelte mit beiden Händen ihren geschmeidigen, jungenhaften Körper. Sie hielt ihm ihre kleinen Brüste hin. »Willst du die nicht mal schmecken?« Sie stellte sich dicht vor ihn.

Er verzog verächtlich den Mund. »Sächsische Schlampe«, zischte er. »Glaubst du, das könnte mich interessieren?«

Sahild stieß einen wütenden Laut aus und griff mit beiden Händen an seine Hoden und drückte hart zu. »Ich weiß, was dich interessiert.«

Freya gluckste erregt, und ihre vollen Brüste hüpften. »Schau mal, Sahild!«, rief sie und zeigte auf den Penis, der in Sahilds Hand lebendig wurde. Mit der anderen Hand drückte sie wieder seine Hoden.

Aimery schloss die Augen und versuchte, gegen seine Erregung anzukämpfen. Doch er wusste, dass er den kundigen Fingern der jungen Frau nicht widerstehen konnte. Er ballte die Hände zu Fäusten.

Freyas Augen wurden immer größer. Sie konnte sie nicht mehr von Aimerys Schaft wenden. »Oh, Sahild«, flüsterte sie und leckte sich die Lippen. »Bitte, kann ich …?« Sie streckte eine Hand aus und griff nach dem Glied, auf dem die blauen Adern immer dicker wurden.

»Warte einen Moment«, sagte Sahild. »Wir wollen doch das Beste aus ihm herausholen, oder?«

Erst jetzt fiel Aimery auf, dass das sächsische Miststück Stricke mitgebracht hatte. Mit geschickten Fingern band sie seine Handgelenke mit einem langen Strick, den sie anschließend um den Baum wand. Dann schnitt sie die alten Fesseln durch und zwang Aimery, am Baum entlang zu rutschen, bis er kniete. Die Arme reckten sich jetzt über seinen Kopf.

Er wehrte sich, widersetzte sich jedem Zoll, den er nach unten rutschte, aber Sahild setzte ihm wieder das Messer an die Kehle. »Wenn du dich weiter zur Wehr setzt, Bretone, bist du ein toter Mann«, zischte sie. »Du glaubst, du kannst uns trotzen. Nun, das werden wir bald herausfinden. Freya – er gehört dir.«

Elena konnte nicht schlafen. Aimery ging ihr nicht aus dem Kopf. Morgen würden die Sachsen, ihre eigenen Leute, ihn umbringen – langsam und quälend. Ihr dunkles Sehnen nach ihm erhitzte ihr Blut wie beim ersten Mal. Sie würde es nicht ertragen, ihn leiden zu sehen.

Sie hielt die Luft an und glitt aus Leofwins Armen. Er schnarchte leise und drehte sich im Schlaf auf die andere Seite. Wenn er viel Wein getrunken hatte, schlief Leofwin wie ein Toter. Elena warf sich ihr Kleid über und durchsuchte hastig Leofwins Kleider. Sie nahm sein Messer an sich und schlich sich leise aus der Hütte.

Plötzlich hörte sie gedämpftes Kichern. Sahild und Freya erkannte sie im fahlen Mondlicht. Sie schienen bester Laune zu sein und flüsterten aufgeregt miteinander, ehe sie sich ausgelassen umarmten und küssten und in ihren Hütten verschwanden.

Elena wartete im Schatten von Leofwins Hütte, bis mindestens eine Stunde vergangen war. Sie wollte sicher sein, dass die beiden Frauen eingeschlafen waren. Als sie dann hinunter zu dem Baum ging, an den sie den Bretonen gefesselt hatten pochte ihr Herz wie wild.

Aimery le Sabrenn stand wieder gefesselt am Baum, den Oberkörper vor Erschöpfung leicht nach vorn geneigt. Er hatte die Augen geschlossen.

Elena schluckte hart und trat vor ihn. In ihrer Hand glitzerte das Messer.

»Aimery«, flüsterte sie.

Er hob den Kopf und öffnete die Augen, als hätte er die Stimme wiedererkannt. Er sah sie, und eine Mischung aus Zorn und Verachtung trat in seine Augen. Er blickte auf das Messer und sagte: »Haben sie ausgerechnet dich geschickt, um mich zu töten?«

Sie zuckte zusammen. »Nein, ich bin gekommen, um Euch zu befreien.«

Seine stahlgrauen Augen verengten sich. »Was für ein Spiel soll denn jetzt gespielt werden?«

»Es ist kein Spiel, ich schwöre es!« Mit entschlossenem Gesicht fing sie an, den Strick zu durchtrennen, der die Handgelenke zusammenschnürte. Bald war eine Hand frei, dann wiederholte sie die Arbeit am anderen Gelenk.

Aimery mochte es immer noch nicht glauben. »Was hält denn dein Liebhaber von deinen nächtlichen

Aktivitäten? Oder war es Leofwin, der dich geschickt hat, damit sie mich auf der Flucht mit ihren Pfeilen durchlöchern können? Macht es ihnen mehr Spaß, mich wie ein Wildschwein zu jagen?«

Sie schüttelte traurig den Kopf. »Leofwin weiß von nichts. Wir müssen uns beeilen, denn sie wachen bald auf.«

Ihr Messer trennte den letzten Strick durch. Aimery bückte sich und untersuchte sein verletztes Bein.

»Ihr müsst Euch beeilen«, drängte Elena, »oder wisst Ihr nicht, dass sie Euch töten wollen?«

»Doch, doch, an diese Möglichkeit habe ich auch schon gedacht«, antwortete er trocken.

Sie half ihm, den zerschnittenen Wams zu richten und die Schnüre des Beinkleids zu verknoten, denn seine Finger waren noch taub von den festen Stricken.

Aimery sah sie mit seinen stechenden Augen plötzlich nachdenklich an und sagte: »Ich dachte, du wärst froh, mich endlich tot zu sehen.«

Sie blickte zu ihm hoch und erschauerte, als sie die stolzen Gesichtszüge in sich aufnahm; den zynisch geschwungenen Mund, das stark ausgeprägte Kinn mit den dunklen Bartstoppeln, die gewölbten Brauen über den silbergrauen Augen. Ihre Hand verkrampfte sich um das Messer. Sie sehnte sich nach diesem Mann, und sie erinnerte sich mit Wehmut an die glorreiche Lust, die sein Körper ihr verschafft hatte.

»Wäre ich jetzt hier, wenn ich Euch den Tod wünschte?«, flüsterte sie.

Er sah sie immer noch verwundert an.

»Bitte, geht, Aimery.« Das erste Tageslicht breitete sich über den Waldgipfeln aus. Es konnte nicht mehr lange dauern, bis jemand aus den Hütten kam.

Zu spät!

Elena stöhnte laut auf, als sie die Schritte hörte. Sie fuhr herum und sah sie auf der anderen Seite der

Lichtung – Gyrth, Leofwin und Sahild. Alle waren schwer bewaffnet.

»Da ist sie!«, rief Sahild triumphierend. »Seht ihr, sie hat ihn befreit! Sie ist eine Spionin – ich habe es euch gesagt!« Sie blieb stehen und legte den Bogen an.

Bevor sie aufschreien konnte, wurde Elena von Aimery gepackt. Er hielt sie wie einen Schild vor seinen Körper, dann griff er nach dem Messer, das sie in der zitternden Hand hielt, und setzte es an ihre Kehle.

»Kommt auch nur einen Schritt näher«, rief Aimery mit seiner dröhnenden Stimme, »dann töte ich sie. Und wenn ihr den Pfeil schießt, tötet ihr sie.«

Sahild spannte den Bogen. »Das macht nichts, Bretone. Ich werde sie töten. Sie ist deine Späherin, sie hat ihr eigenes Volk verraten. Und wenn ich sie getötet habe, ist der nächste Pfeil schon unterwegs zu dir. Mit deinem verletzten Bein wirst du nicht weit kommen.«

Elena sah mit Entsetzen, wie Sahilds Pfeil auf ihre Brust gerichtet war.

Dann nahm sie aus den Augenwinkeln eine Bewegung von Leofwin wahr. Bevor Sahild den Pfeil abschießen konnte, holte er mit einem Arm aus und riss Sahild zu Boden. Dann starrte er seinen Todfeind auf der anderen Seite der Lichtung an. »Lass sie gehen, Bretone!«

Aimery grinste eiskalt. Die weiße Narbe zog seinen Mundwinkel breiter. »Oh, nein, ich nehme sie mit, Leofwin. Und wenn ihr mich verfolgt, werde ich sie umbringen – aber ganz, ganz langsam.«

Leofwin wollte über die Lichtung stürmen, aber Gyrth packte ihn und hielt ihn mit aller Kraft zurück. »Lass sie gehen, Leofwin, sie ist es nicht wert.«

Sahild, die sich auf dem Boden krümmte, rief keuchend: »Ihr seid komplette Narren! Ich hätte sie beide mit meinen Pfeilen getötet!«

Aimery riss Elena herum und verschränkte ihre Arme auf dem Rücken. Ihre Handgelenke hielt er mit einer Hand fest, die andere Hand hielt das Messer. Er schob sie in die Dunkelheit des Waldes, von der Lichtung weg. Er ließ die Vogelfreien nicht aus den Augen.

»Nun bewege dich schon, verdammt!«, zischte er Elena an.

16. Kapitel

Die Leibeigenen schufteten auf den Feldern. Sie mussten die letzten Weizenähren einsammeln, und Aufseher mit versteinerten Gesichtern gingen mit ihren Peitschen durch die Reihen der Männer und Frauen und trieben sie zu schnellerem Arbeiten an.

Im Westen türmten sich dunkle Regenwolken auf. Es würde nicht mehr lange dauern, bis es zu gießen begann.

Elena spürte ihre Knochen nicht mehr. Das ungewohnte Bücken hatte ihren Rücken fast gelähmt.

Gestern Abend, als sie in Thoresfield eingetroffen waren, hatte man sie in die Unterkunft zu den anderen Sklaven geschoben, und bei Tagesanbruch war sie mit ihnen auf die Felder geschickt worden. Sie konnte sogar daraus noch einen Trost gewinnen: Wenigstens war sie nicht ausgepeitscht und ins Verlies geworfen worden. Und es war ihr erspart geblieben, erneut Isobel in die Hände zu fallen.

Elena schüttelte sich, als der kalte Wind übers Feld blies. Die ersten dicken Regentropfen fielen vom bleigrauen Himmel.

Ihr kam alles wie ein Traum vor, was gestern geschehen war. Wie sie Aimery befreit hatte und ihren eigenen Leuten entkommen war. Wie Aimery sie über geheime Pfade durch den dichten Wald geführt hatte. Das verletzte Bein behinderte ihn, aber sonst schien sein kräftiger Körper unbeschadet zu sein. Nicht ein einziges Mal hatte er sie aus seinem Griff entlassen.

Im Laufe des Tages war der Wald lichter geworden, und erst als die Eichen weniger und von schlanken Birken abgelöst wurden, gestattete sich Aimery eine

Rast. Elena schwankte und lehnte sich gegen einen Baumstamm, ausgelaugt von den Anstrengungen und vor Müdigkeit.

Als Aimery zu Atem gekommen war, sagte er: »Wir haben fast die Waldgrenze erreicht. Du kannst jetzt zurückgehen. Ich brauche keine Geisel mehr.«

»Ihr wisst ganz genau, dass ich nicht zurückgehen kann«, sagte Elena mit fester Stimme. »Ihr wisst, dass sie mich töten würden, weil ich Euch zur Flucht verholfen habe.«

Seine Lippen wurden schmal. »Ich bin sicher, du kannst dich herausreden und reinwaschen. Warum hast du es überhaupt getan?«

Ihre dunklen blauen Augen fingen sein kaltes graues Starren auf. »Ich wollte nicht, dass Ihr sterbt«, sagte sie leise.

Er verzog verächtlich den Mund. Er fasste sie derb ans Kinn und zwang sie, ihm in die Augen zu sehen. Sie zitterte unter dem Griff seiner schlanken braunen Finger. »Du steckst voller Hinterlist, kleine Elena, nicht wahr? Deine Ausreden sind unerreicht, glaube ich. Trotzdem würde ich gern wissen, welchen Grund du dafür hattest, mich vom Baum zu befreien ...«

Er fuhr mit den Fingerspitzen durch ihre Haare, dann zog er sie an sich, nahm ihr Gesicht in die Hände und küsste sie wild. Seine Bartstoppeln rieben über ihre zarte Haut. Tränen brannten in ihren Augen.

Er ließ so abrupt von ihr ab, dass sie fast gefallen wäre. »Es kommt jemand«, raunte er.

Es waren seine Krieger, angeführt von Hamet, der seit Aimerys Gefangennahme den Wald durchsucht hatte.

Jetzt war sie wieder auf Thoresfield, eine vergessene Sklavin. Und sie hatte im Laufe des Morgens gehört, dass Aimery bald in den Süden reiten würde, um seinen König zu treffen.

Isobel empfing im großen Saal einen Besucher. Es war Godric, ein sächsischer Lehnsmann, der auf einem kleinen Besitz lebte, der an Thoresfield grenzte.

Er hatte es mit einer List geschafft, auch nach dem Machtwechsel seinen Besitz zu erhalten: Als König Harold zu den Waffen gerufen hatte, um gegen die Normannen zu kämpfen, hatte Godric eine schwere Krankheit vorgetäuscht und war im Bett geblieben, und als William als Sieger aus dem Kampf hervorgegangen war, hatte Godric ihm sofort Treue und Gefolgschaft geschworen.

Godric wusste, dass Lord Aimery ihn aus vollem Herzen verachtete, deshalb war er froh, dass diese Audienz bei Lady Isobel stattfand.

»Ich brauche mehr Arbeiter, Mylady«, sagte er. »Das Sommerfieber hat viele Leibeigene hingerafft, und ich muss noch die Hälfte der Ernte einbringen, danach brauche ich Hilfskräfte zum Dreschen. Ich habe erfahren, dass Lord Aimery bald wieder unterwegs sein wird, da dachte ich mir, Ihr würdet Euch vielleicht von ein paar Arbeitern trennen wollen, da doch der Winter bald bevorsteht.«

Isobel überlegte fieberhaft. Aimery war ausgeritten. Er wollte seinen Besitz inspizieren, um ihn dann ins Landregister aufnehmen zu lassen. Das würde noch eine Zeit dauern. Dies war ihre Gelegenheit, dachte Isobel.

Sie hatte ihre Wut kaum verbergen können, als sie mit ansehen musste, wie die kleine sächsische Schlampe auf dem Rücken von Hamets Pferd zurück nach Thoresfield gebracht worden war. Und Aimery hatte sie nicht einmal auspeitschen lassen, obwohl sie heimlich geflohen war.

Sie hatte Aimery versucht nahezubringen, das Mädchen vor aller Augen auspeitschen zu lassen, allein schon, um ein Exempel zu statuieren, aber er hatte ihr nur ungehalten gesagt, sie sollte sich um ihre eigenen Sachen kümmern.

Verdammt, fluchte Isobel im Stillen, das Mädchen war immer noch da und deshalb eine Gefahr, auch wenn sie jetzt noch wie die anderen Sklaven auf den Feldern schuftete. Elena blieb eine Bedrohung, solange sie auf Thoresfield war.

»Nehmt Ihr auch Frauen?«, fragte sie.

Godric grinste. »Wenn es sich um willfährige Weiber handelt, ja. Wenn sie dann auch noch hübsch sind und dem Geschmack einiger der männlichen Sklaven entsprechen, dann ist es mir noch lieber.«

»Ich kenne da eine, die ist genau das, wonach Ihr sucht«, sagte Isobel, und ihre Augen funkelten listig. »Sie ist jung und sieht außergewöhnlich gut aus, und sie kennt eine Menge Tricks. Es würde mich nicht überraschen, wenn Ihr sie selbst eine Zeitlang nehmt, ehe Ihr sie an Eure Männer reicht. Ihr könnt sie für fünf Goldstücke haben.«

Der Mann leckte sich über die fleischigen Lippen. »Mylady, wie kann ich Euch nur danken?«

»Nehmt sie, und beeilt Euch.«

Denn sie muss weg sein, ehe Aimery zurückkehrt, fügte Isobel leise hinzu.

Als Aimery und Hamet auf den Hof ritten, regnete es aus einem verhangenen Himmel. Sie hatten sich über die lange Reise nach London unterhalten, und danach müssten sie vielleicht noch in die Normandie, wo William sich gegen den aufmüpfigen Fulk von Anjou zur Wehr setzen musste, der sein Land bedrohte.

Als sie die Ställe erreicht hatten, schwang sich Aimery rasch aus dem Sattel und führte seinen Rappen hinein. Er schickte den Stallknecht fort und kümmerte sich selbst um Sattel und Zaumzeug. Hamet folgte ihm in die nach Heu duftende Wärme, überzeugte sich davon, dass sie allein waren und wandte sich zögernd an seinen Herrn.

»Was das Mädchen angeht, Mylord. Kann es sein, dass Ihr sie zu harsch beurteilt?«

Aimery fuhr in seiner Arbeit fort. Seine Miene war abweisend. »Von wem reden wir, Freund Hamet?«

Hamet ließ sich nicht so schnell einschüchtern. »Von Elena, Mylord.«

Aimery drehte sich um und sah ihn an. »Sie ist als Spionin der Rebellen hier gewesen. Sie hat den Anführer der Rebellen befreit, dann ist sie selbst geflohen und zu ihm gelaufen, hat bei ihm in den Wäldern gehaust. Und du glaubst, ich beurteilte sie zu harsch?«

»Ihr habt mir erzählt, dass sie es war, die Euch befreit hat«, erinnerte Hamet ihn.

Aimery wandte sich wieder dem Pferd zu und strich ihm durch die dichte Mähne. Er erinnerte sich an den Wald, an die beiden sächsischen Weiber, die ihn hatten demütigen wollen, und dann an Elena. Er hatte wirklich geglaubt, dass sie gekommen war, um ihn zu töten. Und dann hatte sie ihn befreit. Er hatte immer noch keine Erklärung für ihr Handeln. Trotzdem stand fest, dass sie zu den Rebellen gehörte.

»Es gibt einige Dinge, die ich dir nicht erzählt habe, Hamet«, sagte er schließlich. »Glaube mir, das Mädchen ist gut davongekommen.«

Hamet senkte den dunklen Kopf und sagte nichts mehr.

Aimery schritt an ihm vorbei, hinaus auf den nassen Hof. »Ich werde morgen schon reiten«, rief er Hamet zu. »Stelle eine Eskorte zusammen.«

Alys hockte in den Schatten der Treppe, die zum großen Saal führte. Der Regen strömte vom Dach, und ihre Haare verwandelten sich in Strähnen, die wie Rattenschwänze aussahen. Die Kleider sogen sich voll und hingen schwer an ihrem Körper. Aber all das machte ihr nichts aus. Sie musste mit Lord Aimery sprechen. Es musste einfach sein.

An diesem Nachmittag hatten sie sich wieder über sie lustig gemacht – Lady Isobel mit ihren Spielgefährten Morwith und Pierre. Isobel hatte Alys rufen lassen und ihr eine Salbe gegeben, eine neue Schönheitssalbe, hatte Isobel gesagt, und wenn man die intime Stelle damit einrieb, würde man für jeden Mann begehrenswert.

Alys hatte die Salbe voller Hoffnung entgegen genommen, sie hatte sich damit eingeschmiert, nicht nur zwischen den Beinen sondern auch die Brüste.

Kurze Zeit später hatte die Salbe zu jucken und zu brennen begonnen, und Alys hatte es vor Verlangen kaum aushalten können. Lady Isobel hatte sie wieder auf ihr Zimmer bestellt, und dort hatte sie zuschauen müssen, wie Morwith auf dem Boden vom wackeren Pierre bedient wurde. Alys war fast verrückt vor Lust geworden. Oh, wenn sie doch auch einmal den dicken Penis des Küchenjungen in sich spüren könnte. Lady Isobel hatte gesehen, wie sie sich wandte und krümmte – und hatte nur gelacht. Ja, sie hatte Alys ausgelacht.

Sie war davongelaufen und hatte die quälende Salbe mit eiskaltem Wasser abgerieben. In ihrem Körper hatte die Wut auf ihre Herrin getobt.

Dann hatte sie das Mädchen Elena gesehen, wie sie und einige andere Sklaven von dem brutalen Godric weggeführt wurden. Die Unglücklichen waren an Stricken zusammengebunden, damit niemand weglaufen konnte.

Alys hatte noch gehört, wie Lady Isobel dem Teufel

Godric nachrief: »Beeilt Euch.« Und leise hatte die Herrin hinzugefügt: Ihr müsst verschwunden sein, ehe Lord Aimery zurückkehrt.

Deshalb wartete Alys im Regen auf Lord Aimery. Als sie seine große vertraute Gestalt aus den Ställen treten sah, begann ihr Herz wie wild zu pochen.

Wenn Isobel wüsste, was Alys dem Lord sagen wollte – dass es Lady de Morency gewesen war, die den gefährlichen Sachsenrebellen freigelassen und dann den Schlüssel zum Verlies in Elenas Bett versteckt hatte - , würde Isobel sie umbringen.

»Mylord Aimery«, rief Alys, als der Bretone kurz vor der Treppe angekommen war.

»Ja?« Er blieb mitten im Schritt stehen, und der Ausdruck seiner Augen sah bedrohlich aus, als sich die durchnässte Frau in seinen Weg stellte.

»Mylord – ich muss Euch dringend etwas sagen. Bitte, können wir an einen sicheren Ort gehen?«

Godric fluchte, als der Regen stärker wurde und den schmalen Pfad in ein Schlammbad verwandelte. Die missmutigen Sklaven trotteten viel zu langsam, er würde kaum vor Mitternacht zu Hause sein.

Das Mädchen, von dem Lady Isobel ihm vorgeschwärmt hatte – die hübsche Blonde mit den blauen Augen – bereitete ihm mehr Schwierigkeiten als die anderen zusammen. Schließlich hatte er das Mädchen an seinen Sattel gebunden, während sein Aufseher sich um die anderen Leibeigenen kümmerte. Jetzt hatte er die Aufsässige im Auge, wenn er über die Schulter schaute.

Aber sie blieb störrisch. Sie schimpfte und klagte und jammerte. Er zügelte fluchend das Pferd und drehte sich wieder um. Das Mädchen war wieder stehen geblieben. Ihre Füße stemmten sich in den

Matsch. Sie hatte den Kopf stolz erhoben, auch wenn sie bleich vor Müdigkeit war.

»Ich werde keinen Schritt weitergehen! Ihr könnt mich nicht zwingen!«

»Ach? Du meinst, ich könnte dich nicht zwingen?« Er entrollte die Peitsche mit den geflochtenen Lederriemen. »Das werden wir noch sehen, du störrisches Frauenzimmer.«

Kaum hatte er das gesagt, da hob er verdutzt den Kopf, denn es näherten sich donnernde Pferdehufe. Er zog die Augen zusammen, um durch den Regen etwas erkennen zu können, und stöhnte dann wütend.

Aimery. Aimery der Bretone. Und er schoss auf seinem Rappen heran, als wäre der Teufel hinter ihm her.

Godric schaute wie gelähmt zu, als der große bretonische Krieger sein Pferd neben dem Mädchen zügelte. Er zog ein Messer unter seinem klatschnassen Umhang hervor und fing an, die Stricke zu durchtrennen.

»He!«, rief Godric entsetzt, als er aus seiner Starre aufwachte. »Mylord, ich habe gutes Geld für dieses Mädchen bezahlt. Ich habe es Lady Isobel gegeben, und dafür gibt es Zeugen. Zehn Goldstücke.«

»Fünf«, erwiderte der Bretone scharf und warf ihm die Goldstücke entgegen; sie landeten im Matsch. Dann fuhr er fort, die Stricke zu durchtrennen. Godric sah, dass das Mädchen nicht minder verdutzt war als er.

»Mylord!«, quengelte Godric. »Ich bin nicht bereit, Euch das Mädchen zurückzuverkaufen. Ich habe sie eigens ausgewählt, weil sie für Euch nicht mehr von Nutzen ist, wenn Ihr Thoresfield verlassen habt. Lady Isobel hat mir gesagt, sie sei auf den verschiedensten Gebieten sehr geschickt. Eine mit allen Wassern gewaschene kleine Hure ...«

Aimery hatte gerade den Strick gelöst. Er war mit

drei langen Schritten bei Godric, zerrte ihn aus dem Sattel und versetzte ihm einen harten Schlag ans Kinn. Godric wurde fast aus den Stiefeln gehoben, er machte einen Satz rückwärts und landete mit dem Rücken im Matsch.

Der Bretone hob das Mädchen in seine Arme und setzte sie auf sein Pferd. Er schwang sich hinter sie in den Sattel, hielt sie fest umschlungen und trieb sein Pferd zurück nach Thoresfield.

Aimery trug Elena quer über den Hof. Seine Männer, die sich auf die lange Reise nach Süden vorbereiteten, schauten in stummer Verwunderung zu. Er verschwand in der Festung, trug sie die Treppe hoch und in sein Zimmer, dessen Tür er krachend hinter sich zuschlug.

Er legte seine Last behutsam auf den dicken Wolfspelz, der sein Bett bedeckte, dann legte er mehrere Scheite aufs Feuer und trat mit der Stiefelspitze gegen die Glut, damit sie sich besser verteilte.

Elena richtete sich auf. Ihr Sklavenkittel klebte nass auf ihrer Haut. Ihre Zähne klapperten vor Kälte. »Wa … warum habt Ihr das getan?«, flüsterte sie.

»Weil ich verdammt noch mal nicht wusste, dass du gegangen warst!« Er stand mit dem Rücken zum Feuer, und sie sah, dass sein Gesicht eine Maske der Wut war. Doch diesmal, das wusste Elena, richtete sich die Wut nicht gegen sie … Als er auf sie hinabschaute, brannten seine grauen Augen nicht vor Wut, sondern mit einer großen Zärtlichkeit.

Sie schluckte schwer, sie wollte gegen den schmerzenden Hoffnungsschimmer ankämpfen, weil hinterher doch wieder die Enttäuschung bleiben würde. Sie schob sich ein paar nasse Haarsträhnen aus dem Gesicht.

Plötzlich begann sie unkontrolliert zu zittern. Aimery fluchte über seine Gedankenlosigkeit, bückte sich zu ihr hinab und schälte die nasse Kleidung von ihrer unterkühlten Haut. Aus der Truhe neben seinem Bett nahm er einen wollenen Umhang und schlang ihn um ihren zierlichen Körper. Er zog den Wolfspelz vom Bett und breitete ihn vor dem Feuer aus. Dann hob er Elena wieder in seine Arme, als ob sie nicht schwerer als eine Feder sei, und legte sie auf den warmen Pelz.

Elena zitterte jetzt noch stärker, aber nicht allein von der Kälte. Es lag an der Art, wie er sie anschaute, die Art, wie die harten, stählernen Augen sich in sie brannten.

Sie lag zusammengekauert auf dem dicken Pelz. Die Flammen hüpften und tanzten im dunklen Zimmer, und draußen hörte man den Regen prasseln. Der Umhang, den Aimery um ihren Leib geschlungen hatte, rutschte auseinander, und er beugte sich über sie und küsste ihre entblößten Brüste. Sein Mund glühte heiß auf ihrer kühlen Haut. Elena spürte, wie die Wärme in ihren Körper zurückfloss.

Aimery erhob sich und begann, seine eigene Kleidung auszuziehen. Elena schaute ihm schweigend zu. Sie konnte von seiner muskulösen Gestalt nicht genug bekommen und sog den Anblick seiner breitschultrigen, maskulinen Schönheit in sich auf. Sie bewunderte seine langen, kräftigen Beine und das Spiel der Muskeln. Dann wurde ihr Blick zu seinem stolzen Phallus gelenkt, der schon voller Leben gegen die Innenseiten seiner Schenkel rieb.

Er legte sich nackt neben sie und nahm sie in die Arme. Sein Körper fühlte sich wunderbar warm an. Er drückte sie fest an sich und bedeckte ihr Gesicht mit Küssen.

Elena glaubte zu träumen. Dies musste ein Traum sein, ein unglaublicher, wunderschöner Traum, der nie enden dürfte. Dabei wusste sie, dass Lord Aimery le Sabrenn bald für lange Zeit weg sein würde.

Seine Hände rieben und streichelten über ihren Rücken und ihre Hüften. Oh, wie er sie wärmte! Er brachte sie zum Schmelzen. Als er sich kniete, um ihre geheime Stelle zu küssen, erschauerte sie vor Verlangen. Sie schlang ihre Finger in seine nassen, zerzausten Haare.

Seine Zunge war heiß und wunderbar, als sie gemächlich zwischen ihre Labien glitt. Ohne jede Hast stieß er sie in den Wirrwarr ihrer glühenden Lust. Sie langte nach seiner mächtigen Erektion und strich in stummer Verzückung über den seidigen Schaft. Zärtlich strich sie über den samtenen Sack seines Skrotums.

Er drang rasch in sie ein; sein eigenes Verlangen brannte zu lichterloh in seinen Lenden. Aber dann nahm er sich Zeit und zog sich langsam zurück, ehe er ebenso langsam wieder in sie eindrang. Er füllte sie aus, und mit jeder Bewegung fühlte sie sich gestreichelt und liebkost.

Sie war es, die es schließlich schneller und härter haben wollte; sie wand die Hüften und beschrieb kleine ungeduldige Kreise auf dem dicken Pelz, und dann schlang sie die Beine um seine kräftigen Hüften, um ihn noch tiefer in sich spüren zu können.

Er hielt ihre Handgelenke neben ihrem Kopf fest und beugte sich zu ihr hinunter und küsste ihre Brüste. Er saugte die rosigen Spitzen in den Mund, bis sie vor Wollust zu keuchen begann und ihr Becken sich aufbäumte.

Er lächelte weich und begann nun, seinen Schaft tief in sie hineinzustoßen, schneller und schneller und schnellerr, und bei jedem Stoß rieb der Schaft über ihre Lustknospe, die vor Erregung zitterte und immer größer wurde.

Sie explodierte in einem wahnsinnigen Orgasmus, und ihre inneren Muskeln klammerten sich zuckend um den wunderbaren Phallus, der sie so köstlich ausfüllte. Dann steigerte er noch einmal die Geschwindigkeit, bis auch er von heftigen Zuckungen geschüttelt wurde. Keuchend sackte er auf ihr zusammen, feucht vom Schweiß.

Elena lag befriedigt in seinen Armen, die Augen geschlossen. Sie wollte nicht, dass dieser Augenblick der Glückseligkeit und des vollkommenen Friedens je endete.

Aber die Wirklichkeit drängte sich zwischen sie. Unten im großen Saal hörte sie den Lärm von Aimerys Kriegern. Sie bereiteten sich zur Abreise vor.

Der Schmerz schnitt ihr ins Herz. Aimery ging und nahm Isobel mit. Warum hat er mich nicht bei diesem schrecklichen Godric gelassen?, dachte Elena verzweifelt. Nein, er hatte sie zurück zur Festung gebracht, um ihr noch einmal in Erinnerung zu rufen, dass es niemals einen Mann geben würde, der einen Vergleich mit ihm aushielt.

Sie wandte den Kopf ab.

Aimery stützte sich auf einen Ellenbogen und fuhr mit den Fingerspitzen über ihre Wimpern. »Elena, warum weinst du?«

Seine Stimme klang tief und sanft. Wütend kämpfte sie gegen die Tränen an. Sie schlang den Umhang fest um ihre nackten Schultern und starrte blind ins Feuer. »Warum habt Ihr mich zurückgebracht, Aimery?«

»Ist das nicht offensichtlich, caran?«

Caran. Geliebte ...

Ihr Herz klopfte so laut, dass ihr fast schwindlig wurde. Sie flüsterte: »Nein, es ist nicht offensichtlich. Ich verstehe es nicht.«

Er setzte sich auf und nahm sie in seine Arme. »Ich habe mich getäuscht, Elena. In vielen Dingen. Hauptsächlich habe ich nicht begriffen, wie sehr Isobel dich hasst.«

Elena traute sich kaum zu atmen. Leise sagte sie: »Ich dachte, Ihr seid es, der mich hasst.«

»Niemals.« Er zog sie noch fester an sich und küsste ihr Haar. »Elena, wenn die Rebellen dich geschnappt hätten, wärst du jetzt schon tot, weil du mir zur Flucht verholfen hast. Warum hast du es getan?«

»Ich ... ich konnte es nicht ertragen. Ich habe gehört, wie sie über Euer Sterben redeten ...«

»Ich bin ein Krieger. Ich hatte schon oft den Tod – oder noch Schlimmeres – vor Augen.«

Sie sagte wieder: »Ich konnte den Gedanken nicht ertragen.«

Er schwieg. Einer seiner Männer klopfte gegen die Tür und rief: »Mylord! Die Männer sind bereit, und Euer Pferd ist gesattelt!«

»Ich werde bald bei euch sein.« Aber er traf keine Anstalten, sich zu erheben.

Er verließ sie. Jeden Augenblick würde er aufstehen und sie allein zurücklassen. Elena schluckte den Schmerz in ihrer Kehle hinab und bemühte sich um eine feste Stimme, als sie fragte: »Was geschieht mit mir, wenn Ihr aufbrecht?«

Er hielt sie an den Schultern fest und sah ihr ins Gesicht. »Caran, du wirst natürlich zu mir kommen.«

Das Blut pochte wie wild in ihrem Kopf. »Und Isobel?«

»Isobel«, sagte er, »wird bei Tagesanbruch die Festung verlassen, und ich muss gestehen, es ist mir ziemlich gleichgültig, wohin sie geht.«

Er stand langsam auf, hielt sie immer noch fest, zog sie mit sich und drückte sie wieder an sich, als er spürte, wie sehr sie zitterte.

»Hamet bleibt eine Weile hier und wird sich um

dich kümmern. Sobald ich weiß, wohin der König mich schickt, werde ich dich zu mir holen.«

»Werdet Ihr kämpfen? In Frankreich?«

»Das nehme ich an. Der König wird mich da am dringendsten brauchen.«

»Aber Ihr könntet getötet werden.«

»Das ist meine Aufgabe, Elena. Mein Leben.« Er sah in ihr verängstigtes Gesicht und lächelte. Wieder klopfte es an die Tür, jetzt noch dringlicher. »Mylord Aimery! Eure Männer warten!«

»Ich muss gehen«, murmelte er.

Sie hob ihr Gesicht und sah ihn stolz und freudig an. »Jetzt weiß ich wenigstens, was Liebe ist«, sagte sie leise.

Er küsste sie mit unendlicher Zärtlichkeit. In dem Kuss lag das Versprechen auf künftige Leidenschaft. Dann drehte er sich um und ging aus dem Zimmer.

Elena trat ans Fenster und schaute hinaus in den grauen Regen. Sie sah, wie er sich auf sein Pferd schwang und es zum großen Tor lenkte.

Er drehte sich noch einmal um und blickte hinauf zum Fenster, an dem sie stand. Er hob seine Hand in stummem Gruß und ritt durchs Tor. Auf nach Süden, um für seinen König zu kämpfen.

ENDE

Comic Love

Tanya, eine Comic-Zeichnerin, hat die Figur der Privatdetektivin Katrina Cortez geschaffen, und wünscht sie sich, dass ihr Leben so aufregend wäre wie das ihrer Heldin. Tanya ist aber gerade zu ihrem Bankerfreund Eric gezogen, der lieb und großzügig, aber entsetzlich langweilig ist.
Bald gehen Tanyas Wünsche in Erfüllung, und ihr Leben verändert sich fast täglich. Dazu trägt auch Stephen bei, der jüngste Kollege im Comic-Studio. Mit ihm kann sie einige ihrer häufigsten Fantasien ausleben.

Ein ungewöhnlicher erotischer Roman um das wilde andere Ich einer modernen Frau.

3–404–14492–9